Hermann Hesse

Eigensinn

Autobiographische Schriften

Auswahl
und Nachwort von
Siegfried Unseld

rororo
Rowohlt

42.–45. Tausend Juli 1988

Veröffentlicht im Rowohlt Taschenbuch Verlag GmbH,
Reinbek bei Hamburg, November 1981
Lizenzausgabe mit freundlicher Genehmigung des
Suhrkamp Verlages, der sich alle Rechte vorbehält

Umschlagentwurf Jan Buchholz / Reni Hinsch
Satz Garamond (Linotron 404)
Gesamtherstellung Clausen & Bosse, Leck
Printed in Germany
780-ISBN 3 499 14856 0

Eine Tugend gibt es, die liebe ich sehr, eine einzige. Sie heißt Eigensinn. – Von allen den vielen Tugenden, von denen wir in Büchern lesen und von Lehrern reden hören, kann ich nicht so viel halten. Und doch könnte man alle die vielen Tugenden, die der Mensch sich erfunden hat, mit einem einzigen Namen umfassen. Tugend ist: Gehorsam. Die Frage ist nur, wem man gehorche. Nämlich auch der Eigensinn ist Gehorsam. Aber alle andern, so sehr beliebten und belobten Tugenden sind Gehorsam gegen Gesetze, welche von Menschen gegeben sind. Einzig der Eigensinn ist es, der nach diesen Gesetzen nicht fragt. Wer eigensinnig ist, gehorcht einem anderen Gesetz, einem einzigen, unbedingt heiligen, dem Gesetz in sich selbst, dem «Sinn» des «Eigenen».

Inhalt

Vier Lebensläufe

I

Ich bin geboren am 2. 7. 1877 in Calw (Schwarzwald) als Sohn des Missionsschriftstellers und Redaktors J. Hesse. Mein Vater ist Ostseeprovinziale, die Mutter war Schwäbin. Die Eltern lebten, obwohl ganz ohne Vermögen, in leidlichen Verhältnissen und haben nie an mir gespart. Anno 1880 zog mein Vater nach Basel und blieb dort bis 1886. Dort verlebte ich glückliche Kinderjahre. Meine Eltern waren fromme Christen, dabei gebildete, für Musik und Dichtung begabte und empfängliche Leute, die mir viel Sorgfalt und Liebe erwiesen, und denen ich unendlich viel verdanke. Von ihnen erbte ich, der ich in religiösen Dingen ohne Standpunkt bin, doch die Ehrfurcht vor der Natur und dem Dasein großer Gesetze in Leben und Geschichte. Die Mutter verlor ich im April 1902 und habe ihren Tod noch lange nicht verschmerzt. Der Vater, sehr kränklich, lebt noch und ist mir mit seinem starken Geist und Willen ein verehrtes Ideal.

Ich besuchte die erste Schule in Basel. 1886 zog mein Vater nach Calw zurück. Ich war nun bis 1889 Schüler in Calw, bis 1891 Schüler in Göppingen, trat in das evangelische Klosterseminar Maulbronn ein, das ich schon nach 7 Monaten wieder verließ. Dann besuchte ich bis Obersekunda das Gymnasium in Cannstatt. Darauf war ich bis Herbst 1895 in Calw zuhause, erst ohne Beruf mit Lektüre etc. beschäftigt, dann ein Jahr als Praktikant einer Maschinenbauwerkstätte. Dieser Beruf war verfehlt. Herbst 1895 ging ich als Volontär in eine Tübinger Buchhandlung, wo ich 4 Jahre blieb, den Beruf erlernte und schließlich mein Interesse ausschließlich dem Antiquariat widmete. Herbst 1899 ging ich als Buchhändler (Gehilfe) nach Basel. Dort begann ich für mehrere Zeitungen nebenher als Rezensent und Feuilletonist zu arbeiten und richtete mich allmählich so ein, daß ich jetzt halb als Antiquar, halb als Literat lebe und arbeite. Diese Basler Zeit wurde durch öftere kleine und eine mehrmonatige größere Reise in Schweiz und Italien unterbrochen. Florenz und Venedig sind mir speziell lieb und wohl vertraut. Ich reise und lebe gern allein. Meine Passionen sind: Gemäldesehen, Wandern, Bücher. Ich bin arm und habe Not mich durchzuschlagen.

Soviel über mein Leben! Als Dichter rechnet man mich zu den «Neuromantikern», weil meine Technik unrealistisch ist und meine Schriften auf seelische Wirkungen ausgehen. Liebe zur Natur und verehrende Betrachtungen derselben ist mein Hauptmotiv. Ich liebe alle Pflanzen und Tiere und werde von letzteren wieder geliebt. Die «Literatur» ist mir nicht wichtig, an Ruhm denke ich nicht, dagegen ist es mein Ehrgeiz, einzelne aufmerksame Leser zu fesseln und mir zu persönlichen Freunden zu machen, was mir allmählich einige liebe, herzliche Briefwechsel verschaffte. Meine Lieblingsdichter sind die älteren italienischen Novellisten, wie überhaupt die Kultur der frühen italienischen Renaissance mich fesselt.

Von meinen Schriften ist nur der «Lauscher» pseudonym erschienen. Ich sende Ihnen das Büchlein – als Ersatz für eine Photographie, die mir meine Armut verbietet.

Mit besten Grüßen
Hermann Hesse
(1903)

II

Geboren am 2. 7. 1877 in Calw. Kinderjahre teils in Calw, teils in Basel. Lateinschule Calw und Göppingen, Landexamen 1891. Frühjahr 1892 Flucht aus dem Seminar Maulbronn, dann bis 1894 Gymnasium Cannstatt. Damit war meine Schulbildung zu Ende. Ich war nun eine Weile zuhause, las viel und wußte nicht was werden. Dann wurde ich Mechaniker mit der Absicht, später Ingenieur zu werden. Ich arbeitete gegen anderthalb Jahre in einer mechanischen Werkstatt in Calw. Das Praktische gefiel mir, zum technischen Studium aber hatte ich weder Lust noch Talent. So wurde ich Herbst 1895 Buchhändlerlehrling bei Heckenhauer in Tübingen (Holzmarkt), lernte 3 Jahre und blieb noch etwa ein Jahr dort Gehilfe. In dieser Zeit war ich auf drei Gebieten zugleich fleißig: im Geschäft, in privater Lektüre und in abendlich, nächtlichem Verkehr mit einigen Kameraden, meist ausgesprungenen oder sonst verbindungslosen Studenten, mit großen Saufereien.

Herbst 1899 ging ich nach Basel, war dort mehrere Jahre erst Buchhändler, dann Antiquar und reiste zwischenein viel, auch in Italien, meistens fast ohne Geld und ziemlich hungrig. Ich las immer viel, auch Historisches und Kunsthistorisches, und wurde in der älteren italienischen Kunst und Kultur ziemlich heimisch.

1903 gab ich den Buchhandel auf, war eine Weile teils auf Reisen, teils in Calw. August 1904 heiratete ich und zog hierher, wo ich auch länger bleiben will.[1]

Meine Lektüre war früher recht vielseitig, viel Philosophie dabei. Jetzt habe ich auf Philosophie und Kunstgeschichte, die doch mehr Sport waren, im Ganzen verzichtet. Von deutschen Dichtern verehre ich am meisten Goethe, Keller, Mörike, dann auch Eichendorff, Hoffmann, Stifter. Von romanischer Literatur liebe ich besonders die alten italienischen Novellisten, vor allem Boccacio. Doch lese ich auch viel Modernes; von Franzosen sind mir Maupassant und A. France ehrwürdig, von Skandinavien Jacobsen, Hamsun, Heidenstam. Die Russen interessieren mich, bleiben mir aber im Grunde doch fremd, von ihnen kenne und schätze ich Gogol und Dostojewski am meisten.

(1907)

III
Biographische Notizen

Die Großeltern waren alle vier im eigentlichen Sinne fromme, «erweckte» protestantische Christen, die Färbung ihrer Frömmigkeit war beeinflußt durch die Herrnhuter Brüdergemeinde und durch die Basler Mission, bzw. den Geist, aus welchem diese entstand.

An Nationalität dagegen waren sie sehr verschieden. Die Eltern meines Vaters waren Balten, russische Ostseeprovinzialen, aus Estland. Sie waren rein deutscher Herkunft (die Vorfahren des Großvaters um 1750 aus Lübeck eingewandert), aber russische Staatsangehörige, ohne übrigens Russisch und Estnisch richtig sprechen zu können, sie sprachen nur Deutsch. Dort kam mein Vater Johannes zur Welt, in Weißenstein bei Reval, wo sein Vater, Staatsrat Dr. Hermann Hesse, ein weitbekannter Arzt und Wohltäter und ein beliebtes Original war. Mein Vater verließ seine Heimat als Student, infolge einer plötzlichen Bekehrung und Zerknirschung, die ihn

1 Gaienhofen am Bodensee

trieb, als Zögling ins Missionshaus nach Basel zu gehen (d. h. sich Gott zu opfern) was für den zarten, verwöhnten Jüngling keine Kleinigkeit war. Mein Vater wurde dort zum Missionar ausgebildet, war Anfangs der siebziger Jahre ein Jahr lang Missionar in Indien, war dort aber beständig krank und wurde des Klimas wegen zurück geschickt. Nachher hat er bis zum Ende der Basler Mission weiter gedient, zuerst als Lehrer am Missionshaus, als Gehilfe des Inspektors, als Redakteur einer Missionszeitschrift, später in Calw als Leiter des «Verlagsvereins», einer frommen Stiftung, deren Einkünfte der Mission zugute kamen. Er war in Missionsfragen eine Autorität, besuchte manche internationale Missionskongresse. Von ihm habe ich einen Teil meines Temperaments geerbt, von ihm das Verlangen nach Unbedingtheit, zugleich die Anlage zu Skepsis, Kritik und Selbstkritik, von ihm namentlich auch den Sinn für Präzision im sprachlichen Ausdruck.

Die Familie meiner Mutter war von zweierlei Herkunft. Ihr Vater stammte aus einem alten, frommen Stuttgarter, schwäbischen Geschlecht, ihre Mutter, Dubois, aus Neuchâtel in der französischen Schweiz, sie hat bis ins hohe Alter nie richtig Deutsch gelernt, und sie brachte in die Familie ein dort bisher unbekanntes Element, die calvinistische Glut, verbunden mit allerlei Pedanterie und Fanatismus. Der Vater meiner Mutter, ebenfalls ein Frommer, ebenfalls ein berühmter Missionar, Dr. Gundert, ein großer Sprachkenner (er sprach unter andrem eine ganze Reihe der indischen Sprachen und war ein geschätzter Sanskritist) war in der Jugend als Student bekehrt worden, nachdem er vorher ein strahlender, genialischer, hegelianisch angehauchter, höchst musikalischer, stark humoristisch begabter Student gewesen war. Er war sehr viele Jahre in Indien Missionar, wo auch meine Mutter zur Welt kam. Dort trat er erst spät in Beziehung zur Basler Mission, anfangs war er in englischem Auftrag in Indien, wo er auch philologische Arbeiten (ein Wörterbuch des Malayalam und andres) im Auftrag der englischen Sprache leistete.

Meine Eltern lernten sich in Calw kennen, wo der Vater meiner Mutter den Verlagsverein leitete, mehrere Missionsblätter redigierte, und zum Gehilfen meinen aus Indien zurückgekommenen Vater zugewiesen bekam. Sie heirateten 1874 in Calw (Württemberg), wo ich am 2. Juli 1877 geboren bin.

Welches damals meine Staatsangehörigkeit war, weiß ich nicht, vermutlich Russe, denn mein Vater war russischer Untertan und hatte einen russischen Paß. Die Mutter war, wie gesagt, Tochter eines Schwaben und einer französischen Schweizerin. Diese gemischte Herkunft verhinderte mich, je viel Respekt vor Nationalismus und Landesgrenzen zu haben.

Im Jahr 1880 wurde mein Vater wieder nach Basel berufen, ans Missionshaus. Dort hat er etwas später das Bürgerrecht erworben, so daß ich also als kleiner Junge Schweizer und Basler Bürger wurde.

In Basel waren meine Eltern bis Sommer 1886, dann wurde mein Vater nochmals nach Calw berufen, wo er zuerst der Mitarbeiter seines alternden Schwiegervaters, später dessen Nachfolger wurde. Mein Vater blieb in Süddeutschland und der Schweiz stets ein Fremder, behielt stets seine reine, sehr schöne Aussprache des Deutschen bei, im übrigen wurde im Hause auch viel Englisch gesprochen, das beide Eltern, ebenso wie die Großeltern, geläufig sprachen. Französisch sprach man kaum, nur der Großvater, zuweilen auch meine Mutter, sprach öfter mit der Großmutter Französisch.

Von der Mutter habe ich die Leidenschaftlichkeit des Temperaments geerbt, die heftige, etwas sensationslustige Phantasie, außerdem die musikalische Begabung. Zur Musik und zur Sprache hatte ich von Kind auf ein nahes, inniges Verhältnis. Ebenso zur Religion und zur Spekulation, im Sinn eines Suchens nach Unbedingtheit, nach direkter Einordnung in eine göttliche, überzeitliche Ordnung.

Fromm war ich aber nur bis etwa zum 13. Jahr. Bei meiner Konfirmation, mit 14 Jahren, war ich schon ziemlich skeptisch, und bald darauf begann mein Denken und meine Phantasie ganz weltlich zu werden, ich empfand, trotz großer Liebe und Verehrung für sie, doch die Art von pietistischer Frömmigkeit, in der meine Eltern lebten, als etwas Ungenügendes, irgendwie Subalternes, auch Geschmackloses, und revoltierte im Beginn der Jünglingsjahre oft heftig dagegen.

Die ersten Schuljahre hatte ich in Basel und Calw verbracht, als guter Schüler, der leicht lernte und ohne Mühe meist obenan in der Klasse saß. Nun aber begannen die Nöte der Berufswahl. Es schien, bei der Tradition der Familie und meiner guten Begabung, das Gegebene, mich studieren zu lassen, und zwar Theologie, denn nicht nur entsprach das den Wünschen der Familie, es war außerdem das Billigste, denn für württembergische Theologen gab es vom 14. Jahr an eine kostenlose Ausbildung für alle Knaben, welche das «Landexamen» mit Erfolg bestanden. Dies Examen diente dazu, jedes Jahr im Lande etwa 45 Knaben im Alter von 14 Jahren auszuwählen, die dann als Stipendiaten in ein Seminar und später an die Tübinger Universität (ins theologische «Stift») aufgenommen wurden. Diese Prüfung mußte ich im Jahr 1891 machen, und um sie überhaupt machen zu können, mußte ich zuerst die württembergische Staatsangehörigkeit erwerben. Ich wurde also, ohne viel gefragt zu werden, anno 90 oder 91 in Württemberg naturalisiert, ein Akt, den ich später durch mehrere Jahre Kriegsdienst bezahlen mußte.

Das «Landexamen» wurde gemacht und wurde bestanden, ich wurde Herbst 1891 ins Seminar Maulbronn aufgenommen. Maulbronn ist geschildert in meinem Buch «Unterm Rad». Milieu und Stimmung meiner Kinderzeit ist oft von mir geschildert, besonders im «Lauscher» und in «Kinderseele», auch im «Demian».

Im Seminar fingen meine Nöte an. Die Not der Pubertätszeit traf zusammen mit der der Berufswahl, denn es war mir schon damals durchaus klar, daß ich nichts andres als ein Dichter werden wollte, ich wußte aber, daß dies kein anerkannter Beruf war und kein Brot einbrachte. Und nun probierte ich es mit einem Beruf um den andern, mehrere Jahre lang, vom 14. bis zum 20. Jahr. In Maulbronn war ich nicht lange, noch vor Ablauf des ersten Jahres entlief ich dort, es kam meine erste Verliebtheit (in der ich den Werther las) dazu, es gab eine Krise und Katastrophe, lange galt ich für krank, nervenkrank, wurde geschont und zuhause gepflegt, und in der Tat habe ich damals eine schwere Neurose notdürftig überstanden.

Herbst 1892 kam ich, nach monatelangem Herumsitzen (siehe «Unterm Rad») ins Gymnasium Cannstatt, wo ich wenig länger als ein Jahr blieb, bis in die Obersekunda, aus der ich während des Schuljahrs austrat. Ich war in Sprachen, Geschichte etc. gut, das hielt mich, dagegen kam ich in der Mathematik, gegen die ich ganz gleichgültig war, nicht mit, und geriet damals in Kameradschaft mit den «Lumpen» und übel angesehenen ältern Schülern, lernte die Abende verbotenerweise in Wirtshäusern hinbringen, tüchtig saufen etc. Einiges davon steht im Demian.

Als ich mich im Gymnasium nicht mehr halten konnte, wurde ich in die Lehre zu einem kleinen Buchhändler nach Eßlingen geschickt, wo ich, von der Öde des Lebens als Lehrling in einem Landstädtchen angewidert, schon nach drei Tagen davonlief. Ich trieb mich mehrere Tage herum und wurde von Eltern etc. mit Angst gesucht, schließlich stellte ich mich dem Vater, wurde betrübt, aber nicht allzu böse empfangen und mit nach Calw genommen, und dort saß ich nun gegen zwei Jahre herum, eine Unglückszeit, in der meine Eltern an mir verzweifelten, und auch ich selber oft, in der ich aber, in der sehr großen Bibliothek meines Großvaters und Vaters, ziemlich gründliche und mannigfaltige Privatstudien machte, d. h. vor allem die deutsche Literatur des 18. Jahrhunderts, die dort sehr gut vertreten war, kennen lernte. Ich las damals Goethe, Gellert, Weiße, Hamann, Jean Paul, Hettners Literaturgeschichte, einiges von David Friedrich Strauß und viel andres und legte den Grund zu meiner späteren Belesenheit, die ziemlich groß war, bis zunehmende Augenschmerzen mich einschränkten.

Ein Schulkamerad von mir war damals «Praktikant» in einer mechanischen Werkstätte, es begann damals bei der Jugend das Interesse für die technischen Berufe, und spätere Ingenieure traten als Lehrlinge mit verkürzter Lehrzeit in solche Werkstätten ein. Mein Kamerad war in unserm Städtchen Calw der erste dieser Art, und es galt für eine auffallende Sache, daß der zum Studieren bestimmte Sohn eines Gebildeten und hohen Beamten (sein Vater war der höchste Civilbeamte der Stadt) in einer blauen Schlosserbluse herumlaufe und Arbeiter in einer Werkstatt sei. Eine gewisse Romantik daran gefiel mir, und da ich ohnehin in der Klemme war und mir die Frage, was ich denn werden solle, auf den Nägeln brannte, entschied ich mich für diesen Beruf und trat als Praktikant in blauer Schlosserbluse in Calw in eine mechanische Werkstätte und Turmuhrfabrik ein. Dort war ich gegen anderthalb Jahre tätig, bis Herbst 1895. Obwohl ich gar keine Begabung und kein Interesse für Technik und Mechanik hatte, und schon bald sah, daß aus diesem Beruf nie etwas werden könne, blieb ich doch so lange dabei, und habe dort recht viel gelernt, und zum ersten und einzigen Mal im Leben eng mit dem arbeitenden Volk zusammengelebt.

Dann, im Herbst 1895, faßte ich den Entschluß, es nochmals mit dem Buchhandel zu probieren, aber womöglich nicht in einem uninteressanten Geschäft in irgendeiner Landschaft, sondern irgendwo, wo mein Interesse für Bücher und Literatur wirklich Nahrung finden könne, und mein Vater war einverstanden, er sah, daß es mir diesmal ernst war, und es gelang, mich als Lehrling in einer alten soliden Buchhandlung in Tübingen unterzubringen, deren Kunden vorwiegend Studenten und Professoren waren, und zwar meist Theologen und Philologen. Dort biß ich mich durch die nicht leichte dreijährige Lehrzeit durch, blieb auch noch ein Jahr als jüngster Gehilfe im Hause, mit monatlich 80 Mark. In diesen Jahren las ich sehr viel und schrieb meine ersten Sachen. Erhalten geblieben ist davon nur der «Lauscher», der aber zum Teil erst in Basel entstand, sowie die «Romantischen Lieder» und die «Stunde hinter Mitternacht» (beide um 1899). In den ersten Tübinger Zeiten war ich sehr strebsam und solide, später soff ich viel mit Studenten herum (siehe Lauscher) erfüllte meinen Beruf aber gut. Die ersten Jahre war ich in meinen Privatstudien fast ganz mit Goethe beschäftigt, mit seinen Schriften und seinem Leben. Dieser Kult wurde etwa von 1897 oder 1898 durch Nietzsche abgelöst. Auch die erste Bekanntschaft mit der damaligen deutschen Dichtung wurde gemacht (ich las viel Storm, Keller, Meyer, dann Liliencron, Dehmel, Falke, Bierbaum, Hartleben, Ibsen).

Dies die Jugendgeschichte. Das weitere kann ich nur andeuten. Ich kam 1899 von Tübingen nach Basel, als Buchhandlungsgehilfe, in Basel trat ich etwas später ganz zum Antiquariat, dem interessantesten Teil des Buchhandels, über. Von der Basler Zeit steht manches im «Lauscher» und im «Camenzind». 1902 erschienen meine Gedichte bei Grote. Durch Vermittlung eines mir persönlich nicht bekannten Literaten wurde mein 1901 in Basel pseudonym erschienener «Lauscher» dem Verlag S. Fischer bekannt, und es war die erste literarische Anerkennung und Ermunterung in meinem Leben, als ich völlig unerwartet einige Zeilen von diesem Verlag bekam, mit der Einladung, etwaige künftige Dichtungen ihm zur Prüfung vorzulegen. Ich hatte damals den «Camenzind» begonnen, und Fischers Einladung spornte mich sehr an. Ich schrieb ihn fertig, er wurde sofort angenommen, der Verlag schrieb freundlich, ja herzlich, das Buch wurde in der «Neuen Rundschau» vorabgedruckt, Emil Strauß und andere von mir verehrte Männer anerkannten es. Ich war arriviert.

Infolge des Camenzind-Erfolges konnte ich 1904 im Sommer heiraten (eine Baslerin) und zog in das kleine entlegene Dorf Gaienhofen am Bodensee. Dort wohnte ich die ersten 3 Jahre in einem primitiven Bauernhaus sehr bescheiden, dann baute ich mir selbst ein Haus, in dem ich bis 1912 wohnen blieb. In Gaienhofen, wohin mein Tübinger Freund Ludwig Finckh mir folgte, lebte ich acht Jahre, im Versuch, ein natürliches, fleißiges, der Erde nahes Leben zu führen, baute meinen Garten, bekam meine drei Söhne. Es war die bürgerliche Epoche in meinem Leben. Unterirdisch freilich war ich auch damals von Problematik erschüttert, 1911 trat ich aus lauter innerer Not eine indische Reise an.

Im Herbst 1912 verließ ich mit meiner Familie Gaienhofen und zog nach Bern, aber nicht in die Stadt, sondern wieder aufs Land, in ein schönes altes Berner Landhaus mit altem Garten und uralten Bäumen, das ich mietete. Die Söhne wuchsen heran. Mit dem Krieg 1914 begann meine Problematik eklatant zu werden, ich kam rasch in Konflikt mit der öffentlichen Meinung, wurde sehr bald Kriegsgegner, verlor sehr früh den Glauben an die Möglichkeit eines deutschen Sieges. Doch kam ich, trotz heftiger Angriffe von seiten der nationalistischen Presse, ohne Bruch mit der offiziellen Welt, hindurch. Ich trat 1915 bei der deutschen Gesandtschaft in Bern als Freiwilliger ein, half eine Abteilung der Fürsorge für die deutschen Gefangenen im Feindesland organisieren und leiten, und habe von da bis Anfang 1919 in diesem Dienst gearbeitet, zuerst als Freiwilliger, dann als Beamter des Kriegsministeriums, abkommandiert nach Bern. Während ich zusah, wie Deutschland den Krieg verlor, ohne seine eigene Lage sehen zu wollen, ohne an irgendeine Selbstkritik zu denken, mußte ich ständig in dem hochoffiziellen Apparat Dienst tun, bekam auch mehrmals offizielle Rüffel, wenn ich friedensliebende Aufsätze in der Zürcher Zeitung gebracht hatte. Während dieser Jahre bereitete sich mein Abschied von der ganzen bürgerlichen Welt vor, von der öffentlichen Meinung, vom Vaterland, vom Familienleben. Während der Krieg eben zu Ende ging, erschütterte eine Gemütskrankheit der Frau meine Ehe so, daß ich sie löste. Vorerst lebten wir getrennt, einige Jahre später wurden wir geschieden. Seither lebe ich allein. Bis Anfang 1919 hielt mich der Dienst in Bern fest. Sobald ich frei wurde, zog ich ins Tessin, wo ich seither lebe.

1919 ist «Klingsor» entstanden, in den drei folgenden Jahren der «Siddhartha» (dessen Wurzeln weit zurückreichen).

Die Psychoanalyse, die für mich wichtig wurde, lernte ich zuerst, etwa 1913 oder 14, literarisch kennen. 1916 ließ ich mich selbst analysieren. Zum Teil die Frucht davon war «Demian».

Aus dem erfolgreichen bürgerlichen idyllischen Literaten war ein Problematiker und Outsider geworden, das bin ich seither geblieben.

(1923)

IV
Kurzgefaßter Lebenslauf

Ich wurde geboren gegen das Ende der Neuzeit, kurz vor der beginnenden Wiederkehr des Mittelalters, im Zeichen des Schützen und von Jupiter freundlich bestrahlt. Meine Geburt geschah in früher Abendstunde an einem warmen Tag im Juli, und die Temperatur jener Stunde ist es, welche ich unbewußt mein Leben lang geliebt und gesucht und, wenn sie fehlte, schmerzlich entbehrt habe. Nie konnte ich in kalten Ländern leben, und alle freiwilligen Reisen meines Lebens waren nach Süden gerichtet. Ich war das Kind frommer Eltern, welche ich zärtlich liebte und noch zärtlicher geliebt hätte, wenn man mich nicht schon frühzeitig mit dem vierten Gebote bekannt gemacht hätte. Gebote aber haben leider stets eine fatale Wirkung auf mich gehabt, mochten sie noch so richtig und noch so gut gemeint sein – ich, der ich von Natur ein Lamm und lenksam bin wie eine Seifenblase, habe mich gegen Gebote jeder Art, zumal während meiner Jugendzeit, stets widerspenstig verhalten. Ich brauchte nur das «Du sollst» zu hören, so wendete sich alles in mir um, und ich wurde verstockt. Man kann sich denken, daß diese Eigenheit von großem und nachteiligem Einfluß auf meine Schuljahre geworden ist. Unsre Lehrer lehrten uns zwar in jenem amüsanten Lehrfach, das sie Weltgeschichte nannten, daß stets die Welt von solchen Menschen regiert und gelenkt und verändert worden war, welche sich ihr eigenes Gesetz gaben und mit den überkommenen Gesetzen brachen, und es wurde uns gesagt, daß diese Menschen verehrungswürdig seien. Allein dies war ebenso gelogen wie der ganze übrige Unterricht, denn wenn einer von uns, sei es nun in guter oder böser Meinung, einmal Mut zeigte und gegen irgendein Gebot, oder auch bloß gegen eine dumme Gewohnheit oder Mode protestierte, dann wurde er weder verehrt noch uns zum Vorbild empfohlen, sondern bestraft, verhöhnt und von der feigen Übermacht der Lehrer erdrückt.

Zum Glück hatte ich das fürs Leben Wichtige und Wertvollste schon vor dem Beginn der Schuljahre gelernt: ich hatte wache, zarte und feine Sinne, auf die ich mich verlassen und aus denen ich viel Genuß ziehen konnte, und wenn ich auch später den Verlockungen der Metaphysik unheilbar erlag und sogar meine Sinne zuzeiten kasteit und vernachlässigt habe, ist doch die Atmosphäre einer zart ausgebildeten Sinnlichkeit, namentlich was Gesicht und Gehör betrifft, mir stets treu geblieben und spielt in meine Gedankenwelt, auch wo sie abstrakt scheint, lebendig mit hinein. Ich hatte also ein gewisses Rüstzeug fürs Leben, wie gesagt, mir längst schon vor dem Beginn der Schuljahre erworben. Ich wußte Bescheid in unsrer Vaterstadt, in den Hühnerhöfen und in den Wäldern, in den Obstgärten und in den Werkstätten der Handwerker, ich kannte die Bäume, Vögel und Schmetterlinge, konnte Lieder singen und durch die Zähne pfeifen, und sonst noch manches, was fürs Leben von Wert ist. Dazu kamen nun also die Schulwissenschaften hinzu, die mir leichtfielen und Spaß machten, namentlich fand ich ein wahres Vergnügen an der lateinischen Sprache und habe beinahe ebenso früh lateinische wie deutsche Verse gemacht. Die Kunst des Lügens und der Diplomatie verdanke ich dem zweiten Schuljahr, wo ein Präzeptor und ein Kollaborator mich in den Besitz dieser Fähigkeiten brachten, nachdem ich vorher in meiner kindlichen Offenheit und Vertrauensseligkeit ein Unglück ums andere über mich gebracht hatte. Diese beiden Erzieher klärten mich erfolgreich darüber auf, daß Ehrlichkeit und Wahrheitsliebe Eigenschaften waren, welche sie bei Schülern nicht suchten. Sie schrieben mir eine Untat zu, eine recht unbedeutende, die in der Klasse passiert war und an der ich völlig unschuldig war, und da sie mich nicht dazu bringen konnten, mich als Täter zu bekennen, wurde aus der Kleinigkeit ein Staatsprozeß, und die beiden folterten und prügelten mir zwar nicht das erhoffte Geständnis, wohl aber jeden Glauben an die Anständigkeit der Lehrerkaste aus. Zwar lernte ich, Gott sei Dank, mit der Zeit auch rechte und der Hochachtung würdige Lehrer kennen, aber der Schaden war geschehen und nicht nur mein Verhältnis zu den Schulmeistern, sondern auch das zu aller Autorität war verfälscht und verbittert. Im ganzen war ich in den sieben oder acht ersten Schuljahren ein guter Schüler, wenigstens saß ich stets unter den Ersten meiner Klasse. Erst mit dem Beginn jener Kämpfe, welche keinem erspart bleiben, der eine Persönlichkeit werden soll, kam ich mehr und mehr auch mit der Schule in Konflikt. Verstanden habe ich jene Kämpfe erst zwei Jahrzehnte später, damals waren sie einfach da und umgaben mich, wider meinen Willen, als ein furchtbares Unglück.

Die Sache war so: von meinem dreizehnten Jahr an war mir das eine klar, daß ich entweder ein Dichter oder gar nichts werden wolle. Zu dieser Klarheit kam aber allmählich eine andre, peinliche Einsicht. Man konnte Lehrer, Pfarrer, Arzt, Handwerker, Kaufmann,

Postbeamter werden, auch Musiker, auch Maler oder Architekt, zu allen Berufen der Welt gab es einen Weg, gab es Vorbedingungen, gab es eine Schule, einen Unterricht für den Anfänger. Bloß für den Dichter gab es das nicht! Es war erlaubt und galt sogar für eine Ehre, ein Dichter zu sein: das heißt als Dichter erfolgreich und bekannt zu sein, meistens war man leider dann schon tot. Ein Dichter zu werden aber, das war unmöglich, es werden zu wollen, war eine Lächerlichkeit und Schande, wie ich sehr bald erfuhr. Rasch hatte ich gelernt, was aus der Situation zu lernen war: Dichter war etwas, was man bloß sein, nicht aber werden durfte. Ferner: Interesse für Dichtung und eigenes dichterisches Talent machte bei den Lehrern verdächtig, man wurde dafür entweder beargwöhnt oder verspottet, oft sogar tödlich beleidigt. Es war mit dem Dichter genau so wie es mit dem Helden war, und mit allen starken oder schönen, hochgemuten und nicht alltäglichen Gestalten und Bestrebungen: in der Vergangenheit waren sie herrlich, alle Schulbücher standen voll ihres Lobes, in der Gegenwart und Wirklichkeit aber haßte man sie, und vermutlich waren die Lehrer gerade dazu angestellt und ausgebildet, um das Heranwachsen von famosen, freien Menschen und das Geschehen von großen, prächtigen Taten nach Möglichkeit zu verhindern.

So sah ich zwischen mir und meinem fernen Ziel nichts als Abgründe liegen, alles wurde mir ungewiß, alles entwertet, nur das eine blieb stehen: daß ich Dichter werden wollte, ob es nun leicht oder schwer, lächerlich oder ehrenvoll sein mochte. Die äußern Erfolge dieses Entschlusses – vielmehr dieses Verhängnisses – waren folgende:

Als ich dreizehn Jahre alt war, und jener Konflikt eben begonnen hatte, ließ mein Verhalten sowohl im Elternhaus wie in der Schule so viel zu wünschen übrig, daß man mich in die Lateinschule einer andern Stadt in die Verbannung schickte. Ein Jahr später wurde ich Zögling eines theologischen Seminars, lernte das hebräische Alphabet schreiben und war schon nahe daran zu begreifen, was ein Dagesch forte implicitum ist, als plötzlich von innen her Stürme über mich hereinbrachen, welche zu meiner Flucht aus der Klosterschule, zu einer Bestrafung mit schwerem Karzer und zu meinem Abschied aus dem Seminar führten.

Eine Weile bemühte ich mich dann an einem Gymnasium, meine Studien vorwärtszubringen, allein Karzer und Verabschiedung war auch dort das Ende. Dann war ich drei Tage Kaufmannslehrling, lief wieder fort und war einige Tage und Nächte zur großen Sorge meiner Eltern verschwunden. Ich war ein halbes Jahr lang Gehilfe meines Vaters, ich war anderthalb Jahre lang Praktikant in einer mechanischen Werkstätte und Turmuhrenfabrik.

Kurz, mehr als vier Jahre lang ging alles unweigerlich schief, was man mit mir unternehmen wollte, keine Schule wollte mich behalten, in keiner Lehre hielt ich lange aus. Jeder Versuch, einen brauchbaren Menschen aus mir zu machen, endete mit Mißerfolg, mehrmals mit Schande und Skandal, mit Flucht oder mit Ausweisung, und doch gestand man mir überall eine gute Begabung und sogar ein gewisses Maß von redlichem Willen zu! Auch war ich stets leidlich fleißig – die hohe Tugend des Müßigangs habe ich immer mit Ehrfurcht bewundert, aber ich bin nie ein Meister in ihr geworden. Ich begann mit fünfzehn Jahren, als es mir in der Schule mißglückt war, bewußt und energisch meine eigene Ausbildung, und es war mein Glück und meine Wonne, daß im Hause meines Vaters die gewaltige großväterliche Bibliothek stand, ein ganzer Saal voll alter Bücher, der unter andrem die ganze deutsche Dichtung und Philosophie des achtzehnten Jahrhunderts enthielt. Zwischen meinem sechzehnten und zwanzigsten Jahre habe ich nicht bloß eine Menge Papier mit meinen ersten Dichterversuchen vollgeschrieben, sondern habe in jenen Jahren auch die halbe Weltliteratur gelesen und mich mit Kunstgeschichte, Sprachen, Philosophie mit einer Zähigkeit bemüht, welche reichlich für ein normales Studium genügt hätte.

Dann wurde ich Buchhändler, um endlich einmal mein Brot selber verdienen zu können. Zu den Büchern hatte ich immerhin mehr und bessere Beziehungen als zum Schraubstock und den Zahnrädern aus Eisenguß, mit denen ich mich als Mechaniker geplagt hatte. Für die erste Zeit war mir das Schwimmen im Neuen und Neuesten der Literatur, ja das Überschwemmtwerden damit, ein beinah rauschähnliches Vergnügen. Doch merkte ich freilich nach einer Weile, daß im Geistigen ein Leben in der bloßen Gegenwart, im Neuen und Neuesten unerträglich und unsinnig, daß die beständige Beziehung zum Gewesenen, zur Geschichte, zum Alten und Uralten ein geistiges Leben überhaupt erst ermögliche. So war es mir denn, nachdem jenes erste Vergnügen erschöpft war, ein Bedürfnis, aus der Überschwemmung mit Novitäten zum Alten zurückzukehren, ich vollzog das, indem ich aus dem Buchhandel ins Antiquariat überging. Ich blieb dem Beruf jedoch nur so lang treu, als ich ihn brauchte, um das Leben zu fristen. Im Alter von sechsundzwanzig

Jahren, auf Grund eines ersten literarischen Erfolges, gab ich auch diesen Beruf wieder auf.

Jetzt also war, unter so vielen Stürmen und Opfern, mein Ziel erreicht: ich war, so unmöglich es geschienen hatte, doch ein Dichter geworden und hatte, wie es schien, den langen zähen Kampf mit der Welt gewonnen. Die Bitternis der Schul- und Werdejahre, in der ich oft sehr nah am Untergang gewesen war, wurde nun vergessen und belächelt – auch die Angehörigen und Freunde, die bisher an mir verzweifelt waren, lächelten mir jetzt freundlich zu. Ich hatte gesiegt, und wenn ich nun das Dümmste und Wertloseste tat, fand man es entzückend, wie auch ich selbst sehr von mir entzückt war. Erst jetzt bemerkte ich, in wie schauerlicher Vereinsamung, Askese und Gefahr ich Jahr um Jahr gelebt hatte, die laue Luft der Anerkennung tat mir wohl, und ich begann ein zufriedener Mensch zu werden.

Mein äußeres Leben verlief nun eine gute Weile ruhig und angenehm. Ich hatte Frau, Kinder, Haus und Garten. Ich schrieb meine Bücher, ich galt für einen liebenswürdigen Dichter und lebte mit der Welt in Frieden. Im Jahre 1905 half ich eine Zeitschrift begründen, welche vor allem gegen das persönliche Regiment Wilhelms des Zweiten gerichtet war, ohne daß ich doch im Grunde diese politischen Ziele ernst genommen hätte. Ich machte schöne Reisen in der Schweiz, in Deutschland, in Österreich, in Italien, in Indien. Alles schien in Ordnung zu sein.

Da kam jener Sommer 1914, und plötzlich sah es innen und außen ganz verwandelt aus. Es zeigte sich, daß unser bisheriges Wohlergehen auf unsicherem Boden gestanden war, und nun begann also das Schlechtgehen, die große Erziehung. Die sogenannte große Zeit war angebrochen, und ich kann nicht sagen, daß sie mich gerüsteter, würdiger und besser angetroffen hätte als alle andern auch. Was mich von den andern damals unterschied, war nur, daß ich jenes einen großen Trostes entbehrte, den so viele andere hatten: der Begeisterung. Dadurch kam ich wieder zu mir selbst und in Konflikt mit der Umwelt, ich wurde nochmals in die Schule genommen, mußte nochmals die Zufriedenheit mit mir selbst und mit der Welt verlernen, und trat erst mit diesem Erlebnis über die Schwelle der Einweihung ins Leben.

Ich habe ein kleines Erlebnis des ersten Kriegsjahres nie vergessen. Ich war zu Besuch in einem großen Lazarett, auf der Suche nach einer Möglichkeit, mich irgendwie als Freiwilliger sinnvoll in die veränderte Welt einzupassen, was mir damals noch möglich schien. In jenem Verwundetenspital lernte ich ein altes Fräulein kennen, das früher in guten Verhältnissen privatisiert hatte und jetzt in diesem Lazarett Pflegerinnendienste tat. Sie erzählte mir in rührender Begeisterung, wie froh und stolz sie sei, daß sie diese große Zeit noch habe erleben dürfen. Ich fand es begreiflich, denn für diese Dame hatte es des Krieges bedurft, um aus ihrem trägen und rein egoistischen Altjungfernleben ein tätiges und wertvolleres Leben zu machen. Aber als sie mir ihr Glück mitteilte, in einem Korridor voll verbundener und krummgeschossener Soldaten, zwischen Sälen, die voll von Amputierten und Sterbenden lagen, da drehte sich mir das Herz um. So sehr ich die Begeisterung dieser Tante begriff, ich konnte sie nicht teilen, ich konnte sie nicht gutheißen. Wenn auf je zehn Verwundete eine solche begeisterte Pflegerin kam, dann war das Glück dieser Damen etwas teuer bezahlt.

Nein, ich konnte die Freude über die große Zeit nicht teilen, und so kam es, daß ich unter dem Kriege von Anfang an jämmerlich litt, und jahrelang mich gegen ein scheinbar von außen und aus heiterm Himmel hereingebrochenes Unglück verzweifelt wehrte, während um mich her alle Welt so tat, als sei sie voll froher Begeisterung über eben dies Unglück. Und wenn ich nun die Zeitungsartikel der Dichter las, worin sie den Segen des Krieges entdeckten, und die Aufrufe der Professoren, und alle die Kriegsgedichte aus den Studierzimmern der berühmten Dichter, dann wurde mir noch elender.

Im Jahr 1915 entschlüpfte mir eines Tages öffentlich das Bekenntnis dieses Elends, und ein Wort des Bedauerns darüber, daß auch die sogenannten geistigen Menschen nichts anderes zu tun wüßten, als Haß zu predigen, Lügen zu verbreiten und das große Unglück hochzupreisen. Die Folge dieser ziemlich schüchtern geäußerten Klage war, daß ich in der Presse meines Vaterlandes für einen Verräter erklärt wurde – für mich ein neues Erlebnis, denn trotz vielen Berührungen mit der Presse hatte ich die Situation des von der Mehrheit Angespienen noch nie kennengelernt. Der Artikel mit jener Anklage wurde von zwanzig Zeitungen meiner Heimat abgedruckt, und von allen meinen Freunden, deren ich bei der Presse viele zu haben glaubte, wagten es nur zwei, für mich einzutreten. Alte Freunde teilten mir mit, daß sie eine Schlange an ihrem Busen genährt hätten, und daß dieser Busen künftig nur noch für Kaiser und Reich, nicht aber mehr für mich Entarteten schlage. Schmähbriefe von Unbekannten kamen in Menge, und Buchhändler ließen mich wissen, daß ein Autor von so verwerflichen Gesinnungen für sie nicht mehr existiere. Auf mehreren dieser Briefe lernte ich ein Schmuckstück kennen, das ich damals zum ersten Male sah: einen kleinen runden Stempelaufdruck mit der Inschrift: Gott strafe England.

Man sollte denken, ich hätte über dies Mißverständnis recht sehr gelacht. Aber das gelang mir nicht. Dies an sich so unwichtige Erlebnis brachte mir als Frucht die zweite große Wandlung meines Lebens.

Man erinnere sich: die erste Wandlung war eingetreten in dem Augenblick, wo mir der Entschluß bewußt wurde, ein Dichter zu werden. Der vorherige Musterschüler Hesse wurde von da an ein schlechter Schüler, er wurde bestraft, er wurde hinausgeworfen, er tat nirgends gut, machte sich und seinen Eltern Sorge um Sorge – alles nur, weil er zwischen der Welt, wie sie nun einmal ist oder zu sein scheint, und der Stimme seines eigenen Herzens keine Möglichkeit der Versöhnung sah. Dies wiederholte sich jetzt, in den Kriegsjahren, aufs neue. Wieder sah ich mich im Konflikt mit einer Welt, mit der ich bisher in gutem Frieden gelebt hatte. Wieder mißglückte mir alles, wieder war ich allein und elend, wieder wurde alles, was ich sagte und dachte, von den andern feindlich mißverstanden. Wieder sah ich zwischen der Wirklichkeit und dem, was mir wünschenswert, vernünftig und gut schien, einen hoffnungslosen Abgrund liegen.

Diesmal aber blieb mir die Einkehr nicht erspart. Es dauerte nicht lange, so sah ich mich genötigt, die Schuld an meinen Leiden nicht außer mir, sondern in mir selbst zu suchen. Denn das sah ich wohl ein: der ganzen Welt Wahnsinn und Roheit vorzuwerfen, dazu hatte kein Mensch und kein Gott ein Recht, ich am wenigsten. Es mußte also in mir selbst allerlei Unordnung sein, wenn ich so mit dem ganzen Weltlauf in Konflikt kam. Und siehe, es war in der Tat eine große Unordnung da. Es war kein Vergnügen, diese Unordnung in mir selber anzupacken und ihre Ordnung zu versuchen. Da zeigte sich vor allem eines: der gute Friede, in dem ich mit der Welt gelebt hatte, war nicht nur von mir zu teuer bezahlt worden, er war auch ebenso faul gewesen wie der äußere Frieden in der Welt. Ich hatte geglaubt, mir durch die langen schweren Kämpfe der Jugend meinen Platz in der Welt verdient zu haben und nun ein Dichter zu sein. Mittlerweile aber hatte Erfolg und Wohlergehen auf mich den üblichen Einfluß gehabt, ich war zufrieden und bequem geworden, und wenn ich genau zusah, so war der Dichter von einem Unterhaltungsschriftsteller kaum zu unterscheiden. Es war mir zu gut gegangen. Nun, für das Schlechtgehen, das stets eine gute und eine energische Schule ist, war jetzt reichlich gesorgt, und so lernte ich mehr und mehr die Händel der Welt ihren Gang gehen zu lassen, und konnte mich mit meinem eigenen Anteil an der Verwirrung und Schuld des Ganzen beschäftigen. Diese Beschäftigung aus meinen Schriften herauszulesen, muß ich dem Leser überlassen. Und noch immer habe ich die heimliche Hoffnung, es werde mit der Zeit auch mein Volk, nicht als Ganzes, aber in sehr vielen wachen und verantwortlichen Einzelnen, eine ähnliche Prüfung vollziehen und an die Stelle des Klagens und Schimpfens über den bösen Krieg und die bösen Feinde und die böse Revolution in tausend Herzen die Frage setzen: wie bin ich selber mitschuldig geworden? und wie kann ich wieder unschuldig werden? Denn man kann jederzeit wieder unschuldig werden, wenn man sein Leid und seine Schuld erkennt und zu Ende leidet, statt die Schuld daran bei andern zu suchen.

Als die neue Wandlung sich in meinen Schriften und in meinem Leben zu äußern anfing, schüttelten viele meiner Freunde den Kopf. Viele verließen mich auch. Das gehörte zu dem veränderten Bilde meines Lebens, ebenso wie der Verlust meines Hauses, meiner Familie und anderer Güter und Behaglichkeiten. Es war eine Zeit, da ich täglich Abschied nahm, und täglich darüber erstaunt war, daß ich nun auch dies hatte ertragen können, und noch immer lebte, und noch immer irgend etwas an diesem seltsamen Leben liebte, das mir doch nur Schmerzen, Enttäuschungen und Verluste zu bringen schien.

Übrigens, um dies nachzuholen: auch während der Kriegsjahre hatte ich etwas wie einen guten Stern oder einen Schutzengel. Während ich mich mit meinen Leiden sehr allein fühlte und bis zum Beginn der Wandlung, mein Schicksal stündlich als ein unseliges empfand und verwünschte, diente eben mein Leiden, mein Besessensein durch Leiden mir als Schutz und Panzer gegen die Außenwelt. Ich brachte nämlich die Kriegsjahre in einer so scheußlichen Umgebung von Politik, Spionagewesen, Bestechungstechnik und Konjunkturkünsten zu, wie sie selbst damals nur an wenigen Orten der Erde so konzentriert beieinander zu finden waren, nämlich in Bern inmitten deutscher, neutraler und feindlicher Diplomatie, in einer Stadt, die über Nacht übervölkert worden war, und zwar durch lauter Diplomaten, politische Agenten, Spione, Journalisten, Aufkäufer und Schieber. Ich lebte zwischen Diplomaten und Militärs, verkehrte außerdem mit Menschen aus vielen, auch feindlichen, Nationen, die Luft um mich her war ein einziges Netz von Spionage und Gegenspionage, von Spitzelei, Intrigen, politischen und persönlichen Geschäftigkeiten – und von alledem habe ich in all den Jahren gar nichts bemerkt! Ich wurde ausgehorcht, bespitzelt und bespioniert, war bald den Feinden, bald den Neutralen, bald den eigenen Landsleuten verdächtig, und merkte das alles nicht, erst lange nachher erfuhr ich dies und jenes davon, und begriff nicht, wie ich unberührt und ungeschädigt inmitten dieser Atmosphäre hatte leben können. Aber es war gegangen.

Mit dem Ende des Krieges fiel auch die Vollendung meiner Wandlung und die Höhe der Prüfungsleiden zusammen. Diese Leiden hatten mit dem Kriege und dem Weltschicksal nichts mehr zu tun, auch die Niederlage Deutschlands, von uns im Auslande seit zwei Jahren mit Sicherheit erwartet, hatte im Augenblick nichts Erschreckendes mehr. Ich war ganz in mich selbst und ins eigene Schicksal versunken, allerdings zuweilen mit dem Gefühl, es handle sich dabei um alles Menschenlos überhaupt. Ich fand allen Krieg und alle Mordlust der Welt, all ihren Leichtsinn, all ihre rohe Genußsucht, all ihre Feigheit in mir selber wieder, hatte erst die Achtung vor mir selbst, dann die Verachtung meiner selbst zu verlieren, hatte nichts andres zu tun, als den Blick ins Chaos zu Ende zu tun, mit der oft aufglühenden, oft erlöschenden Hoffnung, jenseits des Chaos wieder Natur, wieder Unschuld zu finden. Jeder wach gewordene und wirklich zum Bewußtsein gekommene Mensch geht ja einmal, oder mehrmals diesen schmalen Weg durch die Wüste – den andern davon reden zu wollen, wäre vergebliche Mühe.

Wenn Freunde mir untreu wurden, empfand ich manchmal Wehmut, doch kein Unbehagen, ich empfand es mehr als Bestätigung auf meinem Wege. Diese früheren Freunde hatten ja ganz recht, wenn sie sagten, ich sei früher ein so sympathischer Mensch und Dichter gewesen, während meine jetzige Problematik einfach ungenießbar sei. Über Fragen des Geschmacks, oder des Charakters, war ich damals längst hinaus, es war niemand da, dem meine Sprache verständlich gewesen wäre. Diese Freunde hatten vielleicht recht, wenn sie mir vorwarfen, meine Schriften hätten Schönheit und Harmonie verloren. Solche Worte machten mich nur lachen – was ist Schönheit oder Harmonie für den, der zum Tode verurteilt ist, der zwischen einstürzenden Mauern um sein Leben rennt? Vielleicht war ich auch, meinem lebenslangen Glauben entgegen, gar kein Dichter, und der ganze ästhetische Betrieb war bloß ein Irrtum gewesen? Warum nicht, auch das war nicht mehr von Wichtigkeit. Das meiste von dem, was ich auf der Höllenreise durch mich selbst zu Gesicht bekommen hatte, war Schwindel und wertlos gewesen, also vielleicht auch der Wahn von meiner Berufung oder Begabung. Wie wenig wichtig war das doch! Und das, was ich voll Eitelkeit und Kinderfreude einst als meine Aufgabe betrachtet hatte, war auch nicht mehr da. Ich sah meine Aufgabe, vielmehr meinen Weg zur Rettung, längst nicht mehr auf dem Gebiet der Lyrik, oder der Philosophie, oder irgendeiner solchen Spezialistengeschichte, sondern nur noch darin, das wenige wahrhaft Lebendige und Starke in mir sein Leben leben zu lassen, nur noch in der unbedingten Treue gegen das, was ich in mir noch leben spürte. Das war das Leben, das war Gott. – Nachher, wenn solche Zeiten hoher und lebensgefährlicher Spannung vorüber sind, sieht das alles seltsam anders aus, weil die damaligen Inhalte und ihre Namen jetzt ohne Bedeutung sind, und das Heilige von vorgestern kann beinah komisch klingen.

Als auch für mich der Krieg endlich zu Ende war, im Frühling 1919, zog ich mich in eine entlegene Ecke der Schweiz zurück und wurde Einsiedler. Weil ich mein Leben lang (dies war eine Erbschaft von Eltern und Großeltern her) sehr viel mit indischer und chinesischer Weisheit beschäftigt war, und auch meine neuen Erlebnisse zum Teil in der östlichen Bildersprache zum Ausdruck brachte, nannte man mich häufig einen «Buddhisten», worüber ich nur lachen konnte, denn im Grunde wußte ich mich von keinem Bekenntnis weiter entfernt als von diesem. Und dennoch war etwas Richtiges, ein Korn Wahrheit darin verborgen, das ich erst etwas später erkannte. Wenn es irgend denkbar wäre, daß ein Mensch sich persönlich eine Religion erwählte, so hätte ich aus innerster Sehnsucht gewiß mich einer konservativen Religion angeschlossen: dem Konfuzius, dem Brahmanismus oder der römischen Kirche. Ich hätte dies aber aus Sehnsucht nach dem Gegenpol getan, nicht aus angeborner Verwandtschaft, denn geboren bin ich nicht nur zufällig als Sohn frommer Protestanten, sondern bin auch dem Gemüt und Wesen nach Protestant (wozu meine tiefe Antipathie gegen die zur Zeit vorhandenen protestantischen Bekenntnisse durchaus keinen Widerspruch bildet). Denn der echte Protestant wehrt sich gegen die eigene Kirche wie gegen jede andere, weil sein Wesen ihn das Werden mehr bejahen heißt als das Sein. Und in diesem Sinne ist wohl auch Buddha ein Protestant gewesen.

Der Glaube an mein Dichtertum und an den Wert meiner literarischen Arbeit war also seit der Wandlung in mir entwurzelt. Das Schreiben machte mir keine rechte Freude mehr. Eine Freude aber muß der Mensch haben, auch ich in all meiner Not machte diesen Anspruch. Ich konnte auf Gerechtigkeit, Vernunft, auf Sinn im Leben und in der Welt verzichten, ich hatte gesehen, daß die Welt vortrefflich ohne all diese Abstraktionen auskommt – aber auf ein wenig Freude konnte ich nicht verzichten, und das Verlangen nach diesem bißchen Freude, das war nun eine von jenen kleinen Flammen in mir, an die ich noch glaubte und aus denen ich mir die Welt wieder neu zu schaffen dachte. Häufig suchte ich meine Freude, meinen Traum, mein Vergessen in einer Flasche Wein, und sehr oft hat sie mir geholfen, sie sei dafür gepriesen. Aber sie genügte nicht. Und siehe da, eines Tages entdeckte ich eine ganz neue Freude. Ich fing, schon vierzig Jahre alt, plötzlich an zu malen. Nicht daß ich mich für einen Maler hielte oder einer werden wollte. Aber das Malen ist wunderschön, es macht einen froher und duldsamer. Man hat nachher nicht wie beim Schreiben schwarze Finger, sondern rote und blaue. Auch über diese Malerei ärgern sich viele meiner Freunde. Darin habe ich wenig Glück – immer, wenn ich etwas recht Notwendiges, Glückliches und Hübsches unternehme, werden die Leute unangenehm. Sie möchten gerne, daß man bleibt, was man war, daß man sein Gesicht nicht ändert. Aber mein Gesicht weigert sich, es will sich häufig ändern, es ist ihm Bedürfnis.

Ein anderer Vorwurf, den man mir macht, scheint mir selber sehr richtig. Man spricht mir den Sinn für die Wirklichkeit ab. Sowohl die Dichtungen, die ich dichte, wie die Bildchen, die ich male, entsprechen nicht der Wirklichkeit. Wenn ich dichte, so vergesse ich häufig alle Anforderungen, welche gebildete Leser an ein richtiges Buch stellen, und vor allem fehlt mir in der Tat die Achtung vor der Wirklichkeit. Ich finde, die Wirklichkeit ist das, worum man sich am allerwenigsten zu kümmern braucht, denn sie ist, lästig genug, ja immerzu vorhanden, während schönere und nötigere Dinge unsre Aufmerksamkeit und Sorge fordern. Die Wirklichkeit ist das, womit man unter gar keinen Umständen zufrieden sein, was man unter gar keinen Umständen anbeten und verehren darf, denn sie ist der Zufall, der Abfall des Lebens. Und sie ist, diese schäbige, stets enttäuschende und öde Wirklichkeit, auf keine andre Weise zu ändern, als indem wir sie leugnen, indem wir zeigen, daß wir stärker sind als sie.

In meinen Dichtungen vermißt man häufig die übliche Achtung vor der Wirklichkeit, und wenn ich male, dann haben die Bäume Gesichter, und die Häuser lachen oder tanzen, oder weinen, aber ob der Baum ein Birnbaum oder eine Kastanie ist, das kann man meistens nicht erkennen. Diesen Vorwurf muß ich hinnehmen. Ich gestehe, daß auch mein eigenes Leben mir sehr häufig genau wie ein Märchen vorkommt, oft sehe und fühle ich die Außenwelt mit meinem Innern in einem Zusammenhang und Einklang, den ich magisch nennen muß.

Einigemal sind mir noch Dummheiten passiert, zum Beispiel tat ich einmal eine harmlose Äußerung über den bekannten Dichter Schiller, worauf alsbald sämtliche süddeutschen Kegelclubs mich für einen Schänder der vaterländischen Heiligtümer erklärten. Jetzt aber ist es mir schon seit Jahren gelungen, nichts mehr zu äußern, wodurch Heiligtümer geschändet und Menschen vor Wut rot werden. Ich sehe darin einen Fortschritt.

Weil nun die sogenannte Wirklichkeit für mich keine sehr große Rolle spielt, weil Vergangenes mich oft wie Gegenwart erfüllt und Gegenwärtiges mir unendlich fern erscheint, darum kann ich auch die Zukunft nicht so scharf von der Vergangenheit trennen, wie man es meistens tut. Ich lebe sehr viel in der Zukunft, und so brauche ich denn auch meine Biographie nicht mit dem heutigen Tage zu enden, sondern kann sie ruhig weitergehen lassen.

In Kürze will ich erzählen, wie mein Leben vollends seinen Bogen beschreibt. In den Jahren bis 1930 schrieb ich noch einige Bücher, um dann aber diesem Gewerbe für immer den Rücken zu kehren. Die Frage, ob ich eigentlich zu den Dichtern zu rechnen sei oder nicht, wurde in zwei Dissertationen von fleißigen jungen Leuten untersucht, aber nicht beantwortet. Es ergab sich nämlich als Resultat einer sorgfältigen Betrachtung der neueren Literatur, daß das Fluidum, welches den Dichter ausmacht, in der neueren Zeit nur noch in so außerordentlicher Verdünnung vorkommt, daß der Unterschied zwischen Dichter und Literat nicht mehr feststellbar ist. Aus diesem objektiven Befund zogen die beiden Doktoranden jedoch entgegengesetzte Schlüsse. Der eine, sympathischere, war der Meinung, eine so lächerlich verdünnte Poesie sei überhaupt keine mehr, und da bloße Literatur nicht lebenswert sei, möge man das, was sich heute noch Dichtung nenne, ruhig seinen stillen Tod sterben lassen.

Der andere jedoch war ein unbedingter Verehrer der Poesie, auch in der dünnsten Form, und meinte daher, es sei besser, hundert Undichter aus Vorsicht mitgelten zu lassen, als einem Dichter unrecht zu tun, der vielleicht doch einen Tropfen echten parnassischen Blutes in sich habe.

Ich war hauptsächlich mit Malen und mit chinesischen Zaubermethoden beschäftigt, ließ mich in den folgenden Jahren aber mehr und mehr auch auf die Musik ein. Es wurde der Ehrgeiz meines späteren Lebens, eine Art von Oper zu schreiben, worin das menschliche Leben in seiner sogenannten Wirklichkeit wenig ernst genommen, sogar verhöhnt wird, dagegen in seinem ewigen Wert als Bild, als flüchtiges Gewand der Gottheit hervorleuchtet. Die magische Auffassung des Lebens war mir stets nahe gelegen, ich war nie ein «moderner Mensch» gewesen, und hatte stets den «Goldenen Topf» von Hoffmann, oder gar den «Heinrich von Ofterdingen», für wertvollere Lehrbücher gehalten als alle Welt- und Naturgeschichten (vielmehr hatte ich auch in diesen, wenn ich solche las, stets entzückende Fabulationen gesehen). Jetzt aber hatte bei mir jene Lebensperiode begonnen, wo es keinen Sinn mehr hat, eine fertige und mehr als genug differenzierte Persönlichkeit immer weiter auszubauen und zu differenzieren, wo statt dessen die Aufgabe sich meldet, das werte Ich wieder in der Welt untergehen zu lassen und sich, angesichts der Vergänglichkeit, den ewigen und außerzeitlichen Ordnungen einzureihen. Diese Gedanken oder Lebensstimmungen auszudrücken, schien mir nur durch das Mittel des Märchens möglich, und als die höchste Form des Märchens sah ich die Oper an, vermutlich weil ich an die Magie des Wortes in unserer mißbrauchten und sterbenden Sprache nicht mehr recht glauben konnte, während die Musik mir immer noch als ein lebendiger Baum erschien, an dessen Ästen auch heute noch Paradiesäpfel wachsen können. Ich wollte in meiner Oper das tun, was mir in meinen Dichtungen nie ganz hatte glücken wollen: dem Menschenleben einen hohen und entzückenden Sinn setzen. Die Unschuld und Unerschöpflichkeit der Natur wollte ich preisen und ihren Gang bis dahin darstellen, wo sie durch das unausbleibliche Leiden gezwungen wird, sich dem Geiste zuzuwenden, dem fernen Gegenpol, und das Schwingen des Lebens zwischen den beiden Polen der Natur und des Geistes sollte sich heiter, spielend und vollendet darstellen wie die Spannung eines Regenbogens.

Allein leider gelang mir die Vollendung dieser Oper nie. Es ging mir damit, wie es mir mit der Dichtung gegangen war. Die Dichtung hatte ich aufgeben müssen, nachdem ich gesehen hatte, daß alles, was zu sagen mir wichtig schien, im «Goldenen Topf» und im «Heinrich von Ofterdingen» schon tausendmal reiner gesagt war, als ich es vermocht hätte. Und so ging es mir nun auch mit meiner Oper. Gerade als ich mit den jahrelangen musikalischen Vorstudien und mehreren Textentwürfen fertig war, und mir den eigentlichen Sinn und Gehalt meines Werkes nochmals möglichst eindringlich vorzustellen suchte, da machte ich plötzlich die Wahrnehmung, daß ich mit meiner Oper gar nichts anderes anstrebte, als was in der «Zauberflöte» längst schon herrlich gelöst ist.

Ich legte daher diese Arbeit beiseite und wandte mich nun vollends ganz der praktischen Magie zu. War mein Künstlertraum ein Wahn gewesen, war ich weder zu einem «Goldenen Topf» noch zu einer «Zauberflöte» fähig, so war ich doch zum Zauberer geboren. Auf dem östlichen Wege des Lao Tse und des I Ging war ich längst weit genug vorgedrungen, um die Zufälligkeit und Verwandelbarkeit der sogenannten Wirklichkeit genau zu kennen. Nun zwang ich diese Wirklichkeit durch Magie nach meinem Sinne, und ich muß sagen, ich hatte viel Freude daran. Ich muß jedoch auch bekennen, daß ich nicht immer mich auf jenen holden Garten beschränkt habe, den man die weiße Magie nennt, sondern je und je zog mich die kleine lebendige Flamme in mir auch auf die schwarze Seite hinüber.

Im Alter von mehr als siebzig Jahren wurde ich, nachdem eben erst zwei Universitäten mich durch die Verleihung der Würde eines Ehrendoktors ausgezeichnet hatten, wegen Verführung eines jungen Mädchens durch Zauberei vor die Gerichte gebracht. Im Gefängnis bat ich um die Erlaubnis, mich mit Malerei zu beschäftigen. Es wurde mir bewilligt. Freunde brachten mir Farben und Malzeug, und ich malte an die Wand meiner Zelle eine kleine Landschaft. Noch einmal war ich also zur Kunst zurückgekehrt, und alle Schiffbrüche, die ich als Künstler schon erlebt hatte, konnten mich nicht im geringsten daran hindern, noch einmal diesen holdesten Becher zu leeren, noch einmal wie ein spielendes Kind eine kleine geliebte Spielwelt vor mir aufzubauen und mein Herz daran zu sättigen, noch einmal alle Weisheit und Abstraktion von mir zu werfen und die primitive Lust des Zeugens aufzusuchen. Ich malte also wieder, ich mischte Farben und tauchte Pinsel ein, trank noch einmal mit Entzücken alle diese unendlichen Zauber: den hellen frohen Klang des Zinnober, den vollen reinen Klang des Gelb, den tiefen rührenden des Blau, und die Musik ihrer Vermischungen bis ins fernste, blasseste Grau hinein. Glücklich und kindlich trieb ich mein Schöpfungsspiel, und malte also eine Landschaft an die Wand meiner Zelle. Diese Landschaft enthielt fast alles, woran ich im Leben Freude gehabt hatte, Flüsse und Gebirge, Meer und Wolken, Bauern bei der Ernte, und noch eine Menge schöner Dinge, an denen ich mich vergnügte. In der Mitte des Bildes aber fuhr eine ganz kleine Eisenbahn. Sie fuhr auf einen Berg los und stak mit dem Kopf schon im Berge drin wie ein Wurm im Apfel, die Lokomotive war schon in einen kleinen Tunnel eingefahren, aus dessen dunkler Ründung flockiger Rauch herauskam.

Noch nie hatte mein Spiel mich so entzückt wie dieses Mal. Ich vergaß über dieser Rückkehr zur Kunst nicht bloß, daß ich ein Gefangener und Angeklagter war und wenig Aussicht hatte, mein Leben anderswo als in einem Zuchthause zu enden – ich vergaß oft sogar meine magischen Übungen, und schien mir Zauberer genug, wenn ich mit dünnem Pinsel einen winzigen Baum, eine kleine helle Wolke schuf.

Indessen gab die sogenannte Wirklichkeit, mit welcher ich in der Tat nun ganz zerfallen war, sich alle Mühe, meinen Traum zu höhnen und immer wieder zu zerstören. Fast jeden Tag holte man mich, führte mich unter Bewachung in äußerst unsympathische Räumlichkeiten, wo inmitten von vielem Papier unsympathische Menschen saßen, die mich ausfragten, mir nicht glauben wollten, mich anschnauzten, mich bald wie ein dreijähriges Kind, bald wie einen abgefeimten Verbrecher behandelten. Man braucht nicht Angeklagter zu sein, um diese merkwürdige und wahrhaft höllische Welt der Kanzleien, des Papiers und der Akten kennenzulernen. Von allen Höllen, welche der Mensch sich wunderlicherweise hat schaffen müssen, ist diese mir stets als die höllischste erschienen. Du brauchst nur umzuziehen oder heiraten zu wollen, einen Paß oder Heimatschein zu begehren, so stehst du schon mitten in dieser Hölle, mußt saure Stunden im luftlosen Raum dieser Papierwelt hinbringen, wirst von gelangweilten und dennoch hastigen, unfrohen Menschen ausgefragt, angeschnauzt, findest für die einfachsten und wahrsten Aussagen nichts als Unglauben, wirst bald wie ein Schulkind, bald wie ein Verbrecher behandelt. Nun, jeder kennt dies ja. Längst wäre ich in der Papierhölle erstickt und verdorrt, hätten nicht meine Farben mich immer wieder getröstet und vergnügt, hätte nicht mein Bild, meine kleine schöne Landschaft, mir wieder Luft und Leben gegeben.

Vor diesem Bilde stand ich einst in meinem Gefängnis, als die Wärter wieder mit ihren langweiligen Vorladungen gelaufen kamen und mich meiner glücklichen Arbeit entreißen wollten. Da empfand ich eine Müdigkeit und etwas wie Ekel gegen all den Betrieb und diese ganze brutale und geistlose Wirklichkeit. Es schien mir jetzt an der Zeit, der Qual ein Ende zu machen. Wenn es mir nicht erlaubt war, ungestört meine unschuldigen Künstlerspiele zu spielen, so mußte ich mich eben jener ernsteren Künste bedienen, welchen ich so manches Jahr meines Lebens gewidmet hatte. Ohne Magie war diese Welt nicht zu ertragen.

Ich erinnerte mich der chinesischen Vorschrift, stand eine Minute lang mit angehaltenem Atem und löste mich vom Wahn der Wirklichkeit. Freundlich bat ich dann die Wärter, sie möchten noch einen Augenblick Geduld haben, da ich in meinem Bilde in den Eisenbahnzug steigen und etwas dort nachsehen müsse. Sie lachten auf die gewohnte Art, denn sie hielten mich für geistig gestört.

Da machte ich mich klein und ging in mein Bild hinein, stieg in die kleine Eisenbahn und fuhr mit der kleinen Eisenbahn in den schwarzen kleinen Tunnel hinein. Eine Weile sah man noch den flockigen Rauch aus dem runden Loche kommen, dann verzog sich der Rauch und verflüchtigte sich und mit ihm das ganze Bild und mit ihm ich.

In großer Verlegenheit blieben die Wärter zurück.

(1925)

Briefe aus Maulbronn an die Eltern

Liebe Eltern! [Maulbronn, September 1891]
Bis heute konnte ich das Schreiben abwarten, jetzt aber muß ich Euch sagen: Ich habe noch 61 Pf. und morgen muß ich 60 Pf. für 2 hebräische Hefte zahlen; den Pack, in dem ich Euch dies Paar Hosen schicke zum Nähen, auf die Post zu tragen, habe ich höchstens Sonntag Zeit und auch da kaum, folglich kostet auch dies etwas, in 4 bis 5 Tagen brauche ich Erdöl, kurz, ich bin in Not. Glaubt mir, liebe Eltern, ich habe erst 1 Schoppen Bier kommen lassen (11 Pf.), sonst keine derartigen Ausgaben gemacht. Man darf in der Woche dreimal so etwas trinken, wovon fast alle Gebrauch machen, Milch kann man auch haben, aber die ist mir zu teuer. Leider muß ich Euch dies schreiben und Euch dringend bitten, mir mit dem Paket der Hosen einiges Geld, meine Steinhumpen, recht viel durchsichtiges Konzeptpapier und 1 Würfel-Lineal zu schicken, das etwa so dick ist: Bitte!

Es geht mir ganz gut. Was ich vermisse, ja sehr vermisse, ist Kaffee. Morgens gehts beim Kaffee mager zu und sonst bekommt man keinen. Heute hatte ich (mit drei andern) die erste Geigstunde.

Unsre liebsten Lehrer sind die Herrn Repetenten. Gestern bekamen wir unsre gedruckten Statuten! ich will einiges daraus schreiben!

§ 6: Es ist nicht erlaubt, während der Arbeitszeit zu essen.

§ 10: Nirgends darf Speise oder Getränk gegen Bezahlung angenommen werden. Zum Besuch eines jeden Gewerbshauses ist die Erlaubnis des Ephorats nötig.

§ 13: Das Rauchen (von Cigarren od. aus Pfeifen) ist den Zöglingen verboten.

§ 17: Die Zöglinge tragen sich anständig nach der Sitte anderer junger Leute ihres Alters mit Vermeidung alles Auffallenden in Stoff, Farbe und Schnitt des Kleides. Schlafröcke sind nur im Schlafsaal und auf dem Gang zu demselben gestattet u. s. f.

Auch von der Tagesordnung will ich einiges schreiben:

An Werktagen	6½ Uhr aufstehn 6,30 Andacht 7 – Frühstück 7,15 bis 7,45 = Arbeitszeit 7,45 bis 9,45 = Lektionen 9,45 bis 10 = Pause (Winters) 10 bis 12 = Lektionen 4–4½ Uhr Interstiz. 7½ Uhr Nachtessen. Nach dem Essen bis 9 Uhr = Dormentrekreation. 9 Uhr = Abendgebet. 9 od. 9½ zu Bett.
An Sonntagen	7 Uhr aufstehen. 7,30 = Gebet 7,45 – Frühstück 8–9 = stille Beschäftigung (d. h. einfach sich ruhig verhalten – arbeiten, lesen, faulenzen). 9–9,30 Pause. 9,30–10,30 Kirche. 10,30–11 stille Beschäftigung 11–12 Rekreation 12 Uhr = Essen 1–1½ Ausgangsfreiheit 1,30–2,30 stille Beschäftigung 2,30 bis 4,15 Ausgangszeit 4,15–5,45 stille Beschäftigung 5,45–6 Uhr Pause 6–7,30 stille Beschäftigung, dann Essen.
An Feiertagen	Vormittags wie an Sonntagen, nur ist statt der stillen Beschäftigung Arbeitszeit. 12 bis 2 = Ausgangszeit. 4 Uhr 30 bis 6 = Arbeitszeit. 6–6,15 Pause, dann Essen. 6,15 bis 7,30 – Arbeit.

Heute habe ich angefangen, bei jedem Essen aufzuschreiben, was man bekommt. Ich will Euch dies, wenns mich freut, alles schreiben. Ich schicke Jacks Brief mit, köstlich! Danke herzlich für erhaltenen Brief.

Hermann!

Eben läutet es zum Nachtessen!
Wenn so etwa etwas Wurst oder Obst ins Paket geraten sollte, so wird es in einem gesunden Mönchsmagen ganz gute Aufnahme finden. Heute morgen hatte ich die Freude, meinen Aufsatz: «Kurzer Lebensabriß mit genauerer Detailschilderung» als den besten der Promotion vorlesen zu hören.

P. S.
Zum Porto nehme ich meine Briefmarken, ich habe jetzt gerade noch 1 Pf.

28. Februar 1892

Liebe Eltern!
Schönen Dank für Pack und Brief.

Die zwei freien Tage waren nett. Mittwoch war halb, Donnerstag ganz frei! Am Dienstag war vormittags Konzert im Oratorium; ich wirkte im Orchester und in 2 Chören mit (Baß). Nachmittags zogen wir mit den Repetenten bei unsäglichem Dreck nach Bretten ins Großherzogtum. Dort im Gasthaus gab es Witze, Bier, Wurst, Reden und Musik. Der Heimweg war furchtbar. Denkt Euch bodenlosen Schmutz, teilweise nassen Schnee, ziemlich dicke Finsternis, regnerisches Wetter, müde Füße, ein wenig Kopfweh, Frösteln und dazu große Eile. Es war hochromantisch, fast schön, aber grausam. Noch heut bin ich total steif und kaput.

Viel, sehr viel Vergnügen finde ich im Umgang mit Theodor Rümelin, dessen Musik prächtig ist. Er spielt Mozart und Beethoven, phantasiert viel und komponiert. Er hat im Sinn, einige meiner Gedichtlein zu komponieren. Dabei ist er immer freundlich, *nie mürrisch*, unvergleichlich! Auch hat er eine schöne, volle Baßstimme und singt hie und da nette Lieder zum Klavier. Heute fing er auf eigne Faust an, die Violine zu lernen und wird mich wohl schnell überholen. Er ist ein Genie.

Ich bitte Georg herzlichst zu grüßen, auch Jack.

Die Arbeit wächst immer mehr, Examen und Repetitionen en masse, machen sehr viel zu schaffen. Hie und da komme ich ins Freie.

Mit Theo in Günzburg habe ich eine Korrespondenz angefangen. Ich lese viel Schiller, auch Wielands «Prozeß um eines Esels Schatten» und ein bißchen Kant.

Am Dienstag ist Repetition der Geographie, worauf mir fast bang ist.

Im Geigen gehts halbwegs anständig zu. In Geometrie und Algebra versinke ich bodenlos; ich verstehe es eben nicht, so ist alle Arbeit verloren.

Schade, daß ich so manche Stunde an das Hebräische verschwenden muß, das ich später doch nicht fortsetze.

Mit Kuß

Euer Kuttenträger H., stud. mul.

21. Februar 1892

Liebe Eltern!

Eben komme ich aus der Nachmittagslektion, wo ich Goethes «Sänger» deklamierte. Die Deklamation wurde für gut erklärt bis auf die Stelle «Ich singe wie der Vogel singt», die ich etwas zu «burschikos» deklamiert haben soll, wie Herr Repetent Wüterich sich ausdrückte. Herr Repetent Stettler erhielt am Donnerstag, während er uns Lektüre gab, ein Telegramm, daß sein Bruder gestorben. Er kam heute zurück.

An Großpapa in Estland habe ich geschrieben, wie auch an Theodor nach Günzburg. Am Samstag Abend war Repetition in der Planimetrie, wobei ich in einen großen Sumpf fiel, wie zu erwarten stand. In wenigen Wochen soll schriftliches Examen stattfinden, worauf mir nicht bange ist. Von Tag zu Tag bekomme ich an Schiller und besonders Homer mehr Freude. Das Gegenteil ist beim Hebräischen der Fall.

Diese Woche ist durch zwei fein fallende Feiertage hervorragend. An Königs Geburtstag soll ich im Seminarorchester bei einem Stück von Beethoven die zweite Violine spielen. Wir können hoffen, daß es ein gelungenes Fest wird.

Ich lese Wielands «Prozeß um eines Esels Schatten», auch Lavater. Meine Freizeit ist aber sehr beschränkt, da die Arbeit ziemlich gewachsen ist.

Telegramm aus Maulbronn aufgegeben 7. 3. 1892 um 4 Uhr 40 Min.
angekommen 7. 3. 1892 um 5 Uhr 10 Min.
Missionar Hesse, Calw
Hermann fehlt seit 2 Uhr. Bitte um etwaige Auskunft.
Professor Paulus

Telegramm aus Maulbronn aufgegeben 7. 3. 1892 um 8 Uhr 30 Min.
angekommen 7. 3. 1892 um 9 Uhr 10 Min.
Missionar Hesse, Calw
Alle Schritte getan, bis jetzt ohne Erfolg.
Paulus

Telegramm aus Calw [ohne Datum]

Wir wissen nichts. Bitte Beruhigung telegraphieren.
Hesse

Professor W. Paulus an Johannes Hesse

Maulbronn, 7. März 1892

Sehr geehrter Herr!
Leider kann ich bis jetzt, d. h. bis 10 Uhr Abends, Ihnen in Ihrer großen Besorgnis keine beruhigende Nachricht geben; denn alle unsere Nachforschungen haben vorerst zu keinem Ergebnis geführt. Dennoch glaube ich Ihnen mitteilen zu sollen, was hier geschehen und was in Beziehung auf das so beklagenswerte Entweichen Ihres Sohnes Hermann aus dem Seminar ermittelt worden ist. Nach den Angaben mehrerer seiner Mitschüler befand sich Hermann schon seit längerer Zeit, teilweise schon vor Weihnachten, öfters in einem Zustand größter Erregtheit, in welchem er überschwengliche, zum Teil überspannte Gedichte zu verfassen pflegte; doch wechselten diese Zustände mit andern, in welchen er dann wieder ganz heiter und lustig war. Das mag auch der Grund sein, weshalb von den ihm näher stehenden Kameraden keine Meldung gemacht worden ist.

Nach den übereinstimmenden Aussagen seiner Mitschüler ist Hermann zum letzten Mal während der Ausgangsfreiheit etwas vor ½2 Uhr gesehen worden. Er war dabei heiter, sprach aber einigen Kameraden gegenüber, die Absicht aus, wegzulaufen, was dieselben nicht für Ernst nahmen. Als er nun in der Lektion um 2 Uhr vermißt wurde, forschte man zuerst auf dem Bahnhof und telegraphisch in Stuttgart nach ihm; sodann wurden die nächstlie-

genden Wälder unter Führung der Lehrer von der Promotion abgesucht auf 1–2 Stunden Entfernung. Außerdem wurde der Stationskommandant benachrichtigt, ebenso durch Vermittlung des K. Oberamts die Schultheißen der umliegenden Dörfer. Endlich wurde der Oberfamulus abgeschickt, um in Knittlingen und Bretten Nachforschungen anzustellen, da eine Spur nach dieser Richtung zu weisen scheint.

Bis jetzt war leider alles umsonst. Von den Schultheißen kann freilich noch keine Nachricht hier sein, ebenso wenig vom Oberfamulus.

Mit großer Teilnahme denke ich an die Sorge und innere Unruhe, in welcher Sie sich befinden; auch wir sind in großer Aufregung. Selbstverständlich werden wir alles tun, was zweckdienlich erscheint und Sie sofort von dem Erfolg unserer Schritte in Kenntnis setzen. Möge es mir bald vergönnt sein, Ihnen eine beruhigende Nachricht zu geben.

Mit vorzüglicher Hochachtung
Ihr ergebener
Prof. W. Paulus, In Vertretung des Ephorus.

Nachschrift, 8. März, morgens ½8 Uhr.
Keine weitere Nachricht eingelaufen.

Telegramm aus Maulbronn aufgegeben 8. 3. 1892, 11 Uhr 55 Min.
angekommen 8. 3., 12 Uhr 15 Min.

Missionar Hesse, Calw
Hermann wohlbehalten zurück.
Professor Paulus

Professor W. Paulus an Johannes Hesse

Maulbronn, 11. März 1892

Sehr geehrter Herr,
gestern ist im Lehrerkonvent über die Bestrafung Ihres Sohnes Hermann beraten worden, und ich habe die Pflicht, Sie von dem gefaßten Beschluß in Kenntnis zu setzen. Wir waren darin einig, daß die Verfehlung Hermanns nicht als vorbereitetes und zweckbewußtes Entweichen anzusehen, auch nicht eine Äußerung des Mutwillens oder Trotzes sei, und daß die große geistige Aufregung und Störung, in welcher er gehandelt hat, als Milderungsgrund betrachtet werden müsse. Es wurde deshalb eine Karzerstrafe von 8 Stunden festgesetzt, welche Hermann morgens von ½1 – ½ 9 Uhr verbüßen wird.

Außerdem war es die übereinstimmende Ansicht des Konvents, daß das Verbleiben Hermanns im Seminar in doppelter Hinsicht nicht wünschenswert sei. Nämlich erstlich in seinem eigenen Interesse. Es ist bei der Untersuchung seines Vergehens an den Tag getreten, daß es ihm in hohem Grad an der Fähigkeit fehlt, sich selbst in Zucht zu halten und seinen Geist und sein Gemüt in die Schranken einzufügen, welche für sein Alter und für seine erfolgreiche Erziehung in einem Seminar notwendig sind. Wir sind daher der Überzeugung, daß für ihn der Besuch eines Gymnasiums, wenn er dabei in einer Familie untergebracht würde, wo er zu gleicher Zeit in fortwährender Zucht und Überwachung stünde und dabei durch das Familienleben gemütliche Anregung fände, um vieles vorteilhafter sein müßte. Fürs zweite aber glauben wir, daß sein Aufenthalt im Seminar für seine Mitschüler eine Gefahr werden könnte. Er ist zu erfüllt von überspannten Gedanken und übertriebenen Gefühlen, denen sich hinzugeben er nur zu geneigt ist. Wenn er nun diese seinen Kameraden mitteilt, so wird er entweder, wie dies bisher der Fall war kein Verständnis finden und sich infolge davon, nach seiner eigenen Aussage, vereinsamt und verkannt fühlen, oder aber, und das wäre eben mit der Zeit doch zu fürchten, wird er auch andere in seine unnatürliche und ungesunde Gedanken- und Gefühlswelt hineinziehen. – Mein Schwager Prof. Malz und ich haben darüber mit Herrn Gundert gesprochen, und ich darf mich wohl auf unsere mündlichen Äußerungen beziehen.

Übrigens wird nach dem Beschluß des Konvents diese Frage der vorgesetzten Behörde vorgelegt werden.

Im Anschluß erlaube ich mir eine Zusammenstellung der Auslagen[1]*, welche durch Hermanns Entweichen veranlaßt worden sind, beizulegen.*

Davon bin ich überzeugt, daß Hermann jedenfalls in der nächsten Zeit ein pflichtmäßiges Verhalten beobachten wird. Aber in dem Umstand, daß seine so erregte Phantasie seinen Willen leicht überwuchert, liegt immer eine gewisse Gefahr.

Mit den höflichsten Empfehlungen auch an Ihren Herrn Schwager bin ich mit vorzüglicher Hochachtung

Ihr ergebenster W. Paulus

[1] Auslagen: Telegramme nach Stuttgart, nach dem Bahnhof, nach Bruchsal, nach Bretten, und ein Telegramm nach Calw.

1 M 85, 50 Pf., 1 M 95, 2 M 30 und 55 Pf. zusammen:	7,15
Belohnung für Landjäger Lieb u. Sternenfeld:	2,–
Dito für Landjäger Meier von hier:	3,–
Trinkgeld für Amtsdiener Röhm hier:	1,–
Rechnung von Oberfamulus Holzbog:	12,55
Summa:	M 25,70 Pf.

Erinnerung an meinen Großvater

Für mich ist die lebendigste und köstlichste Erinnerung an ihn die folgende. Ich war nicht ganz fünfzehn Jahre alt und hatte als Schüler des

Klosterseminars Maulbronn, auf einer der untersten Sprossen also jener Leiter, die zum Stift, zur Gelehrsamkeit, ins Pfarramt oder auf den schwäbischen Parnaß führt, die schwerste Krise meines Schullebens erlitten und ein kaum zu sühnendes, unbegreifliches, Schmach auf mich und meine so ehrbare Familie häufendes Verbrechen begangen: ich war davongelaufen, war einen Tag lang in den Wäldern gesucht und der Polizei gemeldet worden, hatte mir beim Übernachten auf freiem Felde bei zehn Grad Kälte beinah den Tod geholt und war nun nach meiner Entlassung aus Krankenstube und Karzer in die Ferien nach Hause gekommen, vom Seminar zwar noch nicht endgültig entlassen und ausgeschieden, aber doch in meinem Studiengang beinah hoffnungslos gefährdet. Als Verbrecher und Feind behandelt zu werden, namentlich von seiten der Verwandtschaft, wäre mir vielleicht weniger schrecklich gewesen als die Milde und verlegene Ängstlichkeit, mit der man mich als einen von unheimlicher und möglicherweise ansteckender Krankheit Befallenen umschlich. Einer der ersten Pflichtbesuche nun, die ich nach meiner Ankunft in der Heimat zu machen hatte, und der wichtigste und für mich schwierigste, war der beim verehrten, geliebten, im Augenblick aber auch sehr gefürchteten Großvater. Ich konnte kaum daran zweifeln, daß meine Eltern sich von diesem Besuch viel versprachen und daß sie den verehrten Alten gebeten hatten, mich auf Herz und Nieren zu prüfen und mir die Größe und zu vermutenden Folgen meines Verbrechens klarzumachen. Mein Gang zu ihm, in das liebe alte Haus und die Treppen bis zu seinem hochgelegenen sonnigen Studierzimmer hinauf, war der Gang des Sünders zum Gericht. Im großen Vorraum standen wie immer die Hunderte und Tausende von Büchern, die mich schon damals gewaltig anzogen und deren ich später so viele lesen sollte, es war hier dämmerig und überaus stille, durch das einzige Fenster sah ich hell die Wand des Hinterhauses leuchten, von der Sonne bestrahlt, mit dem großen finstern Loch des Dachbodenfensters, über dem etwas schief und überanstrengt das kleine Rad des Aufzugs hing, zum Hinaufseilen des Brennholzes. Es hatte alles, auch die graue feierliche Reihe der Folianten in den untersten Fächern der Schäfte, die genaue Regelmäßigkeit der Abstände zwischen den verbleichten Titelschildern langer Reihen von Zeitschriften-Bänden und der leise flüchtige Schimmer von Gold auf den Lederrücken, in dieser vermeintlichen Schicksalsstunde eine scheinbare Über-Realität und Bedeutsamkeit, die mich bedrückte, und es sprach alles von einer Welt der Ordnung, Sauberkeit und Gültigkeit, aus der mich zu entfernen und zu verlieren ich den ersten fatalen Schritt schon getan hatte, eben den Schritt, wegen dessen ich mich hier zu verantworten haben würde.

Und so betrat ich denn furchtsam des Heiligtum, roch den Duft von Pfeifenrauch, Papieren und Tinte, sah die Sonnenlichter auf den mit Büchern, Zeitschriften, Manuskripten in vielen Sprachen bedeckten Tischen spielen und sah mir gegenüber, mit dem Rücken zur Fenster- und Sonnenseite, auf seinem altem Kanapee in sonnendurchschienener Rauchwolke den Alten sitzen und langsam von seiner Schreibarbeit aufblicken. Ich grüßte leise und gab ihm die Hand, gefaßt auf Verhör, Urteil und Verdammung. Er lächelte mit dem feinen, so vieler Sprachen kundigen Munde aus dem breiten weißen Bart hervor, und noch mehr mit den hellblauen Augen, und schon ließ die bange Spannung in mir nach, und ich spürte, daß hier nicht Urteil und Strafe auf mich warte, sondern Verständnis, Altersweisheit, Altersgeduld samt etwas Spott und Schelmerei. Und nun tat er den Mund auf und sagte: «So, du bist's, Hermann? Ich habe gehört, du habest neulich ein Geniereisle gemacht.»

(1916)

Briefe aus Stetten an die Eltern

Verehrte Eltern! Stetten, [30. August 1892]

Obschon ich im Sinn hatte, nicht zu schreiben, muß ich doch um Einiges bitten. Es wäre nicht nötig, hätte ich auch nur ein wenig zum Packen Zeit gehabt. Wenn nötig will ich später die 25 Pf. Porto abzahlen.

Ich kam nach St., lebe hier schlechter als vorher, habe aber gegen Niemand geklagt, über Gott und Welt nur im Stillen geflucht. Dennoch wäre es mir höchst wünschenswert, wenigstens die 2 oder 3 leeren Hefte, die in «meinem» Studierzimmer im Fach sind, zu erhalten und «Dunst» und Matthisson. Im alten Stehpult (im Studierzimmer) liegt eine kleine schwarze Mappe in Heftform, ebenso ein kleines blaues Heftchen. Darum bitte ich, denn es ist durchaus selbsterworbener Besitz und mir als Erinnerung an bessere Zeiten lieb. Diese Gedichtchen mir zu nehmen, würde ich als Diebstahl und mein Unrecht als ausgeglichen ansehen. Dann würde ich frei und würde in Stetten bald nimmer zu sehn sein.

Doch das ist Eure Sache! Ich denke, den kleinen Gefallen wird man mir tun, vielleicht auch einen oder zwei von meinen Schillerbänden beilegen.

Es wird wohl wenig Aussicht für mich sein, anders wohin zu kommen. Nun, jedenfalls seid Ihr mich los, das genügt ja.

Achtungsvoll

H. Hesse Nihilist (haha!)

NB. Es ist mir im großen Ganzen furchtbar lächerlich zu Mut. Wenn ich die letzte Vergangenheit betrachte, muß ich oft herzlich lachen, über Alles, auch über mich, besonders wenn ich bedenke, was an Allem schuld ist. Wenn Ihr mir schreibt, ich sei wahnsinnig oder schwachsinnig, so will ich's Euch zu lieb glauben und – doppelt lachen.

P.S. Obschon ich mich nicht gerne in falsche Dinge mische, bitte ich dennoch, nicht in meinem Interesse, die Zeilen Großvater nicht zu zeigen. Wozu soll der alte Mann sich noch über einen dummen Jungen ärgern.

Bitte niemand zu grüßen

und seid selbst

der innigsten Liebe Eures XY versichert!!

Köstlich! So *muß* man Briefe schließen. Und die Leute schimpfen über Lügner.

Wehrter [sic] Papa! Stetten, 4. September 1892

Dank für Paket! Es tut mir leid, daß Ihr Euch so bemüht und mir so Vieles geschickt habt; ich habe keinen Quadratmeter Raum für meine Sachen.

Eben hatte ich mit Herrn Inspektor ein Gespräch, d. h. er sprach und ich hörte zu. Es war sehr erbaulich, Herr Pfarrer könnte mich fressen wegen des Briefchens, von dem Theo ihm schreibt. Natürlich wird auch dieses ihm geschickt.

Bitte, warum sagt Theo nicht einfach?: «Hermann halten wir für schwachsinnig, er darf nicht studieren.»

Mir wäre Alles einerlei, d. h. in viel höherem Grad einerlei als jetzt, wenn Ihr reich wäret. Aber so ist mir unendlich schwer, daß jeder Brocken, den ich esse, von Euch teuer bezahlt wird. Ich weiß, das Leben ist hier teuer, so teuer wie in Boll vielleicht, aber Euer Privatvergnügen ist's, das zu zahlen, es gibt ja billigere Gefängnisse als Stetten.

Herr Inspektor nahm mir Turgenieffs «Dunst». Dieses elende Leben ohne Reiz, ohne Bildung, ohne Unterhaltung genüge einem Tier; ich will auch etwas nicht Alltägliches haben, wenn auch nur in Lektüre. Ihr würdet mich da natürlich mit dem Pietismus abspeisen. Herr Inspektor wird mich's schwer fühlen lassen wenn er dies liest oder davon hört, aber ich bitte Euch durchaus nicht, ihm nichts zu sagen, ganz im Gegenteil.

Da hält man mir Reden: «Wende dich an Gott, an Christus, etc. etc!» Ich *kann* eben in diesem Gott nichts als einen Wahn, in diesem Christus nichts als einen Menschen sehen, mögt Ihr mir hundertmal fluchen.

Heinrich Heine sagte bei seinem Tod: Dieux [sic] me pardonnera; c'est son metier [sic]. Ich kann wohl auch sagen: Dieux [sic] me condamnera, c'est son metier [sic] ou plaisir.

Nach Herrn Inspektors Logik darf ich mich nicht Nihilist unterschreiben, also

H. Hesse, Exsulant

Motto
«Ubi *bene*, ibi patria»,
Sed ubi bene?

Papa unterschreibt sich an Herrn Inspektor: «Ihr betrübter etc». Bitte suche nicht betrübt zu sein, es hilft gar nichts! Versuche einmal zu lachen!

L[iebe] E[ltern]! Stetten, 11. September 1892

Eben wollte ich ein wenig Violine spielen. Ich nahm die Geige zur Hand, schaute hinaus in den sonnigen Tag und unwillkürlich glitt Schumanns «Träumerei» über die Saiten. Mir war so halb wohl, halb weh, halb schläfrig zu mut. Und die leisen, wiegenden Töne paßten zu meiner Stimmung. Ich verlor mich in die Klänge und träumte von ferner, besserer Zeit, von den schönen, glücklichen Tagen in Boll. Da – ein jäher Knall, ein schriller Mißton, eine Saite war gesprungen. Ich wachte auf aus dem Traum und war wieder – in Stetten. Nur eine Saite war gesprungen, aber die andern alle verstimmt.

Gerade so ist es bei mir; mein Bestes, mein Lieben, Glauben und Hoffen, habe ich in Boll zurückgelassen. Und welcher Kontrast:

In Boll spielte ich etwa im hübschen Saal mit lieben, netten Bekannten Billard; die Elfenbeinkugeln rollen leise, man hört das Knirschen der Kreide, Lachen und Scherzen. Oder ich sitze auf bequemem Sopha, spiele Dambrett mit irgend jemand und daneben rauschen die majestätischen Akkorde einer Beethoven-Sonate.

Und hier: Ich sitze im Zimmer, drüben klingt schläfrig die Orgel, unten singen Schwachsinnige mit näselnden Stimmen ein Kinderlied.

Aber der Hauptkontrast ist in mir selber. Nimmer das stille Glück, nimmer die bebende Leidenschaft von Boll ist in mir, sondern eine tote, wüste Leere. Ich könnte fliehen oder bewirken, daß ich hier ausgewiesen würde, könnte mich ruhig hängen, oder irgend etwas, aber wozu? Das Glück ist gegen mich, Papa jedenfalls noch viel wütender als damals, wie er mich aus dem Hause warf. Der Arzt spricht sich ungünstig oder gar nicht aus, ja, zum Geier, was soll denn da aus mir werden. Wäre mein Unwohlsein tödlich, so wäre ich über Alles ruhig. Mir steht fest, daß ich so in Stetten nimmer sein kann, und wenn man mich mit Gewalt und Opfern zum Pessimisten macht, so erkläre ich, daß ich dies ohne Andere sein und bleiben kann. Wenn keine Änderung meiner Lage möglich ist, denn eine Versetzung nach einem ähnlichen Ort wie Stetten hilft nichts, so brauche ich weder Arzt noch Eltern, um zur Verzweiflung und zum Verbrechen gebracht zu werden. Wenn Papa mich *zuhause* als Sohn nicht mehr brauchen kann oder im Studium, so hilft ihm der Sohn in der Irrenanstalt auch nichts. Die Welt ist groß, sehr groß und auf einen kommt es nicht an.

Übrigens warte ich auf Antwort; wenn Ihr nichts zu antworten habt, ist die Sache ja ganz einfach. Ich hoffe noch ein wenig, aber was – Unsinn!

Seht, Theo schrieb mir neulich: «Schlag Dir doch das Mädchen aus dem Sinn; es gibt tausend bessere und schönere!»

Ebenso könnte man Euch schreiben: «Schlagt Euch doch den Jungen aus dem Sinn» etc etc.

H. Hesse

... Nachdem ich das geschrieben, kommt Papas Brief. Er sagt unter anderem: «Verzeihe doch *mir* alles, womit» etc etc. Das klingt sehr ironisch, wenn's vielleicht auch anders gemeint ist. Nun, aus Ironie setzt sich größtenteils das Geschick zusammen. So oft ich einen Bekannten von alter Zeit spreche oder sehe, kommt es mir als Ironie vor und nichts kann mehr verbittern als Ironie bei einem Unglücklichen oder Kranken. Papa spricht auch von einer «Zeit, in der man selbst ein andrer geworden». Ganz recht, ich brauche nur die letzten Monate anzusehen: Ja, ich bin ein Anderer.

Überhaupt besteht die ganze Streiterei einfach darin, daß total verschiedene Meinungen da zusammentreffen, wo man Sympathie erwartet.

Ihr seht nach diesem elenden Leben ein besseres, während ich mir's ganz anders denke und darum dies Leben entweder wegwerfen oder etwas davon haben möchte. Was hilft es auch einmal, wenn ich gelernt habe, mich wie ein Drescher aufzuführen etc: Papa nennt Stetten den «besten» Ort, weil ich da dingfest bin und Ihr mich sicher los seid. O glaubt, diese kalten Erklärungen meinerseits sind's nicht, die mich erfüllen und bewegen, nein, es ist ein wehmütiger Schmerz um den verlorenen ewigen Frühling etc, ein Heimweh, aber nicht nach Calw, sondern nach etwas Wahrem. Ich sehe aber in Leben und Treiben, Hoffen und Lieben nur Wahn, nur Empfindung; wie Turgenjeff sagt: «Dunst, Dunst»! Wenn ich vor Monaten mein jetziges Leben gesehen hätte, hätte ich's für einen bösen, unmöglichen Traum gehalten. Dieser kalte, halb gelehrte, halb praktische Pfarrer mit seinen Predigten, diese ungebildeten Wärter, diese Kranken mit den abstoßendsten Gesichtern und Manieren, etc, etc, alles ist mir in der Seele verhaßt und wie gemacht, einem jungen Menschen zu zeigen, wie elend dieses Leben mit Allem ist. Was habe ich immer für gute Musik, gute Poesie etc gegeben!: Von alledem hier keine Spur, die nackteste, ausgesucht finsterste Prosa. Es wäre anders, wenn ich hier aufgewachsen wäre. Wie der eben ausgeschlüpfte Schmetterling könnte ich mich dann später der Sonne freuen. Aber ich kenne die Sonne: Sperret den ausgeschlüpften Schmetterling wieder ein! Doch wozu diese Erklärungen, Ihr seid in Calw und nicht in Stetten, ich bin in Stetten und nicht in Calw. Ihr atmet eine andre Luft als ich, «Hermann in Stetten» ist Euch fremd, ist Euer Sohn nicht.

Die Gartenarbeit ist mir verhaßt, und seit ich hier bin, war ich erst einigemal im Garten, obgleich ich jeden Tag gehen «sollte». «Mein Vater konnte mich nicht brauchen und hat mich nach Stetten geschickt» und damit basta. Da sitze ich, weil ich anderswo nicht sein darf und weine über mich, während ich über den Inspektor lache. Ich lasse mich von ihm nicht zwingen. Wenn er erfährt, daß ich nicht im Garten oder im Livius arbeite, so gibt er mir zu wenig zu essen u. ä., vielleicht droht er auch mit Zellenhaft. Er mag's tun.

Meine letzte Kraft will ich aufwenden, zu zeigen, daß ich nicht die Maschine bin, die man nur aufzuziehen braucht. Man hat mich mit Gewalt in den Zug gesetzt, herausgebracht nach Stetten, da bin ich und belästige die Welt nimmer, denn Stetten liegt außerhalb der Welt. Im Übrigen bin ich zwischen den vier Mauern mein Herr, *ich gehorche nicht und werde nicht gehorchen.*

Wenn der Inspektor es merkt, wird es furchtbare Auftritte geben, ich werde geschunden werden, es geschieht ja alles *zu meinem Besten!*

Für's Elternhaus, für die Familie hat mich die Natur, wie mir scheint, nicht bestimmt, doch dürft Ihr nicht sagen wie Posa:

«Wie arm bist du, wie bettelarm geworden,
Seitdem du niemand als dich selber liebst.»

Dies verdiene ich nicht. Ich liebe mich selber, wie jeder, aber nicht deshalb kann ich hier nicht leben, sondern weil ich eine andere Atmosphäre brauche, um meinen Zweck als Mensch erfüllen zu können und – zu wollen. Ihr seht, ich strenge mich an, Alles objektiv zu erklären, alle Einwendungen im voraus abzuschlagen; denn ich möchte endlich eine Entscheidung. Sagt so – und ich werde Fremde in Euch sehen, sagt so – und ich kann leben und schaffen. Was hilft es mich, wenn Papa X mal wiederholt: «Glaube, daß wir es gut mit Dir meinen»? Diese Phrase ist nicht die Bohne wert. Ich muß unter andern Menschen sein, ich kann ja mit Julius sagen: «Mein Herz suchte sich eine Philosophie und die Phantasie unterschob ihre Träume. Die wärmste war mir die wahre. Ich forsche nach den Gesetzen der Geister, aber ich vergesse zu erweisen, daß sie wirklich vorhanden sind. Ein kühner Angriff des Materialismus stürzt meine Schöpfung ein.»

Wenn ich sage «Du sollst» oder gar, «du solltest», so sagt der Materialismus «Du mußt» etc etc. Ja, der materiellste Materialismus ist hier, die Luft selbst scheint hier materieller zu sein. Es gibt hier kein Hoffen und Glauben, kein Lieben und geliebt werden, viel weniger irgend ein Ideal, irgend etwas Schönes, Ästhetisches, keine Kunst, keine Empfindung; was mehr ist als Arbeit und Essen, fällt weg, es gibt nichts Höh'res auf der Erde, keine größere Macht, als den augenblicklichen Vorgesetzten, kein Motiv als fremden Befehl, es gibt, mit einem Wort gesagt, hier keinen Geist. Nicht einmal sinnliche Vollkommenheit gilt hier etwas, selbst die paar Adelige, die da sind, sind ein Teil des sinnlosen Proletariats, das sich hier angesammelt hat. Ich beanspruche ja gewiß nicht, mit den hiesigen Menschen etwa politisieren zu können u. ä., aber nicht einmal ein ordentliches Privatgespräch kann da zurecht kommen.

Über diese elende Masse erhaben zu scheinen, ist aber doppelt gefährlich, da all die Kranken nichts fühlen ließen und zum Teil fühlen lassen. Denn so dumm sind dann doch wieder wenige, daß sie nicht plumpe Intriguen in Szene setzen könnten.

Während ich das schildere bin ich durchaus nicht aufgeregt, was mein Wärter bezeugen kann, der von diesem Brief *teilweise* weiß. Überhaupt suche ich hier möglichst kalt und kategorisch die Verhältnisse zu schildern. Und jetzt frage ich, nur als Mensch (denn ich erlaube mir, gegen Euren Willen und meine 15 Jahre, eine Ansicht zu haben): Ist es recht, einen jungen Menschen, der außer einer kleinen Schwäche der Nerven so ziemlich ganz gesund ist, in eine Heilanstalt für *Schwachsinnige und Epileptische»* zu bringen, ihm gewaltsam den Glauben an Liebe und Gerechtigkeit und damit an einen Gott zu rauben? Wißt Ihr, daß ich, als ich das erstemal von Stetten kam, wieder leben und ringen wollte und daß ich jetzt, so ziemlich geheilt, innerlich kränker bin als je? Wäre es nicht besser, ein solcher würde mit einem Mühlstein um den Hals in's Meer versenkt, da es am tiefsten ist?

Ich weiß nicht, ob Ihr beim Lesen dieses lacht oder erschreckt, mir jedenfalls ist es bitterer Ernst und ich frage Euch von einem allerdings nur idealen, aber menschlichen Standpunkt aus. Es mag Euch unverschämt erscheinen, aber was ich im ersten, zweiten und dritten Brief zwischen den Zeilen sagte, habt Ihr, vielleicht absichtlich, auf sich beruhen lassen, so sage ich's im 4. Brief deutlich, denn Deutlichkeit erachte ich für eine Hauptbedingung in jeder Korrespondenz. Ihr sagt vielleicht: «Du hast ja die Verantwortung nicht». Aber ich habe den Schaden, ich bin schlechterdings einmal das Medium und glaube mich selber doch auch etwas anzugehen. Ihr sagt als «Fromme» : «Die Sache ist ganz einfach. Wir sind Eltern, du bist Kind, damit basta. Was wir gut heißen, ist gut, mag's sein, was es will.»

Ich aber sage von meinem Standpunkt aus: «Ich bin Mensch, «Person», wie Schiller sagt, meine Erzeugerin ist allein die Natur, und sie hat mich nie, nie schlecht behandelt. Ich bin Mensch und erhebe vor der Natur ernst und heilig Anspruch auf das allgemeine Menschenrecht und dann auf das Spezielle.» Ich behaupte: Kein Verdienst verschafft uns ein eigentliches Recht, sondern dieses besteht von der Natur, die uns zu den und dem bestimmt hat. Ich sage, wenn es auch, selbst in meinen Ohren, seltsam klingt: Ich habe von der Natur gar nicht das *Recht*, unter Schwachsinnigen und Epileptischen zu leben.

Doch auf Ansichten von Nichterwachsenen und auf deren Rechte als Menschen gebt Ihr nichts, das weiß ich, und lasse Euch Eure Ansicht aus sehr einfachem Grund.

Zu bemerken ist noch, daß ich äußerlich besser gesund bin als je. Ich schlafe wie ein Ratz, habe Appetit und Kraft, Kopfweh und Übelsein ist ja schon lange fort. Geistige Arbeit strengt mich kaum an. Ich bin seit Maulbronn um 4 cm größer und um 16 Pfund schwerer geworden. Obschon Papa mich zu verstehen meint, scheint es doch anders zu sein. Da schreiben wir Brief um Brief, in jedem steht das Gleiche und in jedem etwas anderes!

Es ist jedenfalls sehr, sehr merkwürdig, daß es für einen jungen Mann von 15 Jahren, der nervös, sonst ganz gesund ist, Schule besucht hat, etc, etc, gar, gar keinen Ort in der unendlichen Welt gibt als – Stetten im Remstal, Schloß, No 29. Wenn ich mehr Geld und auch menschliche Gesellschaft hätte, würde ich all dies im Wirthaus vergessen. Dahin hat die elterliche Liebe den Sohn, mit dem man es ja so engelgut meint, gebracht, daß er sich um einen tollen Nachmittag in Gesellschaft verkaufen würde.

Ihr wißt selber, was es ist um ein blutjunges, frohes Herz mit Poesie und Ideal, wißt, was Feuer, Begeisterung, wißt, was junge Liebe und Maitraum ist, Ihr wißt, daß die Jugend der glückliche Lenz ist und nur darum so schön, weil

Singend über Tal und Höh'n
Sobald er weiter zieht!

Ihr wißt, wie rührend sanft und wehmütig Geibel warnt:

Oh Rühret, rühret nicht daran!

Und hier wird jegliches Ideal, jede Liebe profaniert, mißverstanden, verlacht. Ihr sagt, ich habe noch ein ganzes Leben vor mir. Allerdings, aber die Jugend ist das Fundament, da ist das Herz noch empfänglich für Gutes und Böses. Aber ach, ich vergesse, daß Ihr andere Menschen seid, ohne Makel und Fehl, wie die Statue, aber ebenso tot. Ja, Ihr seid echte, wahre Pietisten, wie Nikodemus (?): ein Jude, in dem kein Falsch ist. Ihr habt andre Wünsche, Anschauungen, Hoffnungen, andre Ideale, findet in Andrem Eure Befriedigung, macht andre Ansprüche an dieses und jenes Leben; Ihr seid Christen, und ich – nur ein Mensch. Ich bin eine unglückliche Geburt der Natur, der Keim zum Unglück liegt in mir selber; aber doch glaubte ich erst vor Monaten, im Schoß der Familie glücklich sein zu können. Ich kann, wie Posa zu Don Carlos, zu mir sagen:

« – o der Einfall
«War kindisch, aber göttlich schön. Vorbei
«Sind diese Träume!» –

Ich setze den Brief fort, weiß aber selbst nicht recht, warum.

Könntet Ihr in mein Inneres blicken, in diese schwarze Höhle, in der der einzige Lichtpunkt höllisch glüht und brennt, Ihr würdet mir den Tod wünschen und gönnen. Da liegt vor mir Livius: Ich soll darin arbeiten und kann kaum! Gerne würde ich den Livius samt

Lexika, die ganze Irrenanstalt, Boll, Calw, Zukunft, Gegenwart und Vergangenheit ins Feuer werfen und selbst hineinstürzen.

Gerne möchte ich fliehen, aber wohin im kalten Herbst, ohne Geld und ohne Ziel, ins Graue hinein? Wohin in dem von Landjägern durchkreuztem Land? Erwünscht wäre es mir jetzt, wenn etwa eine Revolution ausbräche, die Cholera bald käme. Im allgemeinen Elend kann der Kleine ruhig sterben.

In Boll habe ich erst lachen, dann weinen gelernt, in Stetten habe ich auch etwas gelernt: Fluchen. Ja, das kann ich jetzt! Fluchen kann ich mir selbst und Stetten vor allem, dann den Verwandten, dem verhaßten Traum und Wahn von Welt und Gott, Glück und Unglück. Wenn Ihr mir schreiben wollt, bitte nicht wieder Euren Christus. Er wird hier genug an die große Glocke gehängt. «Christus und Liebe, Gott und Seligkeit» etc etc steht an jedem Ort, in jedem Winkel geschrieben und dazwischen – alles voll Haß und Feindschaft. Ich glaube, wenn der Geist des verstorbenen «Christus», des Juden Jesus, sehen könnte, was er angerichtet, er würde weinen. Ich bin ein Mensch, so gut wie Jesus, sehe den Unterschied zwischen Ideal und Leben so gut wie er, aber ich bin nicht so zäh wie der Jude, ich!

Lebt wohl!

Ich bitte also nochmals, bestimmt zu antworten, ohne Phrasen, ohne Schonung, aber nicht im Zorn über meinen Brief. Im Übrigen verbleibe ich u. s. w.

Stetten, 14. September 1892

Sehr geehrter Herr!
Da Sie sich so auffällig opferwillig zeigen, darf ich Sie vielleicht um 7 M oder gleich um den Revolver bitten. Nachdem Sie mich zur Verzweiflung gebracht, sind Sie doch wohl bereit, mich dieser und sich meiner rasch zu entledigen. Eigentlich hätte ich ja schon im Juni krepieren sollen.

Sie schreiben: Wir machen Dir gar keine «schrecklichen Vorwürfe» weil ich über St[etten] schimpfe. Dies wäre auch mir durchaus unverständlich, denn das Recht zu schimpfen darf man einem Pessimisten nicht nehmen, weil es sein einziges und letztes ist.

«Vater» ist doch ein seltsames Wort, ich scheine es nicht zu verstehen. Es muß jemand bezeichnen, den man lieben kann und liebt, so recht von Herzen. Wie gern hätte ich eine solche Person! Könnten Sie mir nicht einen Rat geben. In alter Zeit war das Fortkommen leicht: jetzt ist's schwer, ohne Scheine, Ausweise etc durchzukommen. Ich bin 15jährig und kräftig, vielleicht könnte ich an der Bühne unterkommen?

Mit Herrn Schall mag ich nicht verhandeln, der herzlose Schwarzfrack ist mir verhaßt, ich könnte ihn erstechen. Er gönnt mir keine Familie, so wenig als Sie oder irgend jemand.

Ihre Verhältnisse zu mir scheinen sich immer gespannter zu gestalten, ich glaube, wenn ich Pietist und nicht Mensch wäre, wenn ich jede Eigenschaft und Neigung an mir ins Gegenteil verkehrte, könnte ich mit Ihnen harmonieren. Aber so kann und will ich nimmer leben und wenn ich ein Verbrechen begehe, sind nächst mir Sie schuld, Herr Hesse, der Sie mir die Freude am Leben nahmen. Aus dem «lieben Hermann» ist ein andrer geworden, ein Welthasser, eine Waise, deren «Eltern» leben.

Schreiben Sie nimmer «Lieber H.» etc; es ist eine gemeine Lüge.

Der Inspektor traf mich heute zweimal, während ich seinen Befehlen nicht nachkam. Ich hoffe, daß die Katastrophe nimmer lang auf sich warten läßt. Wären nur Anarchisten da!

H. Hesse, Gefangener
im Zuchthaus zu Stetten,

wo er «nicht zur Strafe» ist. Ich beginne mir Gedanken zu machen, *wer* in dieser Affaire schwachsinnig ist.

Übrigens wäre es mir erwünscht, wenn Sie gelegentlich mal herkämen.

Aus dem ‹Tagebuch 1900›

Basel, 15. April 1900

Diese warmen, grünen Abende auf Riehenhof! Seit Monaten hatte sich mir keine Zeile gereimt, und jetzt – es quillt so weich und ohne Ende, Verse, Verse! Es ist ganz wie es in schönen Anthologien steht: Frühling, junges Grün und Amselgesang, und dem Dichter verhängt ein selig goldener Nebel die Welt. Ich liege im Rasen, ich wandere durch die Wiesen, ich lehne im Halbdunkel abends im Zimmer, ich gehe zum Wein, und meine Lippen sind heiß und rot von lauter Reimen. Kein Inhalt, kein Gedanke, nur Musik von schlanken, lachenden Worten, nur Takt, nur Reim. Ich weiß dabei wohl, daß diese Verse, wenn noch so gut, noch nicht einmal Lyrik sind, und weiß, daß ich schon bald an heute und gestern als an etwas Unbegreifliches, Schönes, Vergangenes denken werde, mit Schmerz und Ironie. Auch ist mir, ein Dichter hätte das, was ich eben denke, schon mit sehr schönen Versen zu Tode gesungen, und wenn ich mich besinne, so ist es der unangenehme Freund Heine und sind es die Zeilen:

Sag nicht, daß du mich liebst,
Ich weiß, das Schönste auf Erden,
Der Frühling und die Liebe,
Es muß zuschanden werden.

Der Frühling und die Liebe. Liebe? Ich weiß nicht. Es ist nur ein Name, und bei mir ist die Liebe eben dieser weich zerfließende Lyrismus, der mich als besondere Form des Sentimentalen jeweils befällt und ebenso süß als schwächend ist. Oder soll ich dabei an Elisabeth denken? Ist das denn Liebe, daß ich manchmal Lust habe, ihr mehr zu sagen, als man sonst Mädchen sagt? Daß es mich zuweilen traurig macht, wenn ich mir vorstelle, ich mache ihr Geständnisse und führe mit Schande von dannen? Müßte ich nicht den unsichern Grund meines ganzen jetzigen Lebens antasten, einen steinernen Grund legen und von da aus mit der roten Fahne der Leidenschaft, mit Stürmen und Opfern nach ihr jagen? Wenn ich mich jener ernstlichen, brennenden Leidenschaft erinnere, mit der ich noch als halber Knabe der ersten Frauenliebe verfiel, an jene Entzückungen, an jene durchweinten Nächte, an jene im Fieber entworfenen, von plötzlichen Selbstmordgedanken gekreuzten, dennoch selig frechen Lebenspläne, an jene Wut, den Namen Elise viele hundert Mal im Bette zu flüstern, im Garten zu singen, im Walde laut zu schreien – wenn ich an das alles denke, so muß ich traurig lachen und kann dieses zarte Hinüberneigen nicht Liebe nennen. Eine Stimmung, ein in Dämmerung angeschlagener Moll-Akkord, ein scheuer Anfang eines unsicher elegischen Gedichtes – und schließlich eben dennoch seit Jahren die einzige, wenn noch so leise Erregung, bei der mir der Name Liebe einfiel. Der lodernde Rausch von damals, durch viel Philosophie, viel Ästhetik, viel Kunst und viel Ironie jahrelang ins Blassere, Flüchtigere nuanciert, ist's doch vielleicht. Aber ich träume doch zuweilen von jener alten Liebe so rot und feuerfarben, habe Sehnsucht nach einer Leidenschaft, die gellend und bacchantisch sich aus Übermut und Ungenügen zum Verhängnis wöbe. Ist dieser Traum und diese Sehnsucht alles, was ich vermag, ist es der Nachklang der alten Liebe oder Ahnung einer kommenden, noch möglichen? Und steigt dieser Traum rein aus dem unbewußten Leben, aus Instinkt und verlorener Erinnerung, oder hat er seine Farben von Böcklin und seinen großen, dämonischen Takt von Chopin und Wagner?

Ich glaube, daß kein anderer Mensch über die Gründe seines inneren Lebens und über die wahren Ursachen seines Begehrens und Ungenügens so durchaus im Dunkeln ist und immer tiefere Finsternis findet wie eben der, der seine flüchtigsten Regungen beobachtet und dem Entstehen jeder Reizung nachspürt. Als ob dadurch sich das verscheuchte Unbewußte nur enger konzentrierte und sich, ängstlich geworden, vollends jedem vorsichtigsten Blick entzöge.

Basel, 13. Mai 1900

Der See wirkt noch leise nach. Seine Schönheit ist unerschöpflich und ist jetzt, da alle Berge noch tiefen Schnee haben, noch frischer und reiner. So oft ich ihn schon besuchte, er ist immer wieder neu, voll Trost und Reichtum. Jedesmal, wenn ich in Luzern an den Quai trete, beginnt seine Wirkung und ist jedesmal verstärkt oder verändert. Ich meine nicht die schönen Matten, nicht den Pilatus, die Wälder oder den Rigi, den langweiligsten aller Berge – was mein Auge so begeistert, ist einzig die Schönheit dieses klaren Wassers, das vom Blauschwarz übers Grün und Grau bis zum silbernsten Silber jeder Farbe und Nuance fähig ist. Bald hat das Wasser ein metallen schweres Grau, bald bei schwachem Wellenschlag ein kühles Hellgrün, bald ist «Öl auf dem See», wie die Maler verzweifelnd sagen. Dies ist das Schönste, diese Flecken von verschiedenster Farbe, oft mit scharfem Kontur begrenzt, oft in den verfeinertsten Übergängen aufgelöst, darauf tiefblau die Wolkenschatten und silbern und bleiern, je nach der Sonne, die Schneespiegel. Aus großer Höhe verliert der See fast allen Reiz, am schönsten ist er vom Boot aus oder, wenn viel Sonne ist, von Morschach oder Seelisberg.

Ich sah neulich dort ein kühles, helles Blaugrün, ganz wie am Himmel das Spätblau nach dem Abendrot, aber nicht goldig, sondern silbern getönt – diese unbeschreibliche Farbe und ihr Übergang zum völligen Mattsilber gewährte mir eine ganz überschwengliche Lust, ein Gefühl der Befreiung vom Gesetz der Schwere, ein Gefühl der Auflösung, als läge meine Seele kühl und ohne von mir zu wissen auf dem schweigenden Seebusen ausgebreitet, ganz Äther, ganz Farbe, ganz Schönheit. Nur äußerst selten hat mich ein Eindruck künstlerischer, poetischer oder philosophischer Art in diese Höhe und Ruhe versetzt. Das war nicht mehr die Freude am schönen Bild, die freundliche Selbsttäuschung, welche man sich vor guten Kunstwerken gestattet – im Anblick dieser Farbe genoß ich für Augenblicke den Triumpf der reinen Schönheit über alle Regungen des bewußten und unbewußten Lebens. Hatte ich nicht doch zuweilen an meinem Stern gezweifelt und war geneigt, einigen landläufigen Angriffen gegen die «ästhetische Weltanschauung» recht zu geben? Ich weiß nun, daß meine Religion kein Aberglaube ist, daß es sich lohnt, alle körperlichen und geistigen Dinge nur in ihren Beziehungen zur Schönheit zu betrachten und daß diese Religion Erhebungen schenken kann, die an Reinheit und Seligkeit denen der Märtyrer und Heiligen nicht nachstehen. Daß sie zugleich nicht mindere Opfer verlangt und nicht geringere Qualen und Zweifel und Kämpfe bringt, wußte ich längst. Der Schönheit gegenüber ist in uns dieselbe Erbsünde, dasselbe Fallen und Wiederaufstehen, dasselbe mit Beseligungen abwechselnde Elendgefühl wie im Leben des Christen. Überhaupt sind diese wahrhaftig Frommen für uns Ästheten die einzigen würdigen Feinde, denn sie allein kennen ebenso tief wie wir die Abgründe des täglichen Lebens, die Leiden unter der Gemeinheit, das Auf-Knien-Liegen vor dem Ideal, die Ehrfurcht vor der Wahrheit und die schonungslose Konsequenz des

Glaubens. Seit dem Untergang der von uns immer nur höchstens annähernd verstandenen Antike sind immer nur diese beiden Wege über das Gemeine hinausgegangen, denn nach meinem Gefühl ließen sich die Wege der Ästheten und der Christen durchaus auch in der Geschichte der Philosophie verfolgen. Jedenfalls führt auch der Weg des Denkers, sobald er irgendeine Stellung zum Ewigen bewahrt, durch dieselben Opfer und Leiden, durch schmerzhaftes Berühren einer immer offenen Wunde, durch Weltentsagung in irgendeinem Sinn, durch niedergezwungenen Ekel und durch die Finsternisse des Zweifels am Ideal. Ist es der Philosoph, der Schönheitsucher oder der Christ, zu dessen Ideal die immer gleiche «Welt» im peinlicheren Kontraste steht? Alle drei jedenfalls leiden, und alle drei verschmähen die Kompromisse, also das «von Fall zu Fall», und den Humor. Oder gibt es wirklich einen Humor, vom gemeinen Witz abgesehen, dessen letzter Grund nicht eine Schwachheit, ein Schwindel und Zurücktreten vor der schmerzlichen Konsequenz des Idealisten ist? Spürt man die Grenze nicht in jedem witzigen Gespräch, wenn ein Mitredender noch so geistreich beginnt an Dinge zu rühren, deren Wesen Würde ist und deren Mithereinziehen in den Kreis des Witzes auch dem Gröbsten zuweilen ans Gewissen greift? Wie kann man Mitspieler in einem Lustspiel sein wollen, da man doch weiß, daß der Witz der Komödie auf der Erbärmlichkeit der Personen beruht? Jedoch liegt für den toleranten Idealisten ein höchster komischer Reiz eben im Untersinken eines Helden zum Gemeinen. Es gehört zu den Opfern, die wir dem Ideal schuldig sind, auch diesen überaus verführerischen Reiz zu töten. Die schwärmerischen Verliebten, die nach erfolgter Aufklärung über die geringe Mitgift so komisch haltmachen, die Helden, die auf dem Weg zu etwas Edlem im Augenblick des körperlichen Ermattens ihr Ideal für eine Mahlzeit verkaufen, diese und alle ähnlichen Lustspielfiguren haben unter ihren applaudierenden Zuschauern immer eine Menge von Brüdern, für welche der heftigste Reiz der Spiels im halberwachenden Gewissen liegt. Manche von diesen hätten vielleicht für Augenblicke Lust zur Entrüstung, da aber der Mut fehlt und da sie schon hundertmal an derselben Klippe gestrandet sind, applaudieren sie dem Helden und ahmen ihn nach, indem sie ihr Ideal für das Vergnügen zu lachen verkaufen. Ich kenne wenige, denen es gelingt, und mir selbst gelingt es selten, auch ein solches Spiel, falls dieses es verdient, rein als Kunstäußerung und ohne Bezug zur stofflichen Komik zu genießen. Die wenigen Lustspiele solcher Art, welche ich besuche, machen mich meistens nur ärgerlich oder traurig, je nach der künstlerischen Qualität.

Vitznau, 5. September 1900

O wenn ich jetzt die naive Genußsucht meiner früheren Jahre wieder hätte, wenn noch mein Herz wie früher des berauschten schwelgerischen Schlagens fähig wäre!

Aber trotzdem – ich feiere täglich einen Kranz von Festen. Der See entschleiert sich allmählich meinem fleißigen Auge und hält mich nun fortwährend in einem Kreis von Lockungen, Reizen und Überraschungen gefangen. Zuweilen hält er an sich, läßt mich warten und wirft mich dann unversehens händevoll mit Kostbarkeiten, daß mir die Augen flimmern. Die wesentlichen Farbenwechsel der einzelnen Buchten, Himmelsrichtungen und Tageszeiten habe ich wohl erfaßt, aber was ist dieses Gerippe gegen das überströmend freudige Leben, das sich ohne Ziel und Norm von Augenblick zu Augenblick in unglaublicher Üppigkeit verblutet und erneuert!

Ich verbringe alle Stunden des Tages damit, dem See seine Farbenspiele und Geheimnisse abzuspähen. Nachdem ich in den ersten Tagen die Uferwege unzähligemal hin und her gestrichen, bringe ich nun ziemlich meine ganze Zeit auf dem Wasser selbst zu. Zuweilen versuche ich es noch mit dem Blick von oben her, ohne große Entdeckungen. Von der Höhe der Hammetschwand ist das Wasser für mein Auge eben noch zu genießen, darüber hinaus schwindet Glanz und Farbe von Meter zu Meter, und von Rigikulm aus ist der See stumpf und beinahe grau anzusehen. In geringerer Höhe gewährt er noch einige feine Reize, namentlich durch Wald hindurch betrachtet, wobei Buchen-, Kastanien- und Eichlaub zuweilen köstliche Nuancen gewähren.

Doch wozu diese ärmeren und entlegeneren Blicke suchen und Zeit und Sonne daran vergeuden? Statt dessen kreuze ich den ganzen Tag im Boot auf der Fläche und in den Buchten umher. Ein leichtes Kielboot, für die Ruhepausen eine Zigarre und ein Band Plato, sowie Rute und Angelzeug, das ist meine Ausrüstung.

Ob der Tag noch kommen wird, an dem ich in Worten diese Flut von bunten Seligkeiten und farbig erregten Momenten werde zu Ende dichten können? Die Lockungen, Lüsternheiten, Begierden, diese plötzlichen Befriedigungen, Ekstasen und Blendungen? Heute kann ich nur stammeln und prosaisch notieren. Vielleicht wird es dabei bleiben, vielleicht ist es überhaupt der Sprache nicht möglich, dem individuell forschenden und genießenden Auge auch nur bis über die ersten gröberen Nuancen weg zu folgen. Auch die Maler müssen ja schon bei den scheinbar simpelsten Mischungen sich dem Instinkt überlassen und problematische eigene Wege gehen. – Kann man sich einen sprachlichen Pointillisten denken? Und doch – was ist Blaugrün? Was ist Perlblau? Wie läßt sich das leise Überwiegen etwa des Gelb, des Kobaltblau, des Violett aussprechen? – und doch liegt in diesem leisen Überwiegen das ganze süße Geheimnis einer Stimmung, einer beglückenden Kombination beschlossen.

Erinnerung an Asien

Wenn ich mich jetzt, drei Jahre nach meiner malayischen Reise, an den Osten erinnere, so sehe ich die Einzelbilder jener Reise in ihrer Gegenständlichkeit leicht getrübt und verallgemeinert, es ist Colombo von Singapore, Ippoh von Kuala-Lumpur, der Batang Hari vom Moesi nicht mehr so scharf in umrissener Individualität abgetrennt und verschieden. Dafür treten einige große Zusammenhänge deutlicher hervor. Wenn man mich heute nach genauen sichtbaren Einzelheiten aus Palembang oder Penang oder Djambi fragt, so muß ich suchen und habe einige Mühe, Greifbares hervorzubringen; wenn man mich aber nach dem Wert und den Haupteindrücken meiner ganzen Reise fragt, so weiß ich besser und rascher Bescheid als damals gleich nach der Heimkehr.

Von den Wochen, die ich in Städten und Wäldern der Malakka-Halbinsel und Sumatras zugebracht habe, sind mir folgende Haupteindrücke als Erlebnisse geblieben, zusammengeschmolzen und kombiniert aus hundert kleinen gesehenen Einzelheiten.

Der erste und vielleicht stärkste äußere Eindruck, das sind die Chinesen. Was ein Volk eigentlich bedeute, wie sich eine Vielzahl von Menschen durch Rasse, Glaube, seelische Verwandtschaft und Gleichheit der Lebensideale zu einem Körper zusammenballe, in dem der Einzelne nur bedingt und als Zelle mitlebt wie die einzelne Biene im Bienenstaat, das hatte ich noch nie wirklich erlebt. Ich hatte Franzosen von Engländern, Deutsche von Italienern, Bayern von Schwaben, Sachsen von Franken zu unterscheiden gewußt, schließlich aber doch nur von den Engländern den Eindruck einer in ihrer Eigenart gepflegten, auf Rasse und Geschichte stolzen Volksgemeinschaft bekommen, und daran war das niedere Volk unbeteiligt. Bei den Chinesen sah ich zum erstenmal die Einheit eines Volkswesens so absolut herrschen, daß alle Einzelerscheinungen darin ganz und gar untergehen. Äußerlich und malerisch kann man von Malayen, Hindus oder Negern denselben Eindruck haben, Farbe, Kostüm und Lebensführung uniformieren alle diese Massen zu höchst sichtbaren Einheiten. Aber bei den Chinesen war von allem Anfang an der Eindruck eines Kulturvolkes da, eines Volkes, das in langer Geschichte geworden und gebildet ist und im Bewußtsein der eigenen Kultur nicht nach rückwärts, sondern in eine tätige Zukunft blickt.

Etwas völlig anderes ist der Eindruck, den die Naturvölker machen. Zu ihnen rechne ich die Malayen, trotz ihres Handels, ihres Mohammedanismus und ihrer äußeren Zivilisationsfähigkeit durchaus mit. Den Chinesen gegenüber war mein Gefühl zwar stets eine tiefe Sympathie, aber gemischt mit einer Ahnung von Rivalität, von Gefahr; mir schien, das Volk von China müssen wir studieren wie einen gleichwertigen Mitbewerber, der uns je nachdem Freund oder Feind werden, jedenfalls aber uns unendlich nützen oder schaden kann. Nichts davon bei den primitiven Völkern. Auch sie erwarben sofort meine Liebe, aber es war die Liebe des Erwachsenen zu jüngeren, schwachen Geschwistern, zugleich auch erwachte das Schuldgefühl des Europäers, der an diesen Völkern bis heute nur Dieb, Eroberer und Ausbeuter geworden ist, noch nicht helfender und führender Bruder, mitleidiger Freund, helfender Führer. Daß aus diesen braunen gutartigen Völkern große Gefahren oder Gewinne für unsere Kultur zu erwarten seien, ist ohne jede Wahrscheinlichkeit. Daß aber die Seele Europas ihnen gegenüber voll von Schuld und ungebüßter Sünden starrt, läßt sich nicht leugnen. Die unterdrückten Völker der Tropenländer stehen unserer Zivilisation als Gläubiger mit älteren und gleichbegründeten Rechten gegenüber wie etwa die Arbeiterklasse in Europa. Wer im eigenen Automobil im Pelz an Arbeitern vorüberfährt, die müde und frierend nach Hause gehen, kann keine ernsteren Gewissensfragen an sich stellen als wer auf Ceylon oder Sumatra oder Java als Herr zwischen lautlos bedienenden Farbigen lebt.

Der dritte starke Eindruck meiner Reise war der Urwald. Ich kenne die neuesten Theorien über die Urheimat der Menschen nicht; für mich bleibt, zumindest symbolisch, der tropische Urwald die Heimat des Lebens, der einfache primitive Tiegel, in dem aus Sonne und nasser Erde lebendige Formen gebraut werden. Wir, die wir alle in Ländern leben, deren natürliche Produktionskräfte fast bis zur Grenze ausgebeutet, zumindest gekannt und gemessen sind, wir stehen mit unserem an Zahlen und Maße gewöhnten Denken inmitten des Urwaldes wie an der Wiege des Lebens, und ahnen dort mit Staunen, daß die Erde noch kein erkalteter Stern in späten schwachen Zuckungen ist, sondern noch zeugenden Urschlamm kennt. Eine Flußfahrt zwischen Krokodilen, Reihervölkern, Adlern und großen Katzen, oder ein Waldmorgen, wenn im gelb durchsonnten Geäst der filzigen Waldwildnis große Affenfamilien den Tag mit Gebrüll begrüßen, das ist für den an scharf begrenzte Felder, sorgsam gezogenen Wald und regulierte Revierjagd Gewöhnten ein wunderbares und mächtiges Erlebnis. Dazu der Geruch von Gefahr und das Gefühl von der Wertlosigkeit des Einzellebens, wenn man im feuchten dampfenden Dschungel nach Vögeln oder Schmetterlingen geht, Geheimnis und mögliche Gefahr auf allen Seiten, geiles Pflanzenwachstum und üppig brütendes Tierleben auf jedem Quadratfuß. Und die alte, selbstverständliche, in Europa doch tausendmal vergessene Herrschaft der Sonne! Das elementare Einbrechen der Nacht, die alles bis zum Grunde verwandelt, und das Aufglühen des raschen Morgens, der das Leben wiederbringt, das unendlich rasche und heftige Entstehen und Austoben der Regen und Gewitter, der warme, leicht animalische Geruch der nassen fruchtbaren Erde, dies alles ist für uns wie eine geheimnisvolle und lehrreiche Rückkehr an die Quellen unseres Lebens.

Schließlich aber ist doch ein menschlicher Eindruck der stärkste. Es ist der der religiösen Ordnung und Gebundenheit all dieser Millionen Seelen. Der ganze Osten atmet Religion, wie der Westen Vernunft und Technik atmet. Primitiv und jedem Zufall preisgegeben scheint das Seelenleben des Abendländers, verglichen mit der geschirmten, gepflegten, vertrauensvollen Religiosität des Asiaten, er sei Buddhist oder Mohammedaner oder was immer. Dieser Eindruck beherrschte alle anderen, denn hier zeigt der Vergleich eine Stärke des Ostens, eine Not und Schwäche des Abendlandes, und hier fühlen sich alle Zweifel, Sorgen und Hoffnungen unserer Seele bestärkt und bestätigt. Überall erkennen wir die Überlegenheit unserer Zivilisation und Technik, und überall sehen wir die religiösen Völker des Ostens doch ein Gut genießen, das uns fehlt und das wir eben darum höher stellen als alle jene Überlegenheiten. Es ist klar, daß kein Import aus Osten uns hier helfen kann, kein Zurückgehen auf Indien oder China, auch kein Zurückflüchten in ein irgendwie formuliertes Kirchenchristentum. Aber es ist ebenso klar, daß Rettung und Fortbestand der europäischen Kultur nur möglich ist durch das Wiederfinden seelischer Lebenskunst und seelischen Gemeinbesitzes. Ob Religion etwas sei, das überwunden und ersetzt werden könne, mag Frage bleiben. Daß Religion oder deren Ersatz das ist, was uns zutiefst fehlt, das ist mir nie so unerbittlich klar geworden wie unter den Völkern Asiens.

(1914)

Erinnerung an den Vater

Ich erinnerte mich an meinen letzten Besuch bei ihm, wie da gleich nach der Begrüßung unser Gespräch voll Verständnis, voll Licht und Vertrauen gewesen war. Obwohl er, der mich vermutlich viel besser kannte als ich ihn, Grund genug gehabt hätte, mir zu mißtrauen oder mich doch zu tadeln und anders zu wünschen, und obwohl ich im Vergleich zu seiner zarten Frömmigkeit ein roher Weltmensch war, stand doch über uns wie ein warmer Himmel ein Gefühl von Gemeinsamkeit und Einandernichtverlierenkönnen, und ohne Zweifel war die Toleranz und das Nachgebenmüssen bei ihm größer als bei mir. Denn er war, wenn auch nicht ein Heiliger, doch aus dem seltenen Stoffe, aus dem die Heiligen gemacht werden. Damals, als ich das letztemal bei ihm in dem friedevollen Stübchen saß – für mich ein Hort und Schlupfwinkel weltferner Ruhe, für ihn ein Kerker und quälender Käfig –, da hatte er, der seit einiger Zeit blind geworden war, mir von einem seiner kleinen Mittel erzählt, mit denen er sich je und je durch schlaflose Nächte hindurchhalf. Er besann sich dann auf gute lateinische Sätze und Sprichwörter, und zwar in alphabetischer Folge, was außer der Gedankenzucht noch die Tugend hatte, den Reichtum des im Gedächtnis Vorhandenen viel eindringlicher aufzuzeigen. Er forderte mich auf, das Spiel mit ihm zu machen und mit dem Buchstaben A zu beginnen. Ich brauchte lange , bis ich zwei, drei Sprüche beisammen hatte. «Alea iacta est» fiel mir zuerst ein und: «Ars longa, vita brevis». Er aber, die Lider über den blinden Augen nachdenkend geschlossen, zog wie ein Kristallsucher behutsam einen schönen runden Satz um den andern hervor, genau in alphabetischer Reihenfolge – ich erinnerte mich, daß sein letzter Spruch «Aut Caesar aut nihil» war –, und jeden sprach er mit einem frohen Respekt vor der schönen, knappen und klingenden Sprache klar und behutsam aus, so wie ein Sammler seine Stücke in liebende und wohlerzogene Finger nimmt.

Jetzt sah ich ihn auch wieder ganz, das ritterliche Gesicht unterm langen zurückgekämmten Haar, die edle hohe Stirn und alle ihre schönen Flächen, die hohe Wölbung der über erblindeten Augen geschlossenen Lider, und zum erstenmal, seit ich von seinem Tode wußte, empfand ich erkaltend im Innersten die Unwiederbringlichkeit all dieser lieben, feinen kostbaren Dinge. Ich empfand plötzlich, welch ein Verlust das war, niemals mehr seine zarte Hand zu fühlen, wie sie segnend meinen Scheitel suchte, und gar niemals wieder seine Stimme zu hören. Für eine Weile fühlte ich, im schüttelnden Zug am Fenster stehend, nichts mehr als den Schmerz des Beraubten und etwas wie Erbitterung gegen alle Menschen, denen er nicht verloren war, die ihn nicht gekannt hatten, die nicht wußten, was für ein ordentlicher Mensch da gelebt hatte und gestorben war.

Und alsbald fiel etwas noch viel Schlimmeres, viel Furchtbareres mir ein – wie hatte ich daran bis jetzt nicht denken können! Es war meine letzte Nachricht an ihn, vielleicht hatte er sie noch in seinen letzten Stunden erhalten – eine kurze, hastige, lieblose Postkarte mit flüchtigen Grüßen und mit der Klage, daß ich jetzt gar keine Zeit zum Briefschreiben finden könne! O Gott, wie war das jammervoll und häßlich und beschämend, viel schlimmer, als wenn ich gar nicht geschrieben hätte! Die Schmerzen, die ich meinem Vater in Jugendjahren bereitet, waren nichts, die waren bitter, aber selbstverständlich und notwendig gewesen. Aber diese Gleichgültigkeit, dieses Verlorensein an leere Geschäfte und Pflichten, über denen ich die ersten Pflichten der Liebe versäumte, wie war das gemein und unverzeihlich! Schuld wälzte sich über mich wie ein dunkler Strom von Schlamm …

Der Zug hielt im Bahnhof der Hauptstadt, ein Freund holte mich ab und nahm mich in sein Haus, bis ich weiterfahren konnte. Dann ging der langsame, ländliche Eisenbahnzug in die Dörfer hinaus, hielt endlich bei der kleinen Station. Ich sah Menschen dort stehen, sah plötzlich meinen Bruder unter ihnen und umarmte ihn und meine Schwester, und wir gehörten wieder zusammen und waren ein Blut wie in Kinderzeiten. Verlorene Kinderheimat, Erinnerungen unschuldiger Gemeinsamkeit, die braunen warmen Augen unsrer lang gestorbenen Mutter, alles war plötzlich da und brachte Wärme und Geborgenheit, duftete heimatlich, redete Kinder-Mundart, floß beruhigend durchs Blut. O wie arm gehen wir unsere staubigen Straßen, und könnten so viel Liebe atmen! O wie arm, wie arm! Aber jetzt war es gut, jetzt war ich heimgekehrt.

Friedlicher Gang durchs Dorf und Vorfrühlingswiesen, Schneereste noch überall. O wie gut, wie unsäglich gut, daß ich gekommen war, daß ich da war, daß ich den Arm meiner Schwester hielt und meinem Bruder auf die Schulter klopfen konnte. Und wie traurig und wunderbar, den kleinen Berg hinan nach dem Hause zu gehen, in dem unser Vater lag und auf uns wartete. Das Fenster wiederzusehen, aus dem er bei jeder Abreise seinen Kindern gewinkt hatte. Die Treppe hinaufzusteigen und bei der Glastüre den Haken zu sehen, wo immer sein weicher Filzhut hing. Und in Flur und Stube die Atmosphäre von einfacher wohlriechender Sauberkeit, von zarter Reinlichkeit zu atmen, die ihn stets umgeben hatte.

Zuerst wurde erzählt, und die Schwestern hatten Kaffee bereit. Ja, er war ganz leicht und schnell entflogen, er war fast schelmisch von dannen geschlüpft, ohne Geräusch und Gebärden. Wir wußten, daß er, der von vielen Leiden her Mißtrauische, nicht ohne Furcht vor dem Tode gewesen war, den er doch oft und herzlich ersehnte. Das war nun gut, das war gelöst, da war nichts anderes zu wünschen. Ich fand gedruckte Todesanzeigen daliegen; darin stand eine Psalmstelle bezeichnet, die nach seinem Wunsch auf seinem Grabe stehen soll. Ich fragte die Schwestern, wie der Spruch laute; sie lächelten beide und sagten: «Der Strick ist zerrissen, der Vogel ist frei!»

Nun ging ich leise beiseite und hinüber und tat die Tür zu seiner Stube auf. Das Fenster stand offen, Schneekühle wehte in den Blumenduft herein.

Unser Vater lag weiß in Blumen gebettet, die Hände leicht aufeinandergelegt. Sein Kopf lag weit zurückgelehnt, wie in einem tiefen Aufatmen, die hohe Stirn mächtig und königlich, die Augen still geschlossen. Und wie tief, wie innig atmete das Antlitz die erreichte Ruhe! Wie lag Rast und Erlösung und herzliches Genügen in seinen lieben Zügen! Er, den Schmerzen und Unrast sein Leben lang verfolgt und zum Kämpfer und Ritter gemacht hatten, er schien mit tiefem, innigem Erstaunen der unendlichen Stille zu lauschen, die ihn jetzt umgab. O Vater, Vater!

Als ich weinend seine Hände küßte und meine lebenden, warmen Hände auf seine steinerne Stirne legte, da fiel mir aus den Knabenzeiten ein, wie mein Vater oft, wenn im Winter eines von uns mit kalten Händen nach Hause kam, uns gebeten hatte, ihm die Hände ein wenig auf die Stirn zu legen; denn er war oft tagelang von schweren Kopfschmerzen heimgesucht. Jetzt lagen meine unruhigen, warmen Hände auf seiner Stirn und holten Kühle von ihm. Und alles Ritterliche und überlegen Edle, das er im Wesen gehabt, stand überklar in seinem Gesicht geschrieben, wie die Würde auf einem stillen Schneegipfel. O Vater, Vater!

Am Abend gab mir eine der Schwestern einen goldenen Trauring. Den hatte einst meine Mutter, am Anfang der sechziger Jahre, für ihren ersten Bräutigam machen lassen, ein Spruch stand innen eingegraben, und hatte ihn zehn Jahre später bei der Hochzeit meinem Vater gegeben.

Ich drehte den schmalen Goldring und las die alte Inschrift und steckte ihn an meinen Finger. Er paßte gut, und als ich den Finger mit dem Ring ansah, den ich vieltausendmal an meines Vaters Hand gesehen und als Knabe oft im Spiel gedreht, da blickte auch meine ältere Schwester her, und wir sahen beide, wie ähnlich mein Finger und meine Hand den Händen unsres Vaters war. In der Nacht erwachte ich zweimal an dem ungewohnten Ring, denn ich hatte bisher niemals einen getragen, und ich lag und fühlte ahnend, wie der Ring nur ein schwaches Gleichnis war für hundert Notwendigkeiten, die mein Sein und Schicksal an den Vater knüpften.

Am andern Tage war ich nochmals eine Zeit allein bei ihm, und noch immer schien er innig und erstaunt dem großen Frieden zu lauschen und ganz eins mit ihm zu sein; und wieder kühlte ich Stirn und Hände an der heiligen Quelle. Und alles, was weh tat war nichts gegen diese gute Kühle. Und wenn ich ein schlechter Sohn und dieses Vaters noch so sehr unwürdig war, so würde doch einst auch mir die Seele so gestillt und der rastlose Puls so gekühlt werden. Und wenn gar kein anderer Trost im Leiden mehr zu finden wäre, so doch immer dieser: auch meine Stirn wird einmal so voll Kühle und mein Sinn so ins Wesentliche hinübergeflossen sein.

Erst seit den schönen, innig erfüllten Stunden, die ich im kalten, hellen Stüblein meines toten Vaters zu Gast war, ist das Wissen um den Tod mir wichtig und köstlich geworden. Bisher hatte ich den Tod wenig bedacht, nie gescheut, oft in verzweifelnder Ungeduld gewünscht. Erst jetzt sah ich ganz seine Wirklichkeit und Größe, wie er als Gegenpol da drüben steht und uns erwartet, damit ein Schicksal vollendet und ein Kreis geschlossen werde. Bisher war mein Leben ein Weg gewesen, bei dessen Anfängen ich viel in Liebe verweilte, bei Mutter und Kindheit, ein Weg, den ich oft singend und oft verdrossen ging und den ich oft verwünschte – aber nie war das Ende dieses Weges klar vor mir gestanden. Aller Antrieb, alle Kraft, die mein Dasein speiste, schien mir nur vom dunklen Anfang auszugehen, von Geburt und Mutterschoß, und der Tod schien mir nur der zufällige Punkt zu sein, wo diese Kraft, dieser Schwung und Antrieb einmal erlahmen und erlöschen würde. Jetzt erst sah ich die

Größe und Notwendigkeit auch in diesem «Zufälligen» und fühlte mein Leben an beiden Enden gebunden und bestimmt und sah meinen Weg und meine Aufgabe, dem Ende entgegenzugehen als der Vollendung, ihm zu reifen und zu nahen als dem ernsten Fest aller Feste.

Wir sprachen viel, und wer sich an besondere Erzählungen des Vaters aus dessen früheren Jahren erinnerte, der suchte sie wiederherzustellen, dazwischen lasen wir einander Stücke aus seinen Aufzeichnungen vor. Hier und dort nahm eines von uns ein Familienbild von der Wand, studierte daran, suchte Daten auf der Rückseite. Hier und da verschwand eines von uns, um ein wenig «hinüber» zu gehen und beim Vater zu sein, und hie und da begann eines von uns zu weinen. Eine von meinen Schwestern hatte mehr verloren als wir andern, ihr wurde der Tod des Vaters zu Wende und Schicksal auch im äußern Leben. Um diese eine stellten wir andern uns und nahmen sie in die Mitte unsrer Liebe. Über Jahre und Jahrzehnte eines Auseinandergleitens hinweg umarmte uns, mit hundert teuren Erinnerungen an Vater und Mutter, die Gemeinsamkeit des Blutes und Geistes. Denn dies erkannten wir alle als das Wesentliche in der Erbschaft des Entschlafenen, die wir alsbald angetreten hatten: es war nicht bloß das Band des Blutes da, das uns in der Stunde der Angst zueinanderdrängte. Es war darüber hinaus das Vermächtnis einer Zucht und eines Glaubens da, dem unser Vater und unsre Mutter gedient hatten und dem sich keines von uns Kindern zu entziehen dachte, der auch mich nach dem Zerschneiden aller Wort- und Gemeindefesseln immer noch innig mit umfaßt hatte. Diesen Glauben fühlten wir jetzt alle, den Glauben an eine Bestimmung, den Glauben an eine Berufung und Verpflichtung. Dieser Glaube, nicht in Worten auszudrücken und niemals durch Taten in seinem Trieb zu stillen, war uns allen gemeinsam wie das Blut. Auch wenn wir einander verlieren sollten, wußten wir uns doch für immer einem Orden, einer heimlichen Ritterschaft angehörig, aus der es keinen Austritt gibt. Denn man kann so einen Glauben wohl mit Füßen treten, nicht aber auslöschen.

Aber davon sprachen wir kein Wort.

Jetzt ist die braune Frühlingserde zwischen ihm und uns, und vielleicht sind heut auf seinem Grabe schon die ersten Blumen eingewurzelt. Eine Heimat habe ich jetzt nicht mehr, Mutter und Vater sind an verschiedenen Orten begraben. Erinnerungsstücke und Andenken habe ich keine mitgenommen, nur den dünnen goldenen

Ring, an den sich meine Hand nun schon gewöhnt hat. Meine Heimat wird einmal dort sein, wo auch mir die Erde letzte Mutterdienste tut. Dennoch bin ich nicht in der Welt verloren, die ich liebe und der ich fremd bin, wie es der Tote war. Und habe mehr gewonnen als verloren an dem feuchten braunen Grab im schwäbischen Boden. Wer den Weg der Reife einmal betreten hat, der kann nicht mehr verlieren, nur gewinnen. Bis einmal auch ihm die Stunde kommt, wo er die Käfigtür offen findet und mit einem letzten Herzklopfen dem Unzulänglichen entschlüpft.

Wer dann für einen Menschen von unserer Art in der Bibel und in andern Büchern nach einem guten Spruch und Ausruf fahndet, der nicht alles sagt und sagen will, aber den holdesten Glanz der Sache doch im Spiegel fängt, der wird wohl nirgendwo einen bessern finden als den Psalmvers: «Der Strick ist zerissen, der Vogel ist frei.»

(1916)

Gruß aus Bern

Für unsere gefangenen Brüder

Wenn Sie einen Dichter bitten, er möge wieder einmal von sich hören lassen, so erwarten Sie von ihm nicht Berichte. Ich habe auch wirklich nichts zu berichten. Meine Zeilen können ebensogut aus dem Sirius kommen wie aus Bern, oder von einer fernen verlorenen Insel.

Auf solchen Inseln wohnen wir jetzt, wir Dichter. Es ist nicht eines jeden Sache, sich zwischen Kanonen und Tagesberichten Gehör für Gedichte und Gedanken zu verschaffen.

Dazu kam jene Erfahrung, die fast jeder anständige Mensch während diesem Krieg gemacht hat, daß es keine Anständigkeit der Gesinnung und des Charakters mehr gab, die etwas galt, die nicht bei jeder leisesten Äußerung von Leitartikeln bekämpft, von Hohn beschrien, von Federhelden im Namen der Vaterlandsliebe und andrer Ideale in den Kot getreten wurde. Es war eine Zeitlang so, daß der Haß die vorgeschriebene Formel, die wilde Verbohrtheit das aktuell vorgeschriebene Benehmen schien; wer das nicht vermochte, der gehörte nimmer dazu.

Ich weiß, daß das nicht mehr so ist, und ich erinnere an jene Zeiten einer nie erhörten Rede- und Denk-Unfreiheit keineswegs aus sentimentalen Bedürfnissen. Im Gegenteil, das Wenige, was auch meine Person damals auf den Kopf gegossen bekam, tut nicht nur längst nicht mehr weh, es war sogar heilsam, es trug Früchte.

Unter anderem die, daß ich mir das Bedürfnis des Redens abgewöhnte. Es war bei uns insofern eine Überschätzung der Dichter im Schwang, als man sie bei allerlei Gelegenheiten um ihre werte Meinung bat, ihre geschätzten Namen je und je in den Tagesblättern meinte lesen zu müssen. Wie sehr dieser Höflichkeit auf der anderen Seite eine völlige Unkenntnis und Verachtung der Dichtung bei der Mehrzahl unserer Gebildeten entsprach, das ahnte jeder von uns ein wenig, doch gab es sich keiner recht zu. Statt in Dachkammern zu wohnen, Brotrinde zu essen und den Philistern auf den Kopf zu spucken, waren wir Dichter angenehme, fast gesellschaftsfähige Herren geworden, denen manches artige Wort zu Tagesfragen, mancher Witz, manche hübsche kleine Ironie gelang.

Wenn irgend etwas mich je hätte veranlassen können, für einen einzigen Augenblick in das alberne und gotteslästerliche Predigen der Studierstubenonkel über die Herrlichkeit der Kriegszeit einzustimmen, so wäre es dies Erwachen, dieser Katzenjammer, dieses plötzliche Abgeschnittensein von der Welt der Krakeeler, mit der man sonst so leidlich ausgekommen war. Das war etwas wert, das war Erlebnis und Vertiefung – die Erkenntnis, daß wir unsere Stellung nicht gekannt, daß wir eine Rolle gespielt, daß wir in aller Unschuld uns in den Dienst einer «Kultur» gestellt hatten, die wir doch im Grunde verachteten und für negerhaft erkannten. Wir ließen uns zum Beispiel von Kritikern und Redakteuren sagen, wie wichtig unsere Aufgabe sei, der Lesewelt Natur zu predigen, und indem wir das taten, merkten wir kaum, daß wir nicht nur die Betrogenen waren, sondern auch nah am Betrügen.

Kurz, etwas vom «faulen Frieden» war auch bei uns zu spüren. Nun, das ist zerstört. Und wenn ich nun unsere Dichtung und Geistigkeit von heute ansehe, so erschreckt ihr niedriger Stand mich keineswegs, denn ich weiß: die Besten schweigen. Sie sitzen auf verlorenen Inseln, von der Menge und vom Ton des Tages durch Entfernungen von Entwicklungsjahrhunderten getrennt. Sie fühlen, daß es keinen Wert hat, mitzuschreiben, mitzuschreien, oder auch nur sein Gut zu verteidigen. Sie folgen den Ereignissen mit dem Anteil, den ihre traurige Größe täglich fordert; aber die meisten von ihnen haben nicht mehr die Illusion, daß ein plötzlich politisch gewordener Dichter den öffentlichen Dingen wesentlich aufhelfen könne. Es ist nichts mit der Politisierung der Dichter. Im Gegenteil, wir sind begieriger als je nach fernsten Robinson-Inseln, wo unsere Träume blühen und unsere Liebe zu den Menschen sich ausleben kann, statt mißbraucht zu werden, statt auf anderen Gebieten halbe Arbeit zu tun, statt das kaum und halb Erlebte des Tages für den lieben Leser vorzuverdauen. Es ist nichts mit dem lieben Leser, es ist nichts mit der Rolle der Dichter als freundlich geduldeter Plauderer oder als edel belehrender Onkel, das waren lauter Erfindungen des Publikums. Ein Dichter soll das Publikum nicht lieben, sondern die Menschheit (deren bester Teil seine Schriften nicht liest und dennoch braucht). Ein Dichter soll weder dem Vaterlande zulieb Journalist oder Parteimann werden, noch sich unter die Kriegslieferanten begeben, so verlockend das geschäftlich sein möge. Er soll diese Zeit miterleben, nicht sie noch unerlebt auszumünzen versuchen, und er ist sich und seinem Volk nicht schuldig, Dinge zu treiben, zu denen nichts ihn zwingt.

Während draußen die Offensiven einander folgen, findet in den neutralen Ländern ein zäher, doch *friedlicher Wettbewerb* statt, dessen Ziel es ist, Sympathien zu werben und die kulturelle Überlegenheit des Vaterlandes zu zeigen. Deutsche und französische Orchester und Theater, Dirigenten und Schauspieler, russische Ballette, Darbietungen von Gemälden und Kunstgewerbe werden aufgeboten, um dem Auslande Eindruck zu machen. Wenn die deutsche Musik, die Strauß dirigiert, und die Dichtung, die Reinhardt im Auslande spielt, nicht hoch über dem Kriegs- und Zeitniveau stünde, so könnten sie blamiert wieder heimgehen. Was wir Gutes zu zeigen haben an Kunst und Dichtung, das ist nicht aus feiler Anpassungsfähigkeit und glücklichem Zeitinstinkt entstanden, sondern aus Charakter und Not, das meiste davon im Trotz und Krieg wider den Tag und seine nivellierenden Forderungen.

Sie hören mir verwundert zu und fragen schließlich: Ja, sehr schön, aber warum das alles sagen? Warum überhaupt ein Feuilleton schreiben? Warum nicht schweigen?

Das ist richtig. Indessen ist Krieg, und wenn ich heute etwas Öffentliches unternehme, so wird es stets etwas sein, das mit dem Krieg zusammenhängt. Wenn ich es als Dichter ablehne, mich den Forderungen einer geistig nicht hochstehenden Zeit zu unterwerfen, so kann ich trotzdem als Mensch, als Nummer und Soldat meine Arbeit tun. Und diese Arbeit liegt mir sehr am Herzen, nicht nur weil sie vaterländisch, sondern vor allem weil sie notwendig und lebensfördernd ist.

So wie ein Wanderprediger bei jedem Anlaß, der Menschen um ihn versammelt, seine Mahnung erhebt und seine Opferbüchse hinstreckt, so muß ich bei jedem Anlaß, der sich eben bieten will, an die Arbeit erinnern, die der Krieg mir zugeteilt hat. Sie ist winzig klein, ein letzter Zweig an einem großen Baum. Aber sie ist notwendig, sie tut Gutes, sie hilft Menschen retten.

Wir haben in Bern ein Institut, welches unsere gefangenen Brüder in Frankreich mit dem versorgt, was für ihr geistiges und moralisches Fortbestehen notwendig scheint. Vor allem mit Büchern und mit der Möglichkeit, wieder aufgenommene oder neu begonnene Berufsstudien treiben zu können. Wir schicken dem gefangenen Mecklenburger in Südfrankreich das französische Taschenwörterbuch, das er sehnlich erbittet, dem Studenten sein Lehrbuch der Anatomie oder Maschinenbaukunde, dem Häuflein schwäbischer

Landarbeiter in einer Werft oder einem Pyrenäen-Steinbruch schicken wir auf Wunsch ein Schachspiel und ein paar französische Grammatiken und fügen ein paar Hefte mit quter Lektüre bei. Aus einem anderen Lager kommt die dringende Bitte um Noten, da ein Klavier vorhanden ist, oder ein Streichquartett. Und ein anderer bittet flehentlich um ein Skizzenbuch und ein paar Farbstifte.

Das klingt alles nicht furchtbar wichtig. Aber wer eine Ahnung davon bekommen hat, was Gefangenschaft ist, jahrelange Gefangenschaft, der spürt, daß gerade diese Dinge wichtig und tiefste Notwendigkeit sind. Nächst dem Essen und der Kleidung ist überhaupt kein Bedürfnis, keine Not des Gefangenen so groß und dringend wie die geistige, wie die Langeweile und Entmutigung, das Heimweh und der Zweifel an der Zukunft. Da sitzen Studenten, Schüler, junge Beamte, von ihren Studien und Berufen seit einem Jahr, seit zwei und mehr Jahren völlig abgeschnitten. Da sind Tausende, denen eine Kriegsbeschädigung das Wiederaufnehmen des einstigen Berufes unmöglich macht; sie wollen etwas Neues lernen. Und alle, sie mögen praktische Zwecke dabei haben oder nicht, wollen und müssen etwas haben, woran sie arbeiten, was sie in Gedanken hegen, woran sie Sorgfalt wenden können, eine Aufgabe und Anregung, sonst erlahmen sie und kommen uns einst als Unbrauchbare zurück.

Helft uns bei dieser Arbeit! Gebt uns Geld, gebt uns gute Bücher. Ich warte immer noch, trotz mancher ähnlicher Zurufe, auf den Fabrikanten, der mir einen Kredit für Bleistifte, Malgerät und dergleichen einräumt. Auf den Mann, der für jedes Gefangenenlager in Frankreich Schuberts Lieder stiftet. Neulich kam einer, der hat es mir über Nacht ermöglicht, einen alten Wunsch zu erfüllen, und nun bekommt jedes Offizierslager ein schönes Werk über Sternkunde zugeschickt.

Und jeder Tag bringt flehentliche Einzelwünsche von Gefangenen, denen unsere Mittel nicht gewachsen sind. Nicht jeder muß erfüllt werden, mancher ist übertrieben; aber man bekommt mit der Zeit den Blick für das, was Kern und was Rinde ist. Wer erlaubt mir, eine Anzahl solcher Gefangenenwünsche, die wir hier als erfüllenswert erachten, zu erfüllen, durch einen Kredit etwa bis zu bestimmter Höhe?

Viele haben mitgetan, vielen sind wir dankbar. Auch dem, der nur ein paar gute einzelne Bücher in ein Paket steckt und uns sendet. Aber es müssen noch mehr mittun, das Bedürfnis wächst.*

Wenn diese Bitte auf neue tätige Teilnahme stößt, ist mein Gruß aus Bern nicht vergebens geschrieben. Mehr will er nicht erzielen. Der zum Gefangenendienst mobilisierte Dichter versucht daheim neue Herzen, neue Geldbeutel für seine Schützlinge zu mobilisieren. Und damit hat der Dichter wieder ein einwandfreies Verhältnis zur Öffentlichkeit gefunden.

(1917)

* *Büchersendungen* für diese Zwecke gehen per Bahn frachtfrei, per Post portofrei in Zehnpfundpaketen, wenn sie als «*Kriegsgefangenensendung*» bezeichnet sind, unter der Anschrift: «An die Gefangenenfürsorge der Kaiserl. Deutschen Gesandtschaft (Prof. Woltereck) in Bern (Schweiz)». Angebote und Vorschläge bitte unter derselben Anschrift an den Verfasser H. H. richten.

Aus Martins Tagebuch

Vorgestern war der wichtigste Tag meines Lebens. Da habe ich zum ersten Male etwas erlebt und zu spüren bekommen, was ich vorher gar nicht kannte und wovon mir doch jetzt scheint, ich habe es immer und immer gesucht und geahnt mein Leben lang.

Es hängt mit den Träumen zusammen. Diese hatten mich ja schon immer beschäftigt, und oft war ich erstaunt und traurig darüber, wie flüchtig Träume sind, wie schnell sie am Morgen vergehen, wie schüchtern sie vor der leisesten Berührung mit der Vernunft davonlaufen. Wie oft, wie unendlich oft in meinem Leben bin ich in meinem Bett erwacht und hatte ein neues Gefühl in mir, etwas Schönes, Anderes, unbeschreiblich Neues, Zartes, Liebes, Seltsames, Witziges! Zwischen mir und der ganzen Welt schien eine neue Beziehung aufgegangen zu sein, ein neuer Sinn schien mir geworden, der die Wahrnehmungen meiner alten, gewöhnlichen Sinne ganz neu verband, bestätigte und auch veränderte. Ein Blinder, der an einer Rose riecht und sie betastet, und dem nun plötzlich die Augen aufgehen und zum erstenmal zum Getasteten und Gerochenen auch noch das sichtbare Bild der Blume zu eigen wird, der müßte Ähnliches empfinden. Ich hatte zum Gesicht, zum Tastsinn, zum Gehör, Geruch und Geschmack noch einen weiteren Sinn, ein weiteres Fühl- und Wahrnehmungsvermögen empfunden, oder erfunden. Wenn ich mich dann besann, so fiel mir oft ein Traum oder der Rest eines Traumes ein, den ich in der Nacht gehabt. Ich hatte fliegen können. Ich hatte eine Geliebte gehabt, die ich zu mir her ziehen und rufen konnte ohne einen Ton oder Wink, die zart und gefühlig einfach jeder Regung meiner Seele folgte. Ich hatte Luft trinken können wie Wein, oder in Wasser atmen wie in Luft.

Mit dem Gedächtnis an den Traum leuchtete dann immer die neue Empfindung nochmals innig und verlockend auf, schon mit dem wehmütigen Glanz des Abschiednehmenden und Unwiederbringlichen. Dann kamen die Gedanken hinterher, das völlige Erwachen und Bewußtwerden, und der Traum und sein Glück wurde ferner und unwirklicher, und wenn ich aus dem Bette stieg, war fast alles schon wieder weg und verloren und nichts blieb mir zurück als ein leises und banges Gefühl von Verlust und Bestohlensein, gemischt mit einem Gefühl, das ähnlich schmeckte wie schlechtes Gewissen – so, als hätte ich etwas Dummes getan, als hätte ich mich geschädigt und selber betrogen.

Manchmal dachte ich dann, eben das Träumen sei es, das man als Selbstbetrug anklagen und abtun müsse. Es war aber umgekehrt: das Träumen war das Wertvolle, und das Abtun, Richten und Verwerfen des Traumes war der Unsinn, war die Schädigung. Einige Male war ich schon ganz, ganz nahe bei dieser Erkenntnis, fühlte sie schon wie einen gefangenen Vogel mir in der Hand flattern, und verlor sie wieder, und blieb traurig und verarmt zurück. – Jetzt habe ich sie in Händen, meine neue Erkenntnis, oder Erfahrung, oder wie man es nennen will.

Was ich alsdann für mich allein dachte und spann, ist wohl nicht des Erzählens wert. Aber je älter ich wurde und je schaler die kleinen Befriedigungen mir schmeckten, die ich in meinem Leben fand, desto mehr wurde mir klar, wo ich die Quelle der Freuden und des Lebens suchen müsse. Ich erfuhr, daß Geliebtwerden nichts ist, Lieben aber alles, und mehr und mehr meinte ich zu sehen, daß das, was unser Dasein wertvoll und lustvoll macht, nichts anderes ist als unser Fühlen und Empfinden. Wo irgend ich etwas auf Erden sah, das man «Glück» nennen konnte, da bestand es aus Empfindungen. Geld war nichts, Macht war nichts. Man sah viele, die beides hatten und elend waren. Schönheit war nichts, man sah schöne Männer und Weiber, die bei aller Schönheit elend waren. Auch die Gesundheit wog nicht schwer; jeder war so gesund als er sich fühlte, mancher Kranke blühte bis kurz vor dem Ende vor Lebenslust, und mancher Gesunde welkte angstvoll in Furcht vor Leiden hin. Glück aber war überall da, wo ein Mensch starke Gefühle hatte und ihnen lebte, sie nicht vertrieb und vergewaltigte, sondern pflegte und genoß. Schönheit beglückte nicht den, der sie besaß, sondern den, der sie lieben und anbeten konnte.

Es gab vielerlei Gefühle, scheinbar, aber im Grunde waren sie eins. Man kann alles Gefühl Willen nennen, oder wie immer. Ich nenne es Liebe. Glück ist Liebe, nichts anderes. Wer lieben kann, ist glücklich. Jede Bewegung unsrer Seele, in der sie sich selber empfindet und ihr Leben spürt, ist Liebe. Glücklich ist also der, der viel zu lieben vermag. Lieben aber und Begehren ist nicht ganz dasselbe. Liebe ist weise gewordene Begierde; Liebe will nicht haben; sie will nur lieben. Darum war auch der Philosoph glücklich, der seine Liebe zur Welt in einem Netz von Gedanken wiegte, der immer und immer neu die Welt mit seinem Liebesnetz umspann. Aber ich war kein Philosoph.

Auf den Wegen der Moral und Tugend aber war für mich auch kein Glück zu holen. Da ich wußte, glücklich machen kann nur die Tugend, die ich in mir selbst empfinde, in mir selbst erfinde und hege – wie konnte ich da irgendeine fremde Tugend mir aneignen wollen! Aber das sah ich: das Gebot der Liebe, einerlei ob es von Jesus oder von Goethe gelehrt wurde, dies Gebot wurde von der Welt völlig mißverstanden! Es war überhaupt kein Gebot. Es gibt überhaupt keine Gebote. Gebote sind Wahrheiten, wie der Erkennende sie dem Nichterkennenden mitteilt, wie der Nichterkennende sie auffaßt und empfindet. Gebote sind irrtümlich aufgefaßte Wahrheiten. Der Grund aller Weisheit ist: Glück kommt nur durch Liebe. Sage ich nun «Liebe deinen Nächsten!» so ist das schon eine verfälschte Lehre. Es wäre vielleicht viel richtiger zu sagen: «Liebe dich selbst so wie deinen Nächsten!» Und es war vielleicht der Urfehler, daß man immer beim Nächsten anfangen wollte ...

Jedenfalls: das Innerste in uns begehrt Glück, begehrt einen wohltuenden Zusammenklang mit dem, was außer uns ist. Dieser Klang wird gestört, sobald unser Verhältnis zu irgendeinem Ding ein andres ist als Liebe. Es gibt keine Pflicht des Liebens, es gibt nur eine Pflicht des Glücklichseins. Dazu allein sind wir auf der Welt. Und mit aller Pflicht und aller Moral und allen Geboten macht man einander selten glücklich, weil man sich selbst damit nicht glücklich macht. Wenn der Mensch «gut» sein kann, so kann er es nur, wenn er glücklich ist, wenn er Harmonie in sich hat. Also wenn er liebt.

Und das Unglück in der Welt, und das Unglück bei mir selber kam also daher, daß das Lieben gestört war. Von hier aus wurden mir die Sprüche im Neuen Testament plötzlich wahr und tief. «So ihr nicht werdet wie die Kinder» – oder «Das Himmelreich ist inwendig in euch».

Dies war die Lehre, die einzige Lehre in der Welt. Dies sagte Jesus, dies sagte Buddha, dies sagte Hegel, jeder in seiner Theologie. Für jeden ist das einzig Wichtige auf der Welt sein eigenes Innerstes – seine Seele – seine Liebesfähigkeit. Ist die in Ordnung, so mag man Hirse oder Kuchen essen, Lumpen oder Juwelen tragen, dann klang die Welt mit der Seele rein zusammen, war gut, war in Ordnung.

... Nichts vermag der Mensch so zu lieben wie sich selbst. Nichts vermag der Mensch so zu fürchten wie sich selbst. So entstand zugleich mit den andern Mythologien, Geboten und Religionen des primitiven Menschen auch jenes seltsame Übertragungs- und Scheinsystem, nach welchem die Liebe des Einzelnen zu sich selber, auf welcher das Leben ruht, dem Menschen für verboten galt und verheimlicht, verborgen, maskiert werden mußte. Einen andern zu lieben galt für besser, für sittlicher, für edler, als sich selbst zu lieben. Und da die Eigenliebe nun doch einmal der Urtrieb war und die Nächstenliebe neben ihr niemals recht gedeihen konnte, erfand man sich eine maskierte, erhöhte, stilisierte Selbstliebe, in Form einer Art von Nächstenliebe auf Gegenseitigkeit ... So wurde die Familie, der Stamm, das Dorf, die Religionsgemeinschaft, das Volk, die Nation zum Heiligtum ... Der Mensch, der sich selber zuliebe nicht das kleinste Sittengebot übertreten darf – für die Gemeinschaft, für Volk und Vaterland darf er alles tun, auch das Furchtbarste, und jeder sonst verpönte Trieb wird hier zu Pflicht und Heldentum. So weit war die Menschheit bis jetzt. Vielleicht würden auch die Götzenbilder der Nationen mit der Zeit noch fallen, und in der neu entdeckten Liebe zur ganzen Menschheit käme vielleicht die alte Urlehre wieder neu zum Durchbruch.

Solche Erkenntnisse kommen langsam, man windet sich zu ihnen in Spiralen hinan. Und wenn sie da sind, so ist es, als habe man sie im Sprung, im Nu erreicht.

Aber Erkenntnisse sind noch nicht Leben. Sie sind der Weg dazu, und mancher bleibt ewig auf dem Wege. Auch ich ahnte den Weg, glaubte ihn bestimmt zu wissen, und kam doch nie so recht vorwärts auf ihm. Es gab Fortschritte und Rückschritte, Eifer und Mißmut, Glauben und Enttäuschung. Und vermutlich wird es die immer geben.

Jetzt bin ich einen Schritt weiter, seit vorgestern. Da ist es mir zum erstenmal geglückt, etwas festzuhalten, was sonst immer auf der Flucht war, etwas eine Weile zu eigen zu haben, was ich sonst nur wie einen fernen Goldvogel fliegen sah.

Mein Erlebnis ist dieses: ich habe vorgestern zum erstenmal den Sinn und das Glück, das Wesen und die Lehre eines nächtlichen Traumes mit in den Tag hinein genommen. Ich hatte stundenlang Beziehung zur Welt, die man sonst nur im Traume hat. Ich hatte stundenlang Fähigkeiten, die man sonst am Tage nicht hat.

Ich werde mich hüten, das zu erzählen. Dies erste Erlebnis ist mir viel zu lieb, viel zu zart, viel zu heilig, viel zu schimmernd und geheimnisvoll golden, als daß ich versuchen möchte, es in die Finger zu nehmen, es mit Gedanken, Worten und Tinte zu beschmutzen.

Aber das Erlebnis hat sich wiederholt, gestern und heute. Ich wünsche, daß es sich an hundert und tausend, an allen Tagen wiederhole, es soll aufhören, ein Geheimnis und Wunder zu sein, es soll Tag und Natur werden, soll mir gehören und zur Selbstverständlichkeit werden.

(1918)

Eigensinn

Eine Tugend gibt es, die liebe ich sehr, eine einzige. Sie heißt Eigensinn. – Von allen den vielen Tugenden, von denen wir in Büchern lesen und von Lehrern reden hören, kann ich nicht so viel halten. Und doch könnte man alle die vielen Tugenden, die der Mensch sich erfunden hat, mit einem einzigen Namen umfassen. Tugend ist: Gehorsam. Die Frage ist nur, *wem* man gehorche. Nämlich auch der Eigensinn ist Gehorsam. Aber alle andern, so sehr beliebten und belobten Tugenden sind Gehorsam gegen Gesetze, welche von Menschen gegeben sind. Einzig der Eigensinn ist es, der nach diesen Gesetzen nicht fragt. Wer eigensinnig ist, gehorcht einem anderen Gesetz, einem einzigen, unbedingt heiligen, dem Gesetz in sich selbst, dem «Sinn» des «Eigenen»!

Es ist sehr schade, daß der Eigensinn so wenig beliebt ist! Genießt er irgendwelche Achtung? O nein, er gilt sogar für ein Laster oder doch für eine bedauerliche Unart. Man nennt ihn bloß da bei seinem vollen, schönen Namen, wo er stört und Haß erregt. (Übrigens: wirkliche Tugenden stören immer und erregen Haß. Siehe Sokrates, Jesus, Giordano Bruno und alle anderen Eigensinnigen.) Wo man einigermaßen den Willen hat, Eigensinn wirklich als Tugend oder doch als hübsche Zierde gelten zu lassen, da schwächt man den rauhen Namen dieser Tugend nach Möglichkeit ab. «Charakter» oder «Persönlichkeit» – das klingt nicht so herb und beinah lasterhaft wie «Eigensinn». Das tönt schon hoffähiger, auch «Originalität» läßt man sich zur Not gefallen. Letztere freilich nur bei geduldeten Sonderlingen, bei Künstlern und solchen Käuzen. In der Kunst, wo der Eigensinn keinen merklichen Schaden für Kapital und Gesellschaft anrichten kann, läßt man ihn als Originalität sogar sehr gelten, beim Künstler gilt ein gewisser Eigensinn geradezu für wünschenswert; man bezahlt ihn gut. Sonst aber versteht man unter «Charakter» oder «Persönlichkeit» in der heutigen Tagessprache etwas äußerst Verzwicktes, nämlich einen Charakter, der zwar vorhanden ist und gezeigt und dekoriert werden kann, der sich aber bei jedem irgend wichtigen Anlaß sorgfältig unter fremde Gesetze beugt.

«Charakter» nennt man einen Mann, der einige eigene Ahnungen und Ansichten hat, aber nicht nach ihnen lebt. Er läßt nur ganz fein so je und je durchblicken, daß er anders denkt, daß er Meinungen hat. In dieser sanften und eitlen Form gilt Charakter auch schon unter Lebenden für Tugend. Hat aber einer eigene Ahnungen und lebt wirklich nach ihnen, so geht er des lobenden Zeugnisses «Charakter» verlustig, und es wird ihm nur «Eigensinn» zuerkannt. Aber nehmen wir doch das Wort einmal wörtlich! Was heißt denn «Eigensinn»? Das, was einen eigenen Sinn hat. Oder nicht?

Einen «eigenen Sinn» nun hat jedes Ding auf Erden, schlechthin jedes. Jeder Stein, jedes Gras, jede Blume, jeder Strauch, jedes Tier wächst, lebt, tut und fühlt lediglich nach seinem «eigenen Sinn», und darauf beruht es, daß die Welt gut, reich und schön ist. Daß es Blumen und Früchte, daß es Eichen und Birken, daß es Pferde und Hühner, Zinn und Eisen, Gold und Kohle gibt, das alles kommt einzig und allein davon her, daß jedes kleinste Ding im Weltall seinen «Sinn», sein eigenes Gesetz in sich trägt und vollkommen sicher und unbeirrbar seinem Gesetze folgt.

Einzig zwei arme, verfluchte Wesen auf Erden gibt es, denen es nicht vergönnt ist, diesem ewigen Ruf zu folgen und so zu sein, so zu wachsen, zu leben und zu sterben, wie es ihnen der tief eingeborene eigene Sinn befiehlt. Einzig der Mensch und das von ihm gezähmte Haustier sind dazu verurteilt, nicht der Stimme des Lebens und Wachstums zu folgen, sondern irgendwelchen Gesetzen, die von Menschen aufgestellt sind und die immer von Zeit zu Zeit wieder von Menschen gebrochen und geändert werden. Und das ist nun das Sonderbarste: Jene wenigen, welche die willkürlichen Gesetze mißachten, um ihren eigenen, natürlichen Gesetzen zu folgen – sie sind zwar meistens verurteilt und gesteinigt worden, nachher aber wurden sie, gerade sie, für immer als Helden und Befreier verehrt. Dieselbe Menschheit, die den Gehorsam gegen ihre willkürlichen Gesetze als höchste Tugend bei den Lebenden preist und fordert, dieselbe Menschheit nimmt in ihr ewiges Pantheon gerade jene auf, die jener Forderung Trotz boten und lieber ihr Leben ließen, als ihrem «eigenen Sinn» untreu wurden.

Das «Tragische», jenes wunderbar hohe, mystisch-heilige Wort, das so voll von Schauern aus einer mythischen Menschheitsjugend her ist und das jeder Berichterstatter täglich so namenlos mißbraucht, das «Tragische» bedeutet ja gar nichts anderes als das Schicksal des Helden, der daran zugrunde geht, daß er entgegen den hergebrachten Gesetzen dem eigenen Sterne folgt. Dadurch, und einzig dadurch, eröffnet sich der Menschheit immer wieder die Erkenntnis vom «eigenen Sinn». Denn der tragische Held, der Eigensinnige, zeigt den Millionen der Gewöhnlichen, der Feiglinge, immer wieder, daß der Ungehorsam gegen Menschensatzung keine rohe Willkür sei, sondern Treue gegen ein viel höheres, heiligeres Gesetz. Anders ausgedrückt: der menschliche Herdensinn fordert von jedermann vor allem Anpassung und Unterordnung – seine höchsten Ehren aber reserviert er keineswegs den Duldsamen, Feigen, Fügsamen, sondern gerade den Eigensinnigen, den Helden.

Wie die Berichterstatter die Sprache mißbrauchen, wenn sie jeden Betriebsunfall in einer Fabrik «tragisch» nennen (was für sie, die Hanswurste, gleichbedeutend ist mit «bedauerlich»), so tut die Mode nicht minder unrecht, wenn sie vom «Heldentod» all der armen hingeschlachteten Soldaten spricht. Das ist auch so ein Lieblingswort der Sentimentalen, vor allem der Daheimgebliebenen. Die Soldaten, die im Kriege fallen, sind gewiß unsres höchsten Mitgefühls würdig. Sie haben oft Ungeheures geleistet und gelitten, und sie haben schließlich mit ihrem Leben bezahlt. Aber darum sind sie nicht «Helden», so wenig wie der, der eben noch ein einfacher Soldat war und vom Offizier wie ein Hund angeschrien wurde, durch die tötende Kugel plötzlich zum Helden wird. Die Vorstellung ganzer Massen, ganzer Millionen von «Helden» ist an sich widersinnig.

Der «Held» ist nicht der gehorsame, brave Bürger und Pflichterfüller. Heldisch kann nur der Einzelne sein, der seinen «eigenen Sinn», seinen edlen, natürlichen Eigensinn zu seinem Schicksal gemacht hat. «Schicksal und Gemüt sind Namen Eines Begriffes», hat Novalis gesagt, einer der tiefsten und unbekanntesten deutschen Geister. Aber nur der Held ist es, der den Mut zu seinem Schicksal findet.

Würde die Mehrzahl der Menschen diesen Mut und Eigensinn haben, so sähe die Erde anders aus. Unsere bezahlten Lehrer zwar (dieselben, die uns die Helden und Eigensinnigen früherer Zeiten so sehr zu rühmen wissen) sagen, es würde dann alles drüber und drunter gehen, Beweise haben und brauchen sie nicht. In Wirklichkeit würde unter Menschen, die selbständig ihrem inneren Gesetz und Sinn folgen, das Leben reicher und höher gedeihen. In ihrer Welt würde manches Scheltwort und mancher rasche Backenstreich vielleicht ungesühnt bleiben, welcher heute ehrwürdige staatliche Richter beschäftigen muß. Es würde auch hin und wieder ein Totschlag passieren – kommt das trotz allen Gesetzen und Strafen nicht auch heute vor? Manche furchtbare und unausdenklich traurige, irrsinnige Dinge aber, die wir mitten in unserer so wohlgeordneten Welt schauerlich gedeihen sehen, wären dann unbekannt und unmöglich. Zum Beispiel Völkerkriege.

Jetzt höre ich die Autoritäten sagen: «Du predigst Revolution.»

Wieder ein Irrtum, der nur unter Herdenmenschen möglich ist. Ich predige Eigensinn, nicht Umsturz. Wie sollte ich Revolution wünschen? Revolution ist nichts anderes als Krieg, ist genau wie dieser eine «Fortsetzung der Politik mit anderen Mitteln». Der Mensch aber, der einmal den Mut zu sich selber gefühlt und die Stimme seines eigenen Schicksals gehört hat, ach, dem ist an Politik nicht das mindeste mehr gelegen, sie sei nun monarchistisch oder demokratisch, revolutionär oder konservativ! Ihn kümmert anderes. Sein «Eigensinn» ist wie der tiefe, herrliche, gottgewollte Eigensinn jedes Grashalms auf nichts anderes gerichtet als auf sein eigenes Wachstum. «Egoismus», wenn man will. Allein dieser Egoismus ist ein ganz und gar anderer als der verrufene des Geldsammlers oder des Machtgeizigen!

Der Mensch mit jenem «Eigensinn», den ich meine, sucht nicht Geld oder Macht. Er verschmäht diese Dinge nicht etwa, weil er ein Tugendbold und resignierender Altruist wäre – im Gegenteil! Aber Geld und Macht und all die Dinge, um derentwillen Menschen einander quälen und am Ende totschießen, sind dem zu sich selbst gekommenen Menschen, dem Eigensinnigen, wenig wert. Er schätzt eben nur Eines hoch, die geheimnisvolle Kraft in ihm selbst, die ihn leben heißt und ihm wachsen hilft. Diese Kraft kann durch Geld und dergleichen nicht erhalten, nicht gesteigert, nicht vertieft werden. Denn Geld und Macht sind Erfindungen des Mißtrauens. Wer der Lebenskraft in seinem Innersten mißtraut, wem sie fehlt, der muß sich durch solche Ersatzmittel, wie Geld, kompensieren. Wer das Vertrauen zu sich selber hat, wer nichts anderes mehr wünscht, als sein eigenes Schicksal rein und frei in sich zu erleben und ausschwingen zu lassen, dem sinken jene überschätzten, tausendmal überzahlten Hilfsmittel zu untergeordneten Werkzeugen herab, deren Besitz und Gebrauch angenehm, aber nie entscheidend sein kann.

Oh, wie ich diese Tugend liebe, den Eigensinn! Wenn man sie erst einmal erkannt und etwas davon in sich gefunden hat, dann werden die vielen bestempfohlenen Tugenden allesamt merkwürdig zweifelhaft.

Der Patriotismus ist so eine. Ich habe nichts gegen ihn. Er setzt an Stelle des Einzelnen einen größeren Komplex. Aber so richtig als Tugend geschätzt wird er doch erst, wenn das Schießen losgeht – dieses naive und so lächerlich unzulängliche Mittel, «die Politik fortzusetzen». Den Soldat, der Feinde totschießt, hält man doch eigentlich immer für den größeren Patrioten als den Bauern, der sein Land möglichst gut anbaut. Denn letzterer hat davon selber Vorteil. Und komischerweise gilt in unserer verzwickten Moral stets diejenige Tugend für zweifelhaft, die ihrem Inhaber selber wohltut und nützt!

Warum eigentlich? Weil wir gewohnt sind, Vorteile immer auf Kosten anderer zu erjagen. Weil wir voll Mißtrauen meinen, immer gerade das begehren zu müssen, was ein anderer hat.

Der Wildenhäuptling hat den Glauben, die Lebenskraft der von ihm getöteten Feinde gehe in ihn selber über. Liegt nicht dieser selbe arme Negerglaube jedem Krieg zugrunde, jeder Konkurrenz, jedem Mißtrauen zwischen den Menschen? Nein, wir wären glücklicher, wenn wir den braven Bauer mindestens dem Soldaten gleichstellen würden! Wenn wir den Aberglauben aufgeben könnten, das, was ein Mensch oder ein Volk an Leben und Lebenslust gewinne, müsse unbedingt einem andern weggenommen sein!

Nun höre ich den Lehrer sprechen: «Das klingt ja sehr hübsch, aber bitte betrachten Sie die Sache einmal ganz sachlich vom nationalökonomischen Standpunkt aus! Die Weltproduktion ist –»

Worauf ich erwidere: «Nein, danke. Der nationalökonomische Standpunkt ist durchaus kein sachlicher, er ist eine Brille, durch die man mit sehr verschiedenen Ergebnissen schauen kann. Zum Beispiel vor dem Kriege konnte man nationalökonomisch beweisen, daß ein Weltkrieg unmöglich sei oder doch nicht lange dauern könne. Heute kann man, ebenfalls nationalökonomisch, das Gegenteil beweisen. Nein, lasset uns doch einmal Wirklichkeiten denken, statt dieser Phantasien!»

Es ist nichts mit diesen «Standpunkten», sie mögen heißen, wie sie wollen, und sie mögen von den fettesten Professoren vertreten werden. Sie sind alle Glatteis. Wir sind weder Rechenmaschinen noch sonstwelche Mechanismen. Wir sind Menschen. Und für Menschen gibt es nur *einen* natürlichen Standpunkt, nur *einen* natürlichen Maßstab. Es ist der des Eigensinnigen. Für ihn gibt es weder Schicksale des Kapitalismus noch des Sozialismus, für ihn gibt es kein England und kein Amerika, für ihn lebt nichts als das stille,

Geld …

... ist nur ein Ersatzmittel, kein Ersatzwerk, wofür es mitunter gehalten wird. Aber auch ein solches Mittel muß ja nicht gleich jeden Zweck entheiligen.

Für viele gute Zwecke, zu denen Geld schließlich auch verhilft, gibt es kein geeigneteres Mittel.

unweigerliche Gesetz in der eigenen Brust, dem zu folgen dem Menschen des bequemen Herkommens so unendlich schwerfällt, das dem Eigensinnigen aber Schicksal und Gottheit bedeutet.

(1919)

Alemannisches Bekenntnis

Was man unter Alemannen und Alemannentum zu verstehen habe, darüber gibt es verschiedene Meinungen, deren Kritik nicht meine Sache ist. Mein Glaube an «Rassen» ist niemals lebhaft gewesen, und mich in diesem Sinne einen Alemannen zu nennen, würde ich nicht wagen. Dennoch bin ich Alemanne, und bin es stärker und bewußter als die meisten von denen, die es der «Rasse» nach wirklich und zweifellos sind.

Für mich ist die Zugehörigkeit zu einem Lebens- und Kulturkreise, der von Bern bis zum nördlichen Schwarzwald, von Zürich und dem Bodensee bis an die Vogesen reicht, ein erlebtes, erworbenes Gefühl geworden. Dies südwestdeutsch-schweizerische Gebiet ist mir Heimat, und daß durch dies Gebiet mehrere Landesgrenzen und eine Reichsgrenze liefen, bekam ich zwar im kleinen wie im großen oft genug einschneidend zu spüren, doch habe ich diese Grenzen in meinem innersten Gefühl niemals als natürliche empfinden können. Für mich war Heimat zu beiden Seiten des Oberrheins, ob das Land nun Schweiz, Baden oder Württemberg hieß. Im nördlichsten Schwarzwald geboren, kam ich schon als Kind nach Basel, neunjährig wieder in die erste Heimat zurück, und habe mein späteres Leben, von kurzen Reisen abgesehen, ganz in diesem alemannischen Heimatlande verbracht, in Württemberg, in Basel, am Bodensee, in Bern. Auch politisch habe ich beiden Rheinufern angehört: mein Vater stammte aus den baltischen Ostseeprovinzen, meine Mutter war die Tochter eines Stuttgarters und einer französischen Schweizerin; in den achtziger Jahren erwarb mein Vater für die Familie das Bürgerrecht von Basel, und ein Bruder von mir ist heute noch Schweizer, während ich noch als Knabe, der Schulen wegen, in die württembergische Staatsangehörigkeit übertrat.

Ich schreibe es zum Teil diesen Umständen und Herkünften zu, daß ich, bei immer zärtlicher Heimatliebe, nie ein großer Patriot und Nationalist sein konnte. Ich lernte mein Leben lang, und gar in der Kriegszeit, die Grenzen zwischen Deutschland und der Schweiz nicht als etwas Natürliches, Selbstverständliches und Heiliges kennen, sondern als etwas Willkürliches, wodurch ich brüderliche Gebiete getrennt sah. Und schon früh erwuchs mir aus diesem Erlebnis ein Mißtrauen gegen Landesgrenzen, und eine innige, oft leidenschaftliche Liebe zu allen menschlichen Gütern, welche ihrem Wesen nach die Grenzen überfliegen und andere Zusammengehörigkeiten schaffen als politische. Darüber hinaus fand ich mich mit zunehmenden Jahren immer unentrinnbarer getrieben, überall das, was Menschen und Nationen verbindet, viel höher zu werten als das, was sie trennt.

Im kleinen fand und erlebte ich das in meiner natürlichen, alemannischen Heimat. Daß sie von Landesgrenzen durchschnitten war, konnte mir, der ich viele Jahre dicht an solchen Grenzen lebte, nicht verborgen bleiben. Das Vorhandensein dieser Grenzen äußerte sich nirgends und niemals in wesentlichen Verschiedenheiten der Menschen, ihrer Sprache und Sitte, es zeigten sich diesseits und jenseits dieser Grenze weder in der Landschaft noch in der Bodenkultur, weder im Hausbau noch im Familienleben merkliche Unterschiede. Das Wesentliche der Grenze bestand in lauter teils drolligen, teils störenden Dingen, welche alle von unnatürlicher und rein phantastischer Art waren: in Zöllen, Paßämtern und dergleichen Einrichtungen mehr. Diese Dinge zu lieben und heilig zu halten, dagegen aber die Gleichheit von Rasse, Sprache, Leben und Gesittung, die ich zu beiden Seiten der Grenze fand, für nichts zu achten, ist mir nicht möglich gewesen, und so geriet ich, zu meinem schweren Schaden namentlich in der Kriegszeit, immer mehr in das Lager jener Phantasten, denen Heimat mehr bedeutet als Nation, Menschentum und Natur mehr als Grenzen, Uniformen, Zölle, Kriege und dergleichen. Wie verpönt und wie «unhistorisch gedacht» dies sei, wurde mir von vielen Seiten vielmals unter den wildesten Schmähungen mitgeteilt. Ich konnte es jedoch nicht ändern. Wenn zwei Dörfer miteinander verwandt und ähnlich sind wie Zwillinge, und es kommt ein Krieg, und das eine Dorf schickt seine Männer und Knaben aus, verblutet und verarmt, das andere aber behält Frieden und gedeiht ruhig weiter, so scheint mir das keineswegs richtig und gut, sondern seltsam und haarsträubend. Und wenn ein Mensch seine Heimat verleugnen und die Liebe zu ihr opfern muß, um einem politischen Vaterland besser zu dienen, so erscheint er mir wie ein Soldat, der auf seine Mutter schießt, weil er Gehorsam für heiliger hält als Liebe.

Nun, meine Liebe zur Heimat, zu dem Land, durch dessen Mitte der Oberrhein fließt, ist mir nie verkümmert und verdunkelt worden. Wie ich schon als Kind den Basler Rhein und die schwäbische Nagold liebte, Schwarzwälder und Schweizer Mundart erlernte und sprach, so fühle ich mich auch heute noch in allen «alemannischen» Landen zu Hause. Wohl hatte ich sehr oft im Leben einen starken Reisetrieb, stets dem Süden und der Sonne nach. Heimisch gefühlt aber habe ich mich weder in Italien noch in Bremen, weder in Frankfurt noch in München oder Wien, sondern immer nur da, wo Luft und Land, Sprache und Menschenart alemannisch war. Bauernhäuser mit rot gestrichenem Fachwerk, alte Städte mit Brücken über den hellgrünen wilden Rhein, blaue Abendberge, Obstland und Fruchtbarkeit, und in den Lüften etwas, was an nahe Alpen erinnert, auch wenn man sie nicht sieht, das und noch viel anderes spricht zu mir heimatlich und vertrauensvoll, das lebt in mir, dahin gehöre ich. Und dazu die Sprache, die vielfältigen, doch nahverwandten schwäbischen und deutschschweizerischen Mundarten, eine Sprache von besonderem Klang, von besonderer Melodie. Ich kann sie nicht beschreiben, sie ist für mich Heimat und Mutter, Geborgenheit und Vertrauen.

Als Knabe, nachdem ich neunjährig aus der Schweiz in den Schwarzwald zurückgekehrt war, pflegte ich durch manche Jahre eine gewisse romantische Sehnsucht nach Basel und fühlte mich mit einem richtigen Kinderstolz als Fremdling und Ausländer, obwohl ich nach wenigen Wochen den schwäbischen Heimatdialekt wieder vollkommen wie in meinen ersten Lebensjahren sprach. Später kamen Zeiten, in denen ich mir ganz Schwabe zu sein schien und den schweizerischen Zuschuß stark unterschätzte. Erst allmählich wurde mir klar, daß meine gleichmäßige Liebe zu beiden Heimaten meiner Kindheit (zu welchen später noch der Bodensee hinzukam) nicht eine persönliche Laune von mir war, sondern daß es eine Landschaft, Atmosphäre, Volksart und Kultur gab, die ich schon früher von zwei verschiedenen Seiten her kennengelernt und mitgelebt hatte, die aber in sich Eins war. Seither rechne ich mich zu den Alemannen, und bin nicht betrübt, sondern froh darüber, daß unser Alemannien nicht ein politisch abgegrenzter Staat ist und nicht auf Landkarten und in Staatsverträgen zu finden ist.

Als Gegner der National-Eitelkeiten darf ich nun die Alemannen nicht rühmen und sie mit Tugenden beladen, wie Völker es gerne voreinander tun. Ich halte weder die Treue noch die Schlauheit, weder die Tapferkeit noch den Humor für reservierte Spezialbegabungen der Alemannen, obwohl sie von alledem gute Proben geliefert haben. Ich liebe auch nicht einen alemannischen Dichter, eine alemannische Bauernstube, ein alemannisches Volkslied mehr als andere solche schöne Dinge auf Erden. Die Alemannen haben weder eine Peterskirche gebaut, noch haben sie einen Dostojewski, und wenn sie aus heimatlichem Dünkel nichts von fremder Art und Kunst wissen wollen, so tue ich nicht mit. Aber alles, was von alemannischer Herkunft ist, hat Heimatgeruch für mich, ist mir ohne weiteres verständlich und nah. Manches gefällt mir bei den Schwaben besser: so die wunderbare Musik bei den schwäbischen Dichtern, bei Hölderlin und Mörike. Anderes liebe ich wieder speziell bei den Schweizern: Phantasie hinterm Anschein von Nüchternheit wie bei G. Keller. Und noch etwas, worin die Schweizer anderen Alemannen voraus waren: eine bürgerlich-demokratische Mischung der Stände und Gesellschaftsschichten ohne scharfe Grenzen, Selbstbewußtsein und Selbstgenügsamkeit beim «Volk», und Aufgeschlossenheit des «Gebildeten» gegen Volksgenossen aller Stände. Darin hatten wir auf der reichsdeutschen Seite manches verlernt und versäumt, was wir jetzt neu zu lernen im Begriff sind.

Das alemannische Land hat vielerlei Täler, Ecken und Winkel. Aber jedes alemannische Tal, auch das engste, hat seine Öffnung nach der Welt, und alle diese Öffnungen und Ausgänge zielen nach dem großen Strom, dem Rhein, in den alles alemannische Wasser rinnt. Und durch den Rhein hängt es von alters her mit der großen Welt zusammen.

(1919)

Zu «Zarathustras Wiederkehr»

In den letzten Tagen des Januar schrieb ich, unter dem Druck der Weltereignisse, in zwei Tagen und Nächten die kleine Schrift «Zarathustras Wiederkehr», welche bald darauf anonym erschien und an meine Freunde versendet wurde.

Unter den Zweifeln, welche diese Bekenntnisschrift eines Unpolitischen bei vielen Lesern erweckten, kehrten folgende zwei immer und immer wieder. Beinahe jeder, der den Verfasser (was nicht schwer war) erraten hatte, stellte ihm diese beiden Fragen: warum nennst du deinen Namen nicht? und: Wozu die Maske Zarathustras, der Anklang an Nietzsche, die Stilimitation?

Der erste und häßlichste Vorwurf, der mir wegen der Anonymität gemacht wurde, der der Feigheit, ist wohl dadurch erledigt, daß ich mich öffentlich zu meiner Schrift bekenne. Daß sie wiederholt auftauchten, empfand ich als charakteristisch für die Mentalität der Kriegszeit. Auch Männern von Charakter schien es ohne weiteres möglich und wahrscheinlich, daß ein Autor sich etwaigen unbequemen Folgen durch Verschweigen seines Namens entziehe! Und wirklich war seit 1914 jeder Deutsche, der öffentlich für die Idee einer übernationalen Menschlichkeit stritt, in so roher Weise gezüchtigt worden und so völlig ohne Schutz geblieben, daß ein gewisser Mut dazu gehörte, bei solchen Gesinnungen zu verharren. Ich persönlich bin stolz auf jede Beleidigung, die ich seit dem Sommer 1914 in unserer chauvinistischen Presse erfahren habe und wünsche nicht die Freundschaft jener Herren und Blätter wiederzugewinnen, welche jetzt seit dem November 1918 so heftig denselben Ideen beistimmen, für welche sie uns bis dahin gesteinigt hatten.

Aber warum ließ ich meine Schrift anonym erscheinen, wenn es nicht aus Ängstlichkeit geschah? Ich bin erstaunt darüber, daß niemand die Ursache erriet. – Wer auch nur eine einzige von den Bekenntnisschriften der geistigen Jugend gelesen hat – der «Expressionisten» – der kennt die bis zu Verachtung und bitterstem Haß gesteigerte Auflehnung unserer Jungen gegen alles, was ihnen als bisherig, als gestrig, als impressionistisch bekannt ist, daß ich dazu gehöre, schien mir zweifellos, und daß eine Schrift mit meinem Autorennamen vom lebendigsten Teil der Jugend gar nicht würde gelesen werden, schien mir gewiß. Dies war mein Grund, anonym zu bleiben.

Nun die zweite Frage: Warum lehnte ich mich an Nietzsche an, warum imitierte ich den Ton des Zarathustra?

Mir scheint, ein Leser mit zartem Sprachgefühl wird durch meine Schrift zwar an den Zarathustra erinnert werden, wird aber auch sofort erkennen, daß sie gewiß keine Stilnachahmung versucht. Sie erneuert, sie klingt an, aber sie imitiert nicht. Ein Imitator des Zarathustra hätte eine Menge von Stilmerkmalen benutzt, die ich völlig wegließ. Auch muß ich gestehen, daß ich Nietzsches Zarathustra seit nahezu zehn Jahren nicht mehr in den Händen gehabt habe.

Nein, der Titel und der Stil meiner kleinen Schrift entstand wahrlich nicht aus dem Bedürfnis nach einer Maske, oder gar aus einer spielerischen Lust zu Stilversuchen. Auch wer den Geist dieser Schrift ablehnt, muß doch – so scheint mir – den hohen Druck ahnen, unter dem sie entstand.

Daß sie an Nietzsche anklinge und den Geist seines Zarathustra beschwöre, das merkte ich selbst erst während dem fast bewußtlosen Schreiben, das sich völlig explosiv vollzog. Aber seit Monaten, nein, seit Jahren hatte sich in mir eine andere Einstellung zu Nietzsche gebildet. Nicht zu seinem Gedanken, nicht zu seiner Dichtung. Wohl aber zu Nietzsche, dem Menschen, dem Mann. Mehr und mehr erschien er mir, seit dem jammervollen Versagen unserer deutschen Geistigkeit im Kriege, als der letzte einsame Vertreter eines deutschen Geistes, eines deutschen Mutes, einer deutschen Mannhaftigkeit, die gerade unter den Geistigen unseres Volkes ausgestorben zu sein schien. Hatte nicht seine Vereinsamung zwischen Kollegen voll verantwortungslosen Strebertums ihm den Ernst seiner «Aufgabe» gezeigt? War er nicht im Grimm über den schauerlichen Kulturniedergang Deutschlands während der wilhelminischen Epoche schließlich zum Antideutschen geworden? Und war nicht er es, der einsame Nietzsche, der vergrollte Verächter des deutschen Kaiserrausches, der letzte glühende Priester eines scheinbar absterbenden deutschen Geistes – war nicht er es, der Unzeitgemäße und Vereinsamte, dessen Stimme stärker als jede andere zur deutschen Jugend sprach? Mochten sie ihn mißverstehen, ihn beliebig ausdeuten – fühlten sie nicht doch alle, daß ihre Liebe zu Nietzsche ihre erste Schwärmerei für den Dichter des Zarathustra, das Liebste und Heiligste sei, was ihre Jugend erleben könnte? Wo ist der deutsche

Dichter, der deutsche Gelehrte, der deutsche geistige Führer seit 1870, der so wie Nietzsche das Vertrauen der Jugend genoß, der so wie er an das Heiligste und Geistigste mahnte? Es ist kein anderer da.

An diesem Geist, als dessen letzten Prediger ich Nietzsche empfand, wollte und mußte ich appellieren. Wenn es noch ein geistiges Deutschland gab – in diesem Zeichen konnte es sich sammeln. Und aus begeisterten, heiligen Lesenächten meiner Jünglingszeit klang mir der Ton herüber, indem ich meinen Ruf an die Jugend niederschrieb. Er entstand nicht aus Überlegung, nicht aus Versuchen. Er entstand von selber, ungerufen.

Eine Rechtfertigung meiner Schrift gegen erfolgte Angriffe oder eine Auseinandersetzung mit mißverstehenden Auffassungen ist mir nicht Bedürfnis. Über meiner Zarathustra-Schrift steht ein Nietzsche-Wort als Motto. Wenn meine Schrift dazu führte, daß tausend oder hundert junge Menschen im jetzigen Chaos Deutschlands dieses Wort Nietzsches mit ganzer Seele sich wieder zu eigen macht, so ist alles erreicht, was ich je mit dieser Schrift zu erreichen hoffte.

Das Motto von Nietzsche: «Jenes verborgene und herrische Etwas, für das wir lange keinen Namen haben, bis es sich endlich als unsere Aufgabe erweist – dieser Tyrann in uns nimmt eine schreckliche Wiedervergeltung für jeden Versuch, den wir machen, ihm auszuweichen oder zu entschlüpfen, für jede vorzeitige Bescheidung, für jede Gleichsetzung mit solchen, zu denen wir nicht gehören, für jede noch so achtbare Tätigkeit, falls sie uns von unserer Hauptsache ablenkt – ja für jede Tugend selbst, welche uns gegen die Härte der eigensten Verantwortlichkeit schützen möchte. Krankheit ist jedesmal die Antwort, wenn wir an unserm Recht auf unsere Aufgabe zweifeln wollen, wenn wir anfangen, es uns irgendwo leichter zu machen. Sonderbar und furchtbar zugleich: Unsere Erleichterungen sind es, die wir am härtesten büßen müssen! Und wollen wir hinterdrein zur Gesundheit zurück, so bleibt uns keine Wahl: wir müssen uns schwerer belasten, als wir je vorher belastet waren ...»

(1919/20)

Tagebuch 1920/1921

(Nach einer Krankheit)

Also nochmals dreht sich Erde und Sonne für mich, noch heut und noch lange spiegelt sich Blau und Wolke, See und Wald in meinem lebendigen Blick, nochmals gehört mir die Welt, nochmals spielt sie auf meinem Herzen ihre vielstimmige Zaubermusik. Über diesen Tag, über diese Seite meiner bunten Lebensblätter möchte ich ein Wort schreiben, ein Wort wie «Welt» oder «Sonne», ein Wort voll Magie, voll Klang, voll Fülle, voller als voll, reicher als reich, ein Wort mit der Bedeutung vollkommener Erfüllung, vollkommenen Wissens. Da fällt das Wort mir ein, das magische Wort für diesen Tag, ich schreibe es groß über dies Blatt: MOZART. Das bedeutet: die Welt hat einen Sinn, und er ist uns erspürbar im Gleichnis der Musik.

Gern möchte ich arbeiten. Ich arbeite zwar den ganzen Tag: ich studiere, ich führe Tagebücher, ich lese und schreibe Mengen von Briefen, lese neue Bücher, male, zeichne – aber das alles ist ja bloß Sammeln, Vorbereiten, Sichstimmen, es ist noch nicht Arbeit, noch nicht konzentriert, noch nicht Werk. Schwer sind die Zeiten ohne Werk zu ertragen, ohne die Spannung und Konzentration künstlerischer oder philosophischer Arbeit.

Seit vielen Monaten liegt mein indischer Roman, mein Falke, meine Sonnenblume, der Held Siddhartha da, bei einem mißglückten Kapitel abgebrochen – ich kann mich des Tages noch so wohl entsinnen, wo ich sah, daß es nicht weiterging, daß ich warten, daß etwas Neues dazu kommen müsse! Er begann so schön, er gedieh so, geradlinig, und plötzlich war es aus! Die Kritiker und Literarhistoriker sprechen in diesen Fällen von Nachlassen der Kräfte, vom Versiegen der Stimmung, vom Verlieren der Konzentration – man lese irgendeine Goethe-Biographie mit ihren trottelhaften Anmerkungen nach!

Nun, in meinem Fall ist die Sache einfach. In meiner indischen Dichtung war es glänzend gegangen, solange ich dichtete, was ich erlebt hatte: Die Stimmung des jungen Brahmanen, der die Weisheit sucht, der sich plagt und kasteit. Als ich mit Siddhartha dem Dulder und Asketen zu Ende war, und Siddhartha den Sieger, den Jasager, den Bezwinger dichten wollte, da ging es nicht mehr. – Ich werde ihn dennoch weiter dichten, einmal, am Tag der Tage, und er wird doch ein Sieger werden.

Inzwischen schreiben mir unentwegt reichsdeutsche Couleurstudenten ihre mannhaften Haßbriefe, voll Mark und edler Entrüstung, und ich brauche nur einen dieser Briefe zu lesen, einen dieser zwanghaften, krampfigen, bösen Briefe von Hampelmännern, so sehe ich, wie gesund ich trotz allem bin, wie ich ihnen auf die Nerven gehe, wie ich sie aufrege und in Not bringe, wie viel Verführung zu Gefahr, zu Denken, zu Geist, zu Einsicht, zu Spott, zu Phantasie doch aus meinen Worten spürbar sein muß. Aber wie traurig ist doch der Geist, vielmehr die Geistlosigkeit, aus der jene Gesinnungen und Briefe kommen! Ein Student aus Halle schrieb mir kürzlich, und nachdem er mir seine und seiner Kommilitonen tiefe und tödliche Verachtung ausgesprochen, legt er ein Bekenntnis ab – er nennt diejenigen deutschen Namen, zu denen er sich bekennt, die er als Fahnen und Vorbilder über sich weiß. Es sind: Kant, Fichte, Hegel, Wagner und noch einige! Also kein Goethe, kein Hölderlin, kein Nietzsche, auch kein Grimm, auch kein Eichendorff, und von den Musikern weder Mozart noch Bach noch Schubert, sondern einzig Wagner! Was ist das für eine vereinfachte, verarmte, mäßige dünne Geisteswelt! – Nur Geduld, Siddhartha!

Aber Geduld ist schwer. Geduld ist für den Geist das Schwerste. Es ist das Schwerste und ist das Einzige, was zu lernen sich lohnt. Alle Natur, alles Wachstum, aller Friede, alles Gedeihen und Schöne in der Welt beruht auf Geduld, braucht Zeit, braucht Stille, braucht Vertrauen, braucht den Glauben an langfristige Dinge und Prozesse von viel längerer Dauer als ein einzelnes Leben dauert, Glauben an Zusammenhänge und Sinne, die keiner Einsicht eines Einzelnen zugänglich sind. «Geduld» sage ich, und könnte ebenso gut sagen Glauben, Gottvertrauen, Weisheit, Kindlichkeit, Einfalt. Wie seltsam lange braucht man, um sich selbst ein klein wenig zu kennen – wie viel länger, um Ja zu sich zu sagen und in einem überegoistischen Sinne mit sich einverstanden zu sein! Wie muß man doch immer wieder an sich herum machen, mit sich kämpfen, Knoten lösen, Knoten durchhauen, neue Knoten knüpfen! Ist man damit einmal zu Ende, ist einmal die volle Einsicht, die volle Harmonie, das volle fertige Lächeln und Jasagen da, ist dies Ziel einmal erreicht: dann lächelt man und stirbt, das ist der Tod, das ist die Erfüllung des Diesmaligen, der willige Eintritt ins Gestaltlose, um daraus wiedergeboren zu werden. Soweit vermag ich diesen Faden zu denken. Das Nichtmehrgeborenwerden, das echte Nirwana, die Seligkeit des Erreichthabens, ist mir in ihrem vollen, echten Sinn (nicht in dem einer bloßen Müdigkeit und Sehnsucht nach Rast) noch niemals ganz erfaßbar und vorstellbar geworden. Siddhartha wird, wenn er stirbt, nicht Nirwana wollen, sondern neuen Umlauf, neue Gestaltung, Wiedergeburt.

Ach, zehn oder mehr Tagebücher sollte ich führen. Drei, vier habe ich schon begonnen. Eines heißt «Tagebuch eines Wüstlings», eines «Urwald der Kindheit», eines «Traumbuch». Dazu müßte ein Malertagebuch kommen, ein Musiktagebuch, eines über den alten Kampf zwischen Lebenstrieb und Todessehnsucht, Tagebuch des Selbstmörders, vielleicht auch ein Tagebuch der Besinnung, des Suchens nach Maßstäben: Anwendung des persönlich Gedachten auf Allgemeines, auf Natur, auf Politik, auf Geschichte. Und dann noch drei oder vier andre Bücher müßte ich führen können, um eine Weile den Versuch der Polyphonie und Bipolarität zu machen, um die Rundheit und Allseitigkeit der Seele irgendwie zu dokumentieren. Es geht nicht, schon das Kleinste ist zuviel, schon das Simpelste zu kompliziert, die Hand müßte zwanzig Finger und der Tag hundert Stunden haben. O indische Götter mit zehn und zwanzig Armen! Wie wahr seid ihr!

Und mit allen diesen zehn Tagebüchern wäre nur erst notiert, nur erst geschrieben! Noch nicht geschlafen und geträumt, noch nicht gemalt und musiziert, noch nicht Freundschaft, Liebe, Hunger, Geschlecht, Lebensgefühle gelebt – nein, der Tag müßte tausend Stunden haben!

Man kann ja natürlich Maß halten, man kann Technik üben, beim Möglichen bleiben – aber jedes versuchte Maß ist gar so nah bei jenem Maß, mit dem die Schullehrer den Goethe messen – und hat es denn einen Sinn, sich um Mögliches zu bemühen? Schon das kleinste Kunstwerkchen, eine Bleistiftskizze von sechs Strichen und ein Gedichtvers von vier Zeilen versucht frech und blind das Unmögliche, geht aufs Ganze, will das Chaos in die Nußschale schöpfen!

Das ist das Leid des Künstlers. Ein Werk gestalten, geduldig, fleißig, liebevoll, ein Gedicht, ein Bild, einen Roman – und daneben rollt die Welt, wird stündlich reicher, voller, vielfältiger – und man soll nun an seinem dünnen Faden bleiben, sein Werk weiter spinnen, diesen einen einzigen armen Faden, soll täglich und stündlich die Flut von Träumen, Ansichten, Einfällen unterdrücken oder einschmelzen, um weiter an der einen dünnen Melodie zu dichten, in der man doch kein Tausendstel des Gewollten einfängt! Furchtbar ist dieser Zwang zum Gestalten, furchtbar und herrlich, und wird von Mal zu Mal, von Versuch zu Versuch, von Werk zu Werk schwerer, verhängnisvoller, entsagungsreicher, wütender und glühender. Und dann das Ergebnis! Ich meine nicht den «Erfolg», das Urteil der Schreiber, den Beifall des Bürgers, den Brief des Backfischs – diese Mißverständnisse sind komisch und lassen sich ertragen – sondern das tatsächliche Ergebnis, das «Werk» selbst, so wie es schließlich vor dem Künstler liegt und ihn ansieht – so klein, so spöttisch, so gar nichts! Es soll Künstler geben, die ihre fertigen Werke lieben – wie ist das möglich?!

Wenn man die Dichtung als Bekenntnis auffaßt – und nur so kann ich sie zur Zeit auffassen – dann zeigt sich die Kunst als ein langer, vielfältiger, gewundener Weg, dessen Ziel es wäre, die Persönlichkeit, das Künstler-Ich so vollkommen, so verästelt, so bis in alle Spaltungen hinein auszusprechen, so vollkommen auszusprechen, daß dies Ich am Ende gleichsam abgewickelt und erledigt, daß es ausgetobt und ausgebrannt wäre. Dann könnte das Höhere folgen, das Überpersönliche und Überzeitliche, die Kunst wäre überwunden, der Künstler wäre reif, ein Heiliger zu werden. Die Funktion der Kunst, soweit sie die Person des Künstlers selbst angeht, wäre dann genau dasselbe wie die Funktion der Beichte, oder der Psychoanalyse. Diesen Sinn hatten alle späteren Schriften Nietzsche's, die Bekenntnisbücher Strindberg's, die Aufzeichnungen Flaubert's.

Das Ende und Ziel des Künstlers wäre dann nicht die Kunst, oder das Werk, sondern die Selbstaufhebung, die Preisgabe und Opferung des beschränkten, in Komplexen und Leiden gefangenen Ich zu Gunsten der Seelenstille und Heiligkeit, das Ziel wäre die Entwicklung zum überpersönlichen Ich, zum Heiligen, der auf die Welt und Zeit nicht mehr persönlich reagiert, sondern in dessen Seelenzustand das Chaos der Welt zu Sinn und Musik wird, in dessen Atem Gott ein und aus geht. Es ist nur die Frage, ob dieser Weg vom Künstler zum Heiligen, vom Bekennen und Beichten zum Ruhen in Gott wirklich ein Weg ist, ob er möglich ist, ob man ihn gehen, ob er zum Ziel führen kann. Ich weiß es nicht, und ich zweifele sehr daran, obwohl ich selber eben diesen Weg gehe, gehen muß! So wie ein

Mensch sich in einer Psychoanalyse verlieren kann, indem er von der Wichtigkeit und Bedeutsamkeit aller Äußerungen seines Unbewußten fasziniert wird, so kann der bekennende Künstler, indem er Stoß um Stoß sich selber auswirft, sich selber ausspricht, sich selber rastlos abwickelt und ausspeit, gerade immer tiefer in die Zusammenhänge seines beschränkten Ich hineingeraten, sich immer tiefer in die eigenen Probleme, die eigenen Leiden, die eigenen Komplexe verwickeln, und dies führt genau in die entgegengesetzte Richtung, macht den Künstler genau zum Gegenteil des Heiligen. (Nebenbei gesagt: ich verstehe unter dem «Heiligen» etwas zum Teil anderes als die christliche Terminologie, ich meine mit ihm nicht den Gerechten, sondern vor allem den Frommen, den mit Gott Einverstandenen, der alles, was seine Sinne ihm zutragen, als gottgewollt, also notwendig, also gut aufzunehmen vermag, der stets fähig ist, zwei Gegensätze als Einheit zu sehen, zu jedem Standpunkt den polar entgegengesetzten als gleichberechtigt anzuerkennen.)

Der Haken liegt darin, daß wahrscheinlich das Bekenntnis des Künstlers, einerlei welchen Sinn er ihm bewußt unterlege, niemals reine Beichte ist! Die reine Beichte ist einfach das Ausbrechen gärender Säfte, ist Entledigung, Entäußerung, Lüftung. Das künstlerische Bekenntnis dagegen neigt stets und unfehlbar nach der Selbstrechtfertigung. Die Beichte wird vom Künstler überschätzt, er wendet ihr eine Liebe und Sorgfalt zu wie nichts anderem in der Welt, und je aufrichtiger, je sorgfältiger und vollständiger, je rücksichtsloser das Bekenntnis ist, desto mehr ist es in Gefahr, wieder ganz Kunst, ganz Werk, ganz Selbstzweck zu werden. Der Künstler neigt stets dazu, in seinem Bekenntnis aufzugehen, seine ganze Aufgabe und Leistung in seine Beichte zu verlegen, und damit immer im Zauberkreis der eigenen, persönlichen Angelegenheiten rundum zu irren. Denn der Künstler ist ohnehin ein Mensch, der die Bedeutung seines Werkes übertreiben muß, weil er seine ganze Lebensleistung, damit seine ganze Selbstrechtfertigung aus dem Leben weg in sein Werk verlegt hat. Man vergleiche die Konfessionen eines Heiligen mit denen eines Literaten, so wird sofort der Unterschied klar: Augustinus und Rousseau. Der eine gibt sich selbst preis, weil er sich Gott anheim gegeben hat: der andre rechtfertigt sich. Vom gleichen Antrieb ausgehend enden sie an genau entgegengesetzten Polen: der eine beim Heiligen, der andre beim Dichter: der eine überwindet seine Person und wird ein großer Mensch, der andre bleibt in seinen Komplexen gefangen und kommt über den interessanten Menschen nicht hinaus. Für mein Gefühl steht Nietzsche in der Mitte zwischen jenen beiden, während Strindberg ganz nahe bei Rousseau steht.

Da wäre freilich der alte, klare, einfache Weg auch für mich, den Künstler, der bessere: der sofortige und rücksichtslose Verzicht auf das empirische Ich, die Imitatio Jesu. Warum ich diesen einfachen Weg nicht gehe, warum er mir verschlossen ist (sei es nun für immer oder nur für jetzt), weiß ich noch nicht. Mein Leben könnte dadurch nicht schwerer, nicht heikler, nicht schmerzlicher und problematischer werden als es jetzt ist – und doch ist jener Weg mir nicht offen, oder noch nicht. Und doch sehe ich: es ist der einzige, der zum Heiligen führt, und der ist nun einmal das stärkste und lockendste Vorbild für mich. Wäre ich in einer anständigen religiösen Tradition aufgewachsen, etwa als Katholik, so wäre ich wahrscheinlich zeitlebens dabei geblieben. So aber gehört es zu meiner Herkunft und Bestimmung, daß ich aus einer zwar intensiv religiösen, aber durchaus protestantisch-sektiererischen Tradition herkomme. Und das ist ja nicht zufällig – ich habe das gewollt, ich habe mir selbst diese Herkunft, diese Konfession, diese Belastung mit Sektierer- und Reformationsgeist ausgewählt oder eingebrockt, und wie in der Stunde meiner Geburt Saturn und Mars, Jupiter und Mond gestanden sind, und nichts anders sein konnte und durfte, so stand auch der fromme pietistische Vater und der protestantische Taufstein für mich bereit. Es war mir nicht bestimmt, es lag nicht in meinem Plan, die Bequemlichkeiten und Genüsse einer haltbaren, einer guten, schönen und gesunden Religion zu den Stützen meines Lebens zählen zu dürfen: es war mir notwendig, in einer aufrührerischen, überhitzten, in einer unglücklichen, kurzfristigen, sich selber zerstörenden Religion aufzuwachsen, die ich mir mit dem ersten Erwachen des Denkens selber zerstören mußte. Ja, ich habe das gewollt, ich habe mir das aufgeladen, wie meinen Körper, mein Vaterland, meine Sprache, meine Fehler und Begabungen.

Meine Beschäftigung mit Indien, die nun schon bald zwanzig Jahre alt ist, scheint mir nun an einem neuen Entwicklungspunkt angelangt zu sein. Bisher galt mein Lesen, Suchen und Mitfühlen fast ausschließlich dem philosophischen, dem rein geistigen, dem vedantischen und buddhistischen Indertum, die Upanischaden und die Reden Buddhas standen im Mittelpunkt dieser Welt. Erst jetzt nähere ich mich mehr dem eigentlich religiösen Indien der Götter, des

Vishnu und Indra, Brahma, Krishna etc etc. Und jetzt erscheint der ganze Buddhismus mir mehr und mehr als eine Art indischer Reformation, genau entsprechend der christlichen. Buddha, obgleich der viel Tiefere, scheint mir jetzt sehr wohl mit Luther vergleichbar (natürlich nur in seinem Verhältnis zum Alten, zum Priestertum und Brahmanismus). Und der Verlauf der großen buddhistischen Welle scheint mir sehr ähnlich dem Verlauf der Reformation in Europa. Es beginnt beidemal mit einer Vergeistigung und Verinnerlichung, es wird das Gewissen des Einzelnen zur wichtigsten Instanz, es wird mit äußerlichem Kult, mit Käuflichkeit der Gnade, mit Zauber und Opferkult aufgeräumt, die Priesterkaste verliert an Einfluß, das Denken und Gewissen des Einzelnen wehrt sich gegen alte Autoritäten. Inzwischen aber reformiert und erneuert sich das angegriffene und erschütterte Alte in sich selbst, und während die neue Lehre ziemlich rasch abgebraucht wird und als Kirche und Volksreligion wieder degeneriert, zeigt sich die alte, naive Religion als die ausdauerndere und steht mit neuen Kräften da. Wie nach wenigen Jahrhunderten die protestantische Kirche verkommt, als Kult verarmt und verknöchert, so sinkt ähnlich der Buddhismus wieder zurück vor dem Auffluten neuer Kulte und Seelenwelten aus dem alten Götterreich. Der abgeschaffte Vishnu und Indra kehrt wieder, Götter um Götter werden geboren, verwandeln sich, bereichern sich, werden verehrt, werden in aufblühenden riesigen Kunstwerken gefeiert, und die buddhistisch-reine, stille, gute, heilige Lehre, die eine Zeitlang die Erlösung der Welt und das Ende aller Priesterherrschaft bedeutet hatte, wird allmählich zu einer stillen, geduldeten Sekte, deren Fortbestehen niemand aufregt, an deren Lehre und Kult aber das Herz des Volkes keinen Teil mehr hat. Beidemale, in Indien und in Europa, ist die götterlose, scheinbar so viel reinere, geistigere, protestantische Religion nicht als Religion zeugungsfähig geblieben, sie wird zu Philosophie, zu Wissenschaft, zu Dialektik. Allerdings hat bis heute die katholische Kirche, wenn sie auch sichtlich die Reformation siegreich überdauert, nicht entfernt die schöpferische Kraft gezeigt wie der Brahmanismus.

Was die katholische Kirche vor den reformierten, was der Götterkult vor dem Buddhismus voraus hat, ist nicht etwa bloß die Ästhetik, die Anschaulichkeit und reiche Form des Kultus. Es ist vor allem die Elastizität und Plastizität des Gedankens und die unendlich größere Anpassungsfähigkeit. Der reformierte, puritanische Glaube fordert eine Hingabe des Selbst, deren wenige fähig sind, und auch die wenigen nicht immer, nur in seltneren gehobenen Stunden. Das Opfer meiner Selbst, meiner Triebe und Wünsche kann ich nur selten und nur unvollkommen bringen; das Opfer der Gaben, der Anbetungen, der Bekränzungen, der Tänze und Kniebeugen aber kann ich jederzeit leisten, und in der rechten Stunde werden auch diese scheinbar äußerlichen, rohen und mechanischen Opfer innerlich eins sein mit der Darbringung meiner Selbst. Der katholische Gottesdienst ist zu jeder Stunde möglich, der katholische Priester braucht nur das Meßgewand anzuziehen, um sofort Priester zu sein – der lutherische Gottesdienst widerspricht sich selbst und entbehrt der Weihe, und der protestantische Priester muß in langen, mühsamen Predigten beweisen, daß er Priester sei, und niemand glaubt es ihm. Und so erzieht denn auch jede reformatorisch gefärbte Religion zu einem bösen Kultus der Minderwertigkeitsgefühle.

Heut Nacht hatte ich einen ungewöhnlichen Traum, insofern ungewöhnlich, als ich meines Wissens bisher noch nie einen tiefen Absturz geträumt habe, ohne am Ende des Sturzes zu erwachen. Und diesmal erwachte ich nicht, wenigstens nicht ganz. Es war so: Ich fuhr, mit einer ganzen großen Gesellschaft, in einem Wagen mit Pferden auf einer Landstraße. Wir kommen an eine Stelle, wo die Straße große Kurven macht, und plötzlich sehe ich, daß unsre Pferde, statt der Kurve nach, gradeaus laufen und senkrecht in den Abgrund stürzen. Im Augenblick waren wir auch schon fallend in der Luft, alle wurden still und bleich, man wartete in furchtbarster Spannung auf den Moment, wo wir unten aufschlagen würden. Das Fallen durch die Luft dauerte lange, dann sagte einer von uns: «Jetzt!», und wir schlugen auf und ich verlor das Bewußtsein. Ich hatte das Gefühl, ich würde am Leben bleiben, aber natürlich nicht unverletzt, und wartete mit banger Spannung darauf, wie mir beim Wiedererwachen aus der Ohnmacht zu Mute sein werde. Ich erwachte dann auch, ganz langsam und allmählich, und hatte zunehmend ein häßliches Gefühl von Kranksein und Lähmung.

Heute nach langer Zeit kam wieder einmal ein Mensch zu mir. Ich hatte nach Tisch, um mich warm zu laufen und um Holz zu sparen, meinen üblichen Winterspaziergang gemacht, war im leise fallenden Schnee gegen zwei Stunden unterwegs gewesen, und kam wieder nachhause, zündete Feuer im Kamin an und dachte: da sitze ich nun wieder einmal und könnte ebenso gut in Berlin oder Amerika oder längst tot sein, mein Tun und Leben ist für niemand nütze, verläuft einsam in sich selber, ohne Frucht. Da klopfte es, ich kam etwas unwirsch heraus, eine fremde Dame stand draußen, fragte nach mir, kam herein, nannte keinen Namen, setzte sich vor den Kamin, und begann sofort zu erzählen. Sie hatte das Bedürfnis zu beichten, wußte von mir, weil sie Demian gelesen hatte. Sie erzählte die Geschichte ihrer Ehe, sie war eben ihrem Mann davon gelaufen, vieles war mir geläufig, andres neu und seltsam. Gegen drei Stunden saß sie und erzählte, oft sehr mühsam und stöhnend, ich sagte fast gar nichts, hörte nur zu und sprach am Schluß freundlich und behutsam zu ihr, wie Leidende es brauchen. Dann ging sie wieder, sichtlich erleichtert, und so kann ich mir nun einbilden, daß mein Nachmittag doch nicht ins Leere gefallen ist und irgend eine Frucht trägt.

Aber es gibt nichts Schwereres als irgendwie Beichtvater oder Seelsorger zu sein. Es kommen je und je Menschen mit solchen Bedürfnissen zu mir, aber für mich ist es häufig nicht bloß schwierig, sondern bringt mich geradezu zurück und schadet mir. Im Grunde kann ich, wenn ein armer Mensch mir seine Geschichte erzählt hat, eigentlich nichts andres sagen als: «Ja, das ist traurig, so traurig ist das Leben oft, ich weiß es, es ist mir auch so gegangen. Suche es zu tragen, und wenn alles nimmer hilft, dann trinke eine Flasche Wein, und wenn auch das nichts hilft, dann wisse, daß es die Möglichkeit gibt, sich eine Kugel in den Kopf zu schießen.» Statt dessen versuche ich, meine Trostgründe und Lebensweisheiten aufzuführen, und wenn ich auch wirklich einige Wahrheiten weiß, so sind sie doch alle im Augenblick, wo man sie laut ausspricht und sie als Medizin gegen einen tatsächlichen, aktuellen Schmerz verzapft, ein wenig theoretisch und leer, und plötzlich kommt man sich vor wie der Pfarrer, der mit gewohnten Sprüchen seine Leute tröstet, und dabei das elende Gefühl hat, etwas Handwerksmäßiges zu tun.

Das vergangene Jahr, 1920, ist wohl das unproduktivste in meinem Leben gewesen, und damit das traurigste, obwohl es nicht das Jahr der schwersten Erschütterungen war. Jetzt, in diesem neuen Jahr 1921, geht es im selben Stil weiter. Es ist schon seltsam, wie recht in diesen Dingen die Astrologie hat, wenigstens wenn sie von einem Menschen wie Englert[1] geübt wird. Ich habe astrologisch schwere

1 Josef Englert (1874–1957), Ingenieur, Freund Hesses, ‹Jup der Magier› in «Klingsors letzter Sommer».

Oppositionen, die noch lange dauern werden, und die sich in meinem Leben als schwere Hemmungen und Depressionen äußern. Oft fällt es mir lächerlich schwer, das Leben weiterzuführen und nicht wegzuwerfen, so leer und fruchtlos ist dies Leben geworden.

Vor zwei Jahren war mein letzter Höhepunkt. Das Jahr 1919 bis zum September war das vollste, üppigste, fleißigste und glühendste meines Lebens. Im Januar schrieb ich «Kinderseele» zu Ende und im selben Monat innerhalb drei Tagen und Nächten den Zarathustra, gleich darauf den Akt «Heimkehr», dabei war mein Leben sehr gehetzt, meine Frau im Irrenhaus, im April erfolgte die Trennung von meiner Frau und Familie, der Wegzug von Bern, alles voll Sorgen und Schwierigkeiten innen und außen, aber kaum war ich im Tessin, so fing ich «Klein und Wagner» an, und kaum war der fertig, schrieb ich den Klingsor, und daneben malte ich Tag für Tag, viele hundert Studienblätter voll, zeichnete, hatte regen Verkehr mit vielen Menschen, hatte zwei Liebschaften, saß manche Nacht im Grotto beim Wein – an allen Enden zugleich brannte meine Kerze. Und jetzt lebe ich, seit fast anderthalb Jahren schon, wie eine Schnecke, langsam und sparsam, arbeite zwar viel (mechanisch: Korrespondenz, Studien, Lektüre, Buchrezensionen etc), aber nichts Produktives, die Flamme ist ganz tief geschraubt. Komischerweise sind gerade in diesem toten Jahr 1920 eine ganze Reihe von Publikationen von mir erschienen, man gratuliert mir oder schüttelt den Kopf zu solcher Fruchtbarkeit, aber alles liegt weiter zurück, in Wirklichkeit habe ich in diesem ganzen Jahr außer wenigen kleinen Aufsätzen und dem steckengebliebenen ersten Teil des «Siddhartha» nichts produziert.

Heute ist wieder ein aggressiver Haßbrief gekommen, von einem Arzt und dilettantischen Dichter in München, der mir die Eröffnung eines literarischen Feldzuges gegen mich mitteilt und mich in der üblichen Weise angreift. So deutlich die direkten Motive des Mannes sichtbar sind – er hat sich vor einem Jahr bei einem Aufenthalt in Lugano an mich anzubiedern versucht, und ist von mir abgewiesen worden – so sehe ich doch, daß die Mentalität, aus der solche Briefe stammen, mich noch als Rätsel beschäftigt, denn ein Rest von Ärger oder Mißstimmung über diese ziemlich rüden Briefe ist bei mir doch da. Sie alle nehmen an, daß es mir darum zu tun sei, Einfluß zu haben und Ruhm zu ernten, ein «Führer» zu sein etc, und ich sehe nun auch, daß dieser Irrtum zum Teil von einer mißverständlichen Auffassung meiner Tätigkeit bei «Vivos voco» herrührt. Aber ganz ist mir das Rätsel doch noch nicht gelöst, und da ich über diese Briefe zwar lachen kann, sie aber gelegentlich doch immer noch als lästig empfinde, muß auch bei mir noch ein Fehler und Irrtum da sein. Bin ich denn wirklich von der ganzen Welt, in der diese Menschen leben, von dem ganzen Lärm und Wettbewerb der Literatur, Politik, Presse etc etc so weit weg, daß die Sprache dieser Welt mir gar nimmer verständlich ist? Das kann kaum sein. Wenn ich mit jener Welt auch nichts mehr gemein habe, ich habe doch lang genug ihre Luft geatmet, um sie zu kennen. Ich sollte über alles, was aus jener Welt kommt, die Achsel zucken und lächeln können, und es nach einer Minute schon vergessen haben. Warum ist das nicht so? Ist da ein Fehler bei mir, ein Komplex, eine falsche Einstellung, oder ist es nur die Erbsünde, die Ur-Trauer, an die jene Angriffe mir rühren, etwa so wie man beim Anblick von großem Elend, von scheußlichen Krankheiten, von jammervollen rußigen Fabrikstädten vom Gefühl ergriffen wird, das Leben sei doch nichts wert und es wäre besser, es gäbe keines? Ich habe über das nachgedacht, was jene Leute, jene Briefschreiber von mir halten, und weiß, daß ich vom Ehrgeiz eines «Führers» völlig frei bin, nicht aber vom Ehrgeiz oder der Eitelkeit des Künstlers. Und möglicherweise sitzt dort der Haken, vielleicht bin ich nur darum mit einem Rest meines Wesens empfindlich gegen jene Angriffe, weil es mich enttäuscht, daß ich trotz meiner intensiven Bemühungen, mein Wesen und meine Stellung zur Welt auszudrücken und in Worten zu gestalten, doch so gründlich mißverstanden werden kann.

Den Buddhisten ist das Disputieren über Nirwana verboten. Ob Nirwana Erlöschen oder Einssein mit Gott sei, ob es negativ oder positiv, Seligkeit oder nur Ruhe bedeute, darüber zu sprechen hat Buddha abgelehnt und verboten. Ich glaube auch, daß der Streit hierüber unnütz ist. Nirwana ist, wie ich es verstehe, das Zurückkehren des Einzelnen zum ungeteilten Ganzen, der erlösende Schritt hinter das prinzipium individuationis zurück, also, religiös ausgedrückt, Rückkehr der Einzelseele zur Allseele, zu Gott. Eine andere Frage ist es, ob man diese Rückkehr begehren und suchen soll oder nicht, ob man es auf dem Wege Buddhas tun soll oder nicht. Wenn Gott mich in die Welt hinaus wirft und als Einzelnen existieren läßt, ist es dann meine Aufgabe, möglichst rasch und leicht wieder zurück ins All zu kommen – oder soll ich nicht vielmehr Gottes Willen gerade dadurch erfüllen, daß ich mich treiben lasse (in «Klein und Wagner» nannte ich es «sich fallen lassen»), daß ich seine Lust, sich immer wieder in Einzelwesen zu spalten und auszuleben, mit ihm büße? Hier schmeckt mir die reine Vernünftigkeit der Buddhalehre heute nicht mehr so vollkommen, und gerade was ich in der Jugend an ihr bewunderte, wird mir jetzt zum Mangel: diese Vernünftigkeit und Gottlosigkeit, diese unheimliche Exaktheit und dieser Mangel an Theologie, an Gott, an Ergebung. Es scheint mir auch oft, daß wirklich Christus um einen Schritt weiter sei als Buddha, gerade dadurch, daß er die Frage der Wiedergeburten (an welche er sicher glaubte) und das Nirwana ganz aus dem Spiele ließ.

Garbe[1] sagt, es gebe sechs Systeme der indischen Philosophie, und alle sechs beruhen auf einem Irrtum, nämlich auf dem Glauben an eine Seelenwanderung. Also das, was einige tausend Jahre hindurch die weisesten Männer erdacht und geglaubt haben, erklärt der Herr Professor mit stillem Lächeln für eine Dummheit. Nun, ich las trotzdem weiter, da ich Garbe und sein stets etwas nörglerisches Wesen schon kannte, und da stand es also: in einer kurzen Darstellung der Samkhya-Lehre, die ich vor zehn Jahren auch schon einmal gelesen hatte, finde ich den mechanischen Vorgang des Nirwana genau beschrieben, und sofort schien es mir höchst wahrscheinlich (wie auch Garbe vermutet), daß Buddha tatsächlich diese Lehre gekannt hat. Das Samkhya erkennt zwei Prinzipien, zwei Dinge ohne Anfang und Ende: die Materie und die Seelen. Ein höchst feiner Apparat in uns Menschen, den wir leicht irrtümlich für die Seele selbst halten (es ist das Nervensystem) vermittelt zwischen beiden. Einzig an der Materie geschieht Veränderung, alles Geschehen spielt sich lediglich an ihr ab, die Seele selbst bleibt stets sich gleich. Ich kann nun Freud und Leid überwinden und hinter mich bringen, indem ich das «Unterscheiden» lerne, d. h. indem ich einsehe, daß alles Geschehen meine Seele gar nichts angeht, daß ich jenen Apparat in mir mit meinem wahren Selbst verwechsele. Erkenne ich das und handle ich danach, so werde ich nicht wiedergeboren, denn mit der Abkehr der Seele vom Sinnlichen tritt Bewußtlosigkeit ein, meine Seele existiert zwar ewig weiter, aber ohne Bewußtsein, ich fühle also nichts mehr, und der Kontakt zwischen mir und der Materie

1 Richard von Garbe (1857–1927), Sanskritist.

(also auch zwischen mir und den Möglichkeiten der Wiedergeburt) ist ausgeschaltet.

Das Nachdenken über diese einfach formulierte, in Wahrheit höchst raffinierte Psychologie, verbunden mit gelegentlicher Meditation, tat mir in diesen Tagen merkwürdig wohl. Ich schrieb in diesen Tagen das Gedicht «Einmal, Herz, wirst du ruhn –».

Einmal, Herz, wirst du ruhn,
Einmal den letzten Tod gestorben sein,
Zur Stille gehst du ein,
Den traumlos tiefen Schlaf zu tun.
Oft winkt er dir aus goldnem Dunkel her,
Oft sehnst du ihn heran,
Den fernen Hafen, wenn dein Kahn
Von Sturm zu Sturm gehetzt treibt auf dem Meer.
Noch aber wiegt dein Blut
Auf roter Welle dich durch Tat und Traum,
Noch brennst du, Herz, in Lebensdrang und Glut.
Hoch aus dem Weltenbaum
Lockt Frucht und Schlange dich mit süßem Zwang
Zu Wunsch und Hunger, Schuld und Lust,
Spielt hundertstimmiger Gesang
Sein holdes Regenbogenspiel durch deine Brust.
Dich ladet Liebesspiel,
Urwald der Lust, zum Krampf der Wonne ein,
Dort trunkner Gast, dort Tier und Gott zu sein,
Erregt, erschlafft, hinzuckend ohne Ziel.
Dich zieht die Kunst, die stille Zauberin,
In ihren Kreis mit seliger Magie,
Malt Farbenschleier über Tod und Jammer hin,
Macht Qual zu Lust, Chaos zu Harmonie.
Geist lockt zu höchstem Spiel empor,
Den Sternen gegenüber stellt
Er dich, macht dich zum Mittelpunkt der Welt
Und ordnet rund um dich das All im Chor;
Vom Tier und Urschlamm bis zu dir herauf
Weist er der Herkunft ahnenreiche Spur,
Macht dich zum Ziel und Endpunkt der Natur,
Dann tut er dunkle Tore auf,
Er deutet Götter, deutet Geist und Trieb,

Zeigt, wie aus ihm sich Sinnenwelt entfaltet,
Wie das Unendliche sich immer neu gestaltet,
Und macht die Welt, die er zu Spiel zerschäumt,
Dir erst von neuem lieb,
Da du es bist, der sie und Gott und All erträumt.
Auch nach den düstern Gängen hin,
Wo Blut und Trieb das Schaurige vollziehn,
Auch dahin offen steht der Pfad,
Wo Rausch aus Angst, wo Mord aus Liebe blüht,
Verbrechen dampft und Wahnsinn glüht,
Kein Grenzstein scheidet zwischen Traum und Tat.
All diese vielen Wege magst du gehn,
All diese Spiele magst du spielen noch,
Und jedem folgt, so wirst du sehn,
Ein neuer Weg, verführerischer noch.
Wie hübsch ist Gut und Geld!
Wie hübsch ist: Gut und Geld verachten!
Wie schön: entsagend wegsehn von der Welt!
Wie schön: nach ihren Reizen brünstig trachten!
Zum Gott hinauf, zum Tier zurück,
Und überall zuckt flüchtig auf ein Glück.
Geh hier, geh dort, sei Mensch, sei Tier, sei Baum!
Unendlich ist der Welt buntfarbiger Traum,
Unendlich steht dir offen Tor um Tor,
Aus jedem braust des Lebens voller Chor,
Aus jedem lockt, aus jedem ruft
Ein flüchtig Glück, ein flüchtig holder Duft.
Entsagung, Tugend übe, wenn dich Angst erfaßt!
Steig auf den höchsten Turm, wirf dich herab!
Doch wisse: überall bist du nur Gast,
Gast bei der Lust, beim Leid, Gast auch im Grab –
Es speit dich neu, noch eh du ausgeruht,
Hinaus in der Geburten ewige Flut.
Doch von den tausend Wegen einer ist,
Zu finden schwer, zu ahnen leicht,
Der aller Welten Kreis mit einem Schritt ermißt,
Der nicht mehr täuscht, der letztes Ziel erreicht.
Erkenntnis blüht auf diesem Pfade dir:
Dein innerstes Ich, das nie ein Tod zerstört,
Gehört nur dir,

Gehört der Welt nicht, die auf Namen hört.
Irrweg war deine lange Pilgerschaft,
Irrweg in namenlosen Irrtums Haft,
Und immer war der Wunderpfad dir nah,
Wie konntest du so lang verblendet gehn,
Wie konnte solcher Zauber dir geschehn,
Daß diesen Pfad dein Auge niemals sah?!
Nun endet Zaubers Macht,
Du bist erwacht,
Hörst fern die Chöre brausen
Im Tal des Irrens und der Sinnen,
Und ruhig wendest du vom Außen
Dich weg, und zu dir selbst, nach innen.
Dann wirst du ruhn,
Wirst letzten Tod gestorben sein,
Zur Stille gehst du ein,
Den traumlos tiefen Schlaf zu tun.

Alle heroischen Forderungen und Tugenden sind Verdrängungen. Ich darf mich nicht ärgern über böse Briefe von Patrioten und Reaktionären – in der Tat repräsentiere ich für sie den Teufel, das absolut Unerlaubte, das Eingehen auf Chaos und Hölle.

«Tugenden» sind übrigens, ebenso wie Talente, eine Art von gefährlichen, wenn auch jeweils nützlichen Hypertrophien, etwa wie gezüchtete Gänseleber von abnormer Größe. Da ich kein Talent, auch keine Tugend in mir hochziehen kann, ohne die dazu erforderliche Seelenenergie andern Trieben wegzunehmen, bedeutet jede hochgetriebene Tugend eine Spezialisierung auf Kosten unterdrückter und notleidender Lebensrichtungen, ebenso wie man den Intellekt auf Kosten der Sinnlichkeit, oder das Gefühl auf Kosten des Verstandes ins Kraut schießen lassen kann.

Ich weiß wirklich nicht zu sagen, ob ich, mit meinem Versuch zu Freiheit und Eingehen auf das Chaos, nicht eine ebenso große Gefahr, ein ebenso großer Schädling bin wie die Patrioten und Rückwärtsler. Ich verlange von mir Zurückgehen hinter die Gegensatzpaare, Annehmen des Chaos. Dies ist dasselbe, was die Psychoanalyse verlangt, woher ich es ja zum Teil auch habe: Wir sollen, wenigstens für ein einziges Mal, alle Werturteile weglassen und uns selber ansehen, so wie wir sind, oder wie die Äußerungen des Unbewußten uns zeigen, ohne Moral, ohne Edelmut und all den schönen

Schein, in unsren nackten Trieben und Wünschen, unsern Ängsten und Beschwerden. Und erst von da aus, von diesem Nullpunkt aus sollen wir wieder versuchen fürs praktische Leben Werttafeln aufzustellen, Ja und Nein, Gut und Böse zu trennen, Gebote und Verbote aufzustellen. Wenn nun einer diesen Weg geht, wenn er das Chaos in sich annimmt, sich auf die Urtriebe einläßt, der Moral den Laufpaß gibt, so ist durchaus nicht gesagt, daß er nun über kurz oder lang eine bessere, wahrere, höhere Moral oder Lebensordnung finden werde! Er kann ebenso gut, sogar weit wahrscheinlicher, den Grundtrieben ohne Hemmung verfallen und sich völlig gehen lassen, er kann wahnsinnig und Verbrecher werden. Ich weiß selber noch nicht recht, woher ich den stillen Glauben habe, daß es trotzdem nicht so gehen werde, wenn ein Mensch in meinem Sinn jenen Weg ins Chaos geht – vielleicht ist es nur ein Rest von Verdrängung und Moral in mir, daß ich das glaube, so wie ich in den Märchen «Der schwere Weg» und «Iris» diesen Vorgang dargestellt habe. Dort ist das Eingehen auf das Unbewußte einfach als ein Sicheinlassen mit fremden Mächten aufgefaßt, das an sich besser ist als das bloße Wegsehen von ihnen, und es bleibt noch ganz unklar, ob das Unbewußte den Pilger nicht einschlukken und verschlingen werde.

Angeregt sind diese Einfälle durch Dr. Jung's neues Buch[1] über die psychologischen Typen, ein überaus schönes Werk.

In Fischer's[2] sehr schönem Werk über chinesische Landschaftsmalerei lese ich eben, daß in China, seit etwa dem 5. Jahrhundert, die Malerei keineswegs hauptsächlich als Handwerk und von Handwerkern betrieben wurde, sondern als feinste Liebhaberei und Krönung persönlicher Kultur von Dichtern, Staatsmännern, Kaisern etc. Wie schön ist das, und wie gut paßt mir das in mein Leben und Fühlen! Die Liebe zur Natur, die Ehrfurcht vor ihr, und der Trieb, sie mit dem persönlich-differenzierten, geistigen Leben des Einzelnen tätig zu verbinden, das ist so naheliegend, so selbstverständlich, daß es nur in einer Zeit und Kultur wie der unsern fremd und fast seltsam wirken kann! Beinahe empfinde ich wieder etwas

1 C. G. Jung, ‹Psychologische Typen›, Rascher Verlag, Zürich 1921
2 Otto Fischer, ‹Chinesische Landschaftsmalerei› Kurt Wolff Verlag, München 1921

vom Wandertrieb meiner frühern Jahre, von der Sehnsucht nach dem leibhaftigen Osten, besonders nach China. Aber ich weiß, daß das Spiel ist. Wir können und dürfen nicht Chinesen werden, wollen es im Innersten auch gar nicht. Wir dürfen Ideal und höchstes Bild des Lebens nicht in China und nicht in irgendeiner Vergangenheit suchen, sonst sind wir verloren und hängen an einem Fetisch. Wir müssen China, oder das, was es uns bedeutet, in uns selber finden und pflegen.

Wunderbar ist die Erzählung vom Tode des berühmtesten chinesischen Malers, des Wu Tao Tse: er malt, in Gegenwart von Zuschauern und Freunden, an eine Wand ein Landschaftsbild, dann geht er magisch in sein gemaltes Bild hinein, verschwindet darin in einer gemalten Höhle, und ist weg, mit ihm ist auch sein Bild verschwunden.

Ein seltsames Erlebnis: Vor einigen Wochen, mitten im Studium indischer Sachen, notierte ich mir allerlei indische Literatur, die ich gern lesen möchte. Eines Tages fiel mir ein, mich dieser Bücher wegen an einen alten Herrn in Basel zu wenden, einen der Leiter der Basler Mission[1], dessen Tochter mir gut bekannt ist. Ich schrieb ihm, bat ihn um weitere Literatur-Angaben und um leihweise Überlassung von Büchern. Es dauerte eine Weile. Als seine sehr freundliche Antwort kam, die auf all meine Wünsche einging, war ich grade auf der Reise in Zürich, dankte nur flüchtig und beschloß, nach der Heimkehr ihm zu schreiben. Nun brachte ich aber aus Zürich neue Gedanken und Arbeiten mit, die meine Zeit und Leselust für die nächste Zeit sehr einschränken werden. Darum konnte ich mich nach der Rückkehr nicht gleich zur Antwort nach Basel entschließen, sondern wartete immer wieder einen Tag, ziemlich lange, bis ich endlich schrieb. Und kaum hatte ich geschrieben, so las ich in der Zeitung, daß jener Herr, an den mein Brief ging, soeben gestorben war.

Gestern war ich wieder einmal bei Hugo Ball. Er und seine Frau sind bewundernswert tapfere Leute, sie leben in einer Armut und Primitivität, die geradezu klassisch ist, ohne je mit einem Wort zu klagen. Es ist ein Jammer, daß dieser Ball, der Autor der «Kritik der

1 Missionsinspektor Frohnmeyer und seine Tochter Ida Frohnmeyer.

deutschen Intelligenz», ein so enorm geistiger, wertvoller, bedeutender Mann, vielleicht bald seine große Arbeit wieder weglegen und in einer Fabrik oder einem Bureau sein Brot verdienen gehen muß. Er tut es ohne Klage, aber wir Freunde müssen es so lang wie möglich verhindern. Ich habe ja wohl einige Freunde, die ich im Notfall um ein paar Franken für einen Hungernden bitten kann, aber niemand, den ich bitten könnte, Ball für eine Weile über Wasser zu halten. Es ist auch recht schwer, eine Form dafür zu finden; ich muß froh sein, wenn er wenigstens von mir, dem Kollegen und Nachbarn, das Wenige annimmt, was ich ihm anbieten kann. Er schreibt jetzt ein Buch über die Heiligen der alten Kirche, namentlich die ägyptisch-theabaischen Heiligen wie Antonius, Simon, Stilita etc.[1] Seit Englert[2] nimmer hier ist, war ich ganz ohne geistigen Umgang, und finde nun erst an Ball und seiner Frau wieder einen.

Sehr merkwürdig berührt mich das neue große Werk von Mauthner, die «Geschichte des Atheismus»[3], deren erste zwei Bände ich daliegen habe. Während da drüben Hugo Ball eine Art Apologie des katholisch-christlichen Dogmas ausarbeitet, schreibt am Bodensee der alte Mauthner am letzten Band seines «Atheismus», der im Grunde eine Geschichte und auch eine Verherrlichung der europäischen Freidenkerei ist. Da Mauthner übrigens alles vom Standpunkt dessen aus betrachtet, was er Sprachkritik nennt, könnte man von seinem großen Werke wohl in seiner eigenen Ausdrucksweise etwa sagen: «Dies Werk handelt von einer Sache, die nicht existiert und nie existiert hat. Atheismus ist lediglich die Negation einer Sache, welche niemals ein substanzielles, stets bloß ein Verbales Dasein hatte.» Mauthner ist übrigens schon der denkbar angenehmste Freidenker, einer der wenigen von dieser Zunft, der nicht bloß gescheit ist und auf Logik hält, sondern den ein natürlich-vornehmer Sinn auch vor den Geschmacklosigkeiten der meisten Antireligiösen bewahrt.

Gestern überraschte mich der Besuch meiner Schwägerin, welche eben bei meiner Frau in Ascona gewesen war. Es zeigte sich, daß die

1 Hugo Ball ‹Byzantinisches Christentum›, Duncker & Humblot, München und Leipzig, 1923.
2 Josef Englert. Vgl. S. 138.
3 Fritz Mauthner, ‹Der Atheismus u. seine Geschichte im Abendlande›, 3 Bde. Deutsche Verlagsanstalt, Stuttgart u. Berlin, 1920/24.

von mir vermutete, von meiner Frau zuweilen behauptete Einigkeit der Geschwister mir gegenüber gar nicht besteht, die Schwägerin war in den Hauptfragen wegen der Kinder vollkommen meiner Meinung.[1] Zugleich brachte sie die schlechte Nachricht, daß meine Frau, die eben zwei unserer Buben in Ferien bei sich hat, durch die Pflege des einen, der krank war, überanstrengt sei und keinen guten Eindruck mache, sondern gefährdet scheine, auch seien die Buben ziemlich unartig und gehorchen ihr gar nicht.

Infolge dieser Nachrichten, die mich wie alle ähnlichen sehr beunruhigten, hatte ich heut Nacht einen bösen Traum: ich kam, um meine Frau zu besuchen, an einen phantastischen Ort, wo mich Olaf Gulbransson empfing. Ich merkte bald, daß er gegen mich die Partei meiner Frau nahm. Als wir zu ihr kamen, trat sie mir grotesk und feierlich entgegen, sprach theatralische Worte und war stark verrückt. Ich lehnte es ab, auf ihren hysterischen Ton einzugehen, und beschwor sie, sie möge sich zusammennehmen, es handle sich um die Kinder, sie sei in Gefahr wieder krank zu werden und müsse sich alle Mühe geben bei Vernunft zu bleiben. Es war umsonst. Das Peinlichste war, daß Olaf Gulbransson ständig ihr half, mich auch mit Gewalt (er ist ja Athlet) von ihr wegzog, und dafür war, daß man meine Frau ihren Intuitionen ruhig folgen lassen müsse.

Der Traum zeigt mir wieder tief, wie uneins ich im Innern bin und wie die Einstellung und das Verhalten gegen meine Frau bei mir zwischen zwei Polen schwankt. Im Traum ist die Figur Olafs deutlich als die des starken, aber gutmütigen, primitiven Riesen, einer Urkraft, die die Dinge nicht nach rationellen, sondern nach naiv-intuitiven Gesichtspunkten ansieht. Der ganze Traum zeigt klarer und intensiver, als ich es im Wachen auszudrücken wüßte, den Zwiespalt zwischen meinen vernünftigen Erwägungen und einer heimlichen Hochachtung vor der Primitivität und Stärke des kranken, aber natürlichen, ungehemmten Empfindens bei meiner Frau. Daß dieser Zwiespalt möglich ist, daß ich ihr gegenüber nicht hemmungslos die Rolle des Klügeren spielen kann, kommt daher, daß ich in mir selbst seit langem das Intuitive und rein Empfindungsmäßige zu Gunsten logisch-rationeller Einstellung vernachlässigt habe.

1 Hesse war der Meinung, es sei für die Kinder besser, bei ihm oder in Pflege bei Freunden zu sein, als bei seiner gemütskranken Frau.

In letzter Zeit kamen wieder einige Bestätigungen, nicht für meine Person, sondern dafür, daß mein Tun und Leben nicht ohne Bezug aufs Ganze, und daß etwas wie eine neue Strömung, eine neue Lehre, eine neue Lebensmöglichkeit in der Welt sei, zu deren Verkündern, oder Suchern, oder wenigstens zu deren Experimenten ich gehöre. Die Zeitschriften der Jüngsten in Deutschland bringen allmählich lange Artikel über meine Dostojewski-Aufsätze und meine Zarathustra-Broschüre, namentlich aber über Demian.

Das Interessanteste war das mit dem Schriftsteller Oskar A. H. Schmitz. Er war mir von früher her aus einigen Büchern bekannt als ein geistvoller, eleganter, weltmännischer, doch nicht tiefer, auch nicht poetisch bedeutender Autor, er schrieb witzige und angenehme Artikel über Reisen, Moden, Gesellschaftskritisches etc., immerhin über dem Durchschnitt. Neulich wurde ich an diesen Schmitz, von dem ich seit Jahren nichts mehr gelesen hatte, wieder erinnert durch Dr. Jung[1], der mir schrieb, das neue Buch von Schmitz[2], das «Dionysische Geheimnis» enthalte «beträchtliche Sachen». Ich kannte das Buch nicht, wußte auch gar nichts von ihm, schrieb aber nun sofort an den Verleger, er möge es mir schicken. Es kam eine Karte vom Verlag, daß das Buch unterwegs sei. Inzwischen traf von Schmitz selbst, der in Meran ist, ein Briefchen bei mir ein, in dem er sagt, er halte mich, seit Demian, für einen der «Kirchenväter der neuen Lehre», und ob ich sein Buch gelesen habe, er habe seinen Verleger gebeten, es mir zu senden. Das hatte der Verleger also verbummelt, denn es war schon ein Vierteljahr her, aber durch Jungs Hinweis war die Sache also nun in Gang. Weiter schrieb Schmitz, er habe gehört, es gäbe Aufsätze von mir über Dostojewski, und ich möchte ihm sie doch zum Lesen senden. Das konnte ich gleich tun, sein Buch aber war noch nicht da, so daß ich ihm nur eine Karte schrieb, daß ich es lesen werde. Inzwischen nun ist sein Buch «Dionysisches Geheimnis» angekommen. Ich habe es soeben gelesen, mit höchster Verwunderung, denn es spiegelt, von einer ganz fremden Seite und Persönlichkeit her, fast genau die selben inneren Erlebnisse, die ich selber in den letzten Jahren hatte und die mein Leben und mein Schreiben so sehr verändert haben. Das Buch ist

1 C. G. Jung
2 Hesse rezensierte das Buch im Juni 1921 in der Zeitschrift «Wissen und Leben» 14.

übrigens im Stil keineswegs neu, enttäuschte mich sogar auf den ersten Seiten durch die altmodische Harmlosigkeit des Ausdrucks, es ist genau so geschrieben wie die früheren Werke von Schmitz – also nicht wie bei mir eine Erneuerung und Änderung des Ausdrucks. Ich las, und war bald gefesselt und erstaunt durch das Problem: ein Geistiger, gewohnt frei und allein in edler abseitiger Genügsamkeit zu leben, erlebt den Krieg und wird an die allgemeine Dienstpflicht (die ich oft für die größte Barbarei Europas erklärt habe) erinnert, was auf ihn wirkt wie ein rotes Tuch. Er leidet schwer an der «Kasernenphobie», bald in Angst vor der Sklaverei, bald in Empörung und Auflehnung. Allmählich wird sein Leiden zur Neurose. Die Selbsterkenntnis und die Heilung dieser Kriegs-Neurose (ich habe sie selbst ganz ähnlich erlebt!) bildet den Inhalt des höchst interessanten Buches. Drei Faktoren bringen die Entwicklung des Helden zustande: das Erlebnis des Krieges, die Neurose selbst, die ihn darauf aufmerksam macht, wie schlecht er in die Welt paßt! – dann das Erwachen des Individuums, die aufdämmernde Selbsterkenntnis: ich bin ja Gott, ich bin ja Atman, mir kann ja nichts geschehen – und zuletzt das bewußte Studium des Buddhismus samt buddhistischen Übungen, wobei Schmitz aber einen europäischen, dionysischen Buddhismus erfindet. Und auch hier wieder etwas höchst Seltsames: was der Held des Schmitz'schen Buches als sein «dionysisches Geheimnis» erlebt, genau das wollte ich, wenn auch in völlig andrer Art und Form, in meinem «Siddhartha» darstellen, dessen erster Teil seit bald einem Jahr fertig ist und seit Wochen in Berlin bei Fischer liegt, und dessen Fortsetzung mir nicht gelang, weil ich eigentlich darin etwas schildern wollte, das ich zwar kannte und ahnte, sogar wußte aber noch selbst nicht recht innerlich besaß. Eben das nun hat dieser Schmitz in seinem Buch beschrieben! Es ist für mich eins der magischen kleinen Erlebnisse, deren ich so viele hatte. Außerdem aber bedeutet es mir: das, was mich seit Jahren beschäftigt, was mich plagt und oft krank macht, was meine Gedanken und Bücher erfüllt, was ich im «Siddhartha» darstellen wollte – eben das gärt und spielt auch in andern, ganz Ähnliches, ja genau Gleiches haben auch andre erlebt, und ihnen wie mir wurde zum Weg der Heilung und Entwicklung nächst den asiatischen Lehren (Buddha, Vedanta und Lao-Tse) die Psychoanalyse, welche wir nicht als eine Heilmethode ansehen, sondern als wesentliches Element der «neuen Lehre», der Entwicklung eines neuen Stadiums der Menschheit, in der wir stehen.

Dieser Tage traf ich unvermutet den Dr. H. an, diesen guten klugen Juden, der einst der Arzt meiner Frau war. Zu meiner Verwunderung erzählte er, er sei einmal in Dornach gewesen, um sich die Sache Dr. Steiners anzusehen. Ich hätte nicht gedacht, daß so etwas ihn interessiere. Er sagte, von den Vorträgen habe er nicht viel verstanden, dagegen habe der Geist des Ganzen ihm imponiert, auch habe er einen starken Eindruck von den allegorischen Gemälden in der Halle gehabt. (Er ist, in unsrem Sinne, ohne Kunstgeschmack, da ganz Verstandesmensch und unproduktiv.) Nun wollte er meine Meinung über Steiner wissen. Ich sagte, daß ich seinen Einfluß für groß halte, und daß er Vielen viel wert sei, jedoch widerspreche seine ganze Persönlichkeit (Vortragsreisen, angestrengte Propaganda, finanzielle Gründungen, Kultus seiner Person etc etc) durchaus und grundsätzlich dem, was alle Religionen der Welt als den Typus des Heiligen und Vollkommenen bezeichnen. Steiner sei das Gegenteil eines Heiligen, er sei ein genialer Streber. H. meinte, ich könnte mich da doch täuschen, vielleicht bringe Steiner ein gewaltiges Opfer dadurch, daß er sich mit Vorträgen, Reisen etc so für die Sache hingebe, oft sei er furchtbar erschöpft und halte sich kaum mehr aufrecht. Ich sagte ihm, daß gerade dies Sichtotarbeiten ein Zeichen streberischer Geschäftigkeit sei, niemals ein Zeichen des Heiligen. Weiterhin sprachen wir von Psychoanalyse, H. meinte, er habe noch nie einen Analysierten getroffen, der nicht in ziemlich sklavischer Abhängigkeit von seinem Analytiker geblieben sei, und das spreche gegen die Analyse. Ich sagte ihm nun, daß genau die selbe Abhängigkeit von der suggestiven Persönlichkeit bei fast allen Anhängern Steiners bestehe, deren viele alte Damen und Hysterische sind, ihm auf allen Vortragsreisen nachreisen etc, also genau ebenso sklavisch und pathologisch von ihm abhängen wie manche Analysanden vom Arzt.

Schlimm steht es allmählich mit meiner Verachtung vor dem, worin ich eigentlich leben sollte und woran zu glauben ich eigentlich notwendig hätte, mit meiner wachsenden Überzeugung von der vollkommenen Wertlosigkeit, Verdorbenheit und Verkommenheit der deutschen Geistigkeit und Literatur (vielleicht sogar der europäischen). Die Wissenschaft ist entweder Geldgeschäft oder Spielerei (woran schon Kant und Hegel und die ganze deutsche Philosophie stark beteiligt sind, welche alle es ablehnen, ihre denkerischen Ergebnisse ins Leben zu übertragen). Die Literatur ist Unterhaltung,

Spiel, Scharlatanerie, das Ganze eine Börse des Geschäfts und der Eitelkeit. Die Unterschiede zwischen guter und schlechter Literatur, die ich früher sehr ernst nahm, fallen mir mehr und mehr dahin, und zwischen Ernst Zahn und Thomas Mann, zwischen Ganghofer und Hermann Hesse ist kein nennenswerter Unterschied mehr, auch das Bessere und Beste unserer Zeit ist Schwindel. Überall mangelt die Basis einer Moral und Heiligkeit, eines wahrhaft ernsten Strebens um überpersönliche Werte. Jeder arbeitet, strebt, denkt und politisiert für sich, für seine Person, seinen Ruhm, oder für eine Partei. Statt dessen müßte die Arbeit und die geistige Anstrengung und Erhebung aller gemeinsam in einen Strom münden, der nur der Menschheit gehört, und worin Leistung oder Irrtum des einzelnen alsbald anonym wird, etwa so wie es in den frühen Jahrhunderten der Kirche, bei Kirchenvätern etc war. Erst dann wieder wird man in Deutschland Worte schreiben, welche vom Schreibenden und vom Lesenden wahrhaft und ernsthaft geglaubt werden, von welchen Freude, Überzeugung, Wahrheit ausgeht, für welche sich sterben läßt. Ich sprach dieser Tage, aus meinem großen Jammer und Degout heraus, auch mit Hugo Ball darüber, er bestätigte mich in allem.

Haßbriefe

Deutsche Studenten haben stets ihre, oft originellen und lustigen, Weisen gehabt, um nicht nur Verehrung und Bewunderung, sondern auch ihre Verachtung und ihren Haß auszudrücken. Jener Teil der deutschen Studentenschaft, der durch dick und dünn die alten Traditionen zu retten sucht, der politisch reaktionär und extrem nationalistisch gesinnt ist, sendet mir, aus verschiedenen Universitäten, besonders aus Halle, je und je einen Haßbrief zu. Ich kann diese Briefe nicht beantworten, so interessant sie oft auch sind, aber da sie sich, in ziemlich ähnlicher Form, von Zeit zu Zeit wiederholen und eine ehrliche und wohlgemeinte, ja enthusiastische Gesinnung zeigen, welche dennoch in ihrer Richtung überaus gefährlich ist und für unsere Zukunft Böses fürchten läßt, muß ich doch einmal davon sprechen. Ich nehme zur Grundlage den Brief eines Studenten in Halle, dessen Namen ich nicht nenne. Der Briefschreiber hat das Bedürfnis, mir mitzuteilen, daß er (samt zahlreichen Gesinnungsgenossen von ihm) nicht mit mir zufrieden ist, daß er mir eine schwere Verkennung meiner Pflichten vorzuwerfen habe, daß er samt seinen Freunden mich tief verachtet, daß ich für ihn und seine Kameraden tot und begraben bin und ihnen höchstens zum Anlaß des Gelächters dienen kann usw. Einige Sätze, besonders charakteristisch, seien mitgeteilt:

«Ihre Kunst ist ein neurasthenisch-wollüstiges Wühlen in Schönheit, ist lockende Sirene über dampfenden deutschen Gräbern, die sich noch nicht geschlossen haben. Wir hassen diese Dichter, und mögen sie zehnmal reife Kunst bieten, die aus Männern Weiber machen wollen, die uns verflachen und internationalisieren und pazifisieren wollen. Wir sind Deutsche und wollen es ewig bleiben. Wir sind die Jünger eines Schiller und Fichte und Kant und Beethoven und Richard Wagner – ja wohl, zehnmal eines Richard Wagner, dessen schmetternde Inbrunst wir in alle Ewigkeiten lieben werden. Wir haben ein Recht zu fordern, daß unsre deutschen Dichter (sind sie verwelscht, dann mögen sie uns gestohlen bleiben!) unser schlummerndes Volk aufrütteln, daß sie es wieder führen zu den heiligen Gärten des deutschen Idealismus, des deutschen Glaubens und der deutschen Treue!»

Man könnte denken, das seien nun eben Stilübungen, wie sie sentimentale Jünglinge einander früher ins Stammbuch schrieben, naive Äußerungen einer jugendhaften Selbstberauschung an knalligen Worten. Aber das wäre zu optimistisch gedacht, hinter solchen Sätzen steht mehr – zwar keine Gesinnungen, aber ein starker, krankhafter, übrigens auch reichlich neurasthenischer Trotz, ein Bekenntnis zu Tendenzen, die in ihrer Weiterwirkung gefährlich, geist- und lebensfeindlich sind. Schon daß ein Student das Bedürfnis fühlt, einem Dichter mitzuteilen: «Sie sind tot für uns, wir lachen über Sie!» ist ja ein seltsames Bedürfnis. Er hat irgend etwas von mir gelesen, was ihm neurasthenisch und ungesund oder «undeutsch» oder «verwelscht» scheint – aber es genügt ihm nicht, das Buch wegzulegen, und sich von diesem Dichter nun eben abzuwenden, nein, er hat in diesem Dichter etwas gespürt, ein Gift, eine Verlockung, etwas von Welsch und International, von Menschlich, von Übernational, etwas, wovon Verlockung ausgeht, was man also desto heftiger bekämpfen und in sich selber ausreuten muß! Daß der verwelschte, pazifistische, undeutsche Dichter für ihn tot ist, daß kein anständiger, patriotisch und schillerisch gesinnter Jüngling auf solche Dichter hört, das muß er ihm (und sich selbst) laut und mit einem verdächtigen Aufwande an Affekt zurufen.

Ich will diesen Brief und die mehreren ähnlichen, die ich bekam, hier natürlich nicht erwidern. Mich interessiert es nicht, ob einige hundert oder tausend Studenten mich lesen oder nicht, mich billigen oder nicht, es gibt ernstere Nöte für mich. Aber es interessiert mich, als Symptom der Zeit, die Reaktion heutiger deutscher Studenten auf die Lektüre verwelschter, pazifistischer Dichter, auf deren Bemühungen um Entbarbarisierung und Humanität.

Interessant ist da vor allem der Satz, welcher beginnt «Wir haben ein Recht zu fordern». Also nach der Meinung dieser Studenten ist ein Dichter nicht ein Wesen, welches das ihm Notwendige tut und das desto vollkommener, desto wertvoller ist, je sicherer und unbeirrbarer es sein Wesen, seine Erkenntnis, seine Wahrheit lebt und darstellt, sondern der Dichter ist ein Funktionär, der sich vom Studenten sagen zu lassen hat, was er tun und verkünden soll. Der Dichter hat zu parieren, wenn der teutsche Bursch mit dem Schläger daherklirrt. Junge, wie hast du dich da verraten!

Noch aufschlußreicher für die Krampfhaftigkeit und gefährliche Verbohrtheit der Einstellung ist aber das Bekenntnis des Briefes zu jenen Deutschen, welche der Briefschreiber als die Großen und

Führenden empfindet! Er ist Medizinstudent, und vermutlich war er einige Jahre im Kriege, und da er, wie ich zu seiner Ehre annehme, gewiß viel Fleiß auf sein Studium verwendet, wird er uns nicht im Ernst vormachen wollen, er habe als Student schon alle die von ihm angeführten Literaten ausstudiert. Sondern wir dürfen annehmen, er verdanke sein Wissen über deutsche Geschichte und deutsche Genies einigen alldeutschen Vorträgen, oder dem Lesen einer Tendenzschrift von Chamberlain, Rohrbach oder bestenfalls Naumann. Einige der Namen hat er wieder vergessen, die mit zum Programm gehören, so Luther und Hegel, aber deutlich ist das Programm auch so. Es stört mich einzig der Name Beethoven, ihn würde ich zwar nicht bei einer Aufzählung der deutschen Musiker an erster Stelle nennen, aber er ist mir doch zu heilig, um ihn mit in diese schäbige Sache hineinzuziehen. Lassen wir ihn weg, oder vielmehr, geben wir jenem Studenten zu, daß er unter all den ihm heiligen Namen einen einzigen genannt hat, der auch mir und den mir gleichgesinnten ehrwürdig ist: Beethoven. Daß weder Mozart noch Bach noch Gluck neben ihm stehen, sondern einzig Wagner, ist freilich schlimm. Aber schließlich ist Musik nicht jedermanns Sache, und warum soll der junge Briefschreiber nicht seine Freude an Lohengrin oder der Rienziouvertüre haben? Aber daß er von den großen deutschen Dichtern keinen einzigen kennt und nennt, daß alle tiefen, in sich echten, der Konjunktur und Anpassung schwer fähigen und darum einsam gebliebenen Deutschen ihm in dem Augenblicke nicht einfallen, wo er sein Heiligstes nennen möchte, das ist schlimm. Es gibt also für diese Art deutscher Studenten einen deutschen Geist, der eindeutig und strahlend vertreten wird durch Schiller, Fichte, Kant! Kein Goethe, kein Hölderlin, kein Jean Paul, kein Nietzsche! Ich fürchte, der Briefschreiber sei nicht ganz ehrlich gewesen, ich habe ein Gefühl, als wären ihm im Grunde Namen wie Scharnhorst, Blücher, Bismarck, Roon etc noch näher gelegen. Ich fürchte, von Schiller meine er weniger die revolutionäre als die dekorative Seite, und von Kant habe er die Kritik der reinen Vernunft weniger aufmerksam gelesen als die der praktischen – vielleicht aber kennt er ihn auch nur aus jener bekannten Stelle vom Sternhimmel.

Die sämtlichen von dem Briefschreiber verehrten deutschen Geister gehören, offen gesagt, für mich zu den dekorativen Größen. Ich gebe für zwei Gedichte von Hölderlin den ganzen Schiller und den Fichte dazu, und Kant hat, trotz seiner riesigen Leistung, auf den deutschen Geist einen keineswegs reinen und nur wohltätigen Einfluß gehabt. Wenigstens ist sein unerbittlich kritisches Denken und die Reinlichkeit seiner Methode keineswegs allgemein gültiges Vorbild der seitherigen Philosophen und Professoren Deutschlands geworden, wohl aber sein Ausbiegen nach der Seite der Autoritäts- und Staatsmoral und sein Servilismus dem Landesfürsten gegenüber.

Kurz, der mit so viel Schwung von unserem Briefschreiber bekannte deutsche Glaube zeigt sich mir in nichts verschieden von jenem Glauben des deutschen Durchschnittsgebildeten vergangener Zeit, von jenem bequemen, unselbständigen, streng autoritativen und vor jedem kollektiven Ideal sich verneigenden Bürgerglauben, gegen den Goethe so oft gekämpft und protestiert hat, an dem Hölderlin zerbrochen ist, den Jean Paul ironisiert und Nietzsche so wütend denunziert und an den Pranger gestellt hat. Es ist der Geist, der stets zu haben ist, wenn es gilt, unter Fahnenschwingen und Schwertergeklirr eine «große Zeit» zu eröffnen, oder Weltproteste von der Art jener Dreiundneunzig loszulassen. Es ist der Geist, der Angst vor sich selber hat und jede Verlockung von der gewohnten Fahne weg gleich als satanisch empfindet, der aber diese innere Feigheit hinter lärmendem Säbelrasseln verbirgt. Daß dieser Geist sich für den deutschen Geist ausgeben darf, daß er jahrzehntelang, vom Regime seit 1870 unterstützt, sich in die Welt hineinposaunt hat, dies hat uns andere, die wir diesen Geist nicht lieben und für einen Popanz halten, zu Internationalisten und Pazifisten gemacht. Denn jener deutsche Pseudogeist, um es klar zu sagen, ist es, dem mit Recht die Welt Schuld am Kriege vorwirft. Wer sich zu ihm bekennt, hat weiter Teil an dieser Schuld. Um den Weg aus der Hypnose durch Autorität und aus jenem «Idealismus» der doppelten Wahrheit heraus zu finden, braucht man nicht, wie jener Briefschreiber meint, das deutsche Wesen zu verneinen: Man muß sich nur so weit verwelschen und internationalisieren, daß man von Welschen und Ausländern wie Jesus, Franz von Assisi, Dante, Shakespeare zu lernen bereit ist.

Im übrigen kann man die von mir propagierte, vom Briefschreiber für undeutsch und unmännlich gehaltene Gesinnung auch von zahlreichen deutschen Männern, die ihre Verkünder und Märtyrer waren, bestätigt finden. Nur muß man dann einige Schritte tun, die der Briefschreiber zu tun über seinen andern Studien noch nicht Zeit fand: Man muß in der deutschen Vergangenheit etwas weiter zurücksteigen als bloß bis in die klassisch-idealistische Zeit, in welcher von würdigen und zum Teil genialen Männern die Fundamente zu dem geschaffen wurden, was heute als offiziell-deutsche Staatsbeamtengesinnung entartet und antiquiert ist, sondern man muß ein älteres, früheres, ein Deutschland der mittelalterlichen Dome und Dichtung aufsuchen. Und im späteren Deutschland muß man neben Wagner auch Bach und gar Mozart, neben Kant auch Schopenhauer und Nietzsche, neben Schiller auch Goethe, Hölderlin und Jean Paul kennen und anerkennen. Dann kann man ein Mann und ein Deutscher bleiben und doch die Weltgedanken der Menschenliebe und der Menschenvernunft mitdenken und verwirklichen helfen. Mit der Gesinnung jener Briefschreiber, mit dem einseitigen, idealistisch-ideologischen Deutschtum, das nur Kant, Schiller, Fichte, Wagner kennt, geht es freilich nicht. Dies einseitige, verbohrte Deutschtum, das von vielen Kanzeln und Kathedern gelehrt wurde, das mit dem Kriege nicht zusammengebrochen scheint, muß einem unendlich weiteren, elastischeren Deutschtum Platz machen, wenn Deutschland nicht bis in Ewigkeit zwischen den Völkern der Welt einsam, verärgert und weinerlich sitzen bleiben soll.

(1921)

Kindheit des Zauberers

Nicht von Eltern und Lehrern allein wurde ich erzogen, sondern auch von höheren, verborgeneren und geheimnisvolleren Mächten, unter ihnen war auch der Gott Pan, welcher in der Gestalt einer kleinen, tanzenden indischen Götzenfigur im Glasschrank meines Großvaters stand. Diese Gottheit, und noch andre, haben sich meiner Kinderjahre angenommen und haben mich, lange schon ehe ich lesen und schreiben konnte, mit morgenländischen, uralten Bildern und Gedanken so erfüllt, daß ich später jede Begegnung mit indischen und chinesischen Weisen als eine Wiederbegegnung, als eine Heimkehr empfand. Und dennoch bin ich Europäer, bin sogar im aktiven Zeichen des Schützen geboren, und habe mein Leben lang tüchtig die abendländischen Tugenden der Heftigkeit, der Begehrlichkeit und der unstillbaren Neugierde geübt. Zum Glück habe ich, gleich den meisten Kindern, das fürs Leben Unentbehrliche und Wertvollste schon vor dem Beginn der Schuljahre gelernt, unterrichtet von Apfelbäumen, von Regen und Sonne, Fluß und Wäldern, Bienen und Käfern, unterrichtet vom Gott Pan, unterrichtet vom tanzenden Götzen in der Schatzkammer des Großvaters. Ich wußte Bescheid in der Welt, ich verkehrte furchtlos mit Tieren und Sternen, ich kannte mich in Obstgärten und im Wasser bei den Fischen aus und konnte schon eine gute Anzahl von Liedern singen. Ich konnte auch zaubern, was ich dann leider früh verlernte und erst in höherem Alter von neuem lernen mußte, und verfügte über die ganze sagenhafte Weisheit der Kindheit.

Hinzu kamen nun also die Schulwissenschaften, welche mir leichtfielen und Spaß machten. Die Schule befaßte sich klugerweise nicht mit jenen ernsthaften Fertigkeiten, welche für das Leben unentbehrlich sind, sondern vorwiegend mit spielerischen und hübschen Unterhaltungen, an welchen ich oft mein Vergnügen fand, und mit Kenntnissen, von welchen manche mir lebenslänglich treu geblieben sind; so weiß ich heute noch viele schöne und witzige lateinische Wörter, Verse und Sprüche sowie die Einwohnerzahlen vieler Städte in allen Erdteilen, natürlich nicht die von heute, sondern die der achtziger Jahre.

Bis zu meinem dreizehnten Jahre habe ich mich niemals ernstlich darüber besonnen, was einmal aus mir werden und welchen Beruf ich erlernen könnte. Wie alle Knaben, liebte und beneidete ich manche Berufe: den Jäger, den Flößer, den Fuhrmann, den Seiltänzer, den Nordpolfahrer. Weitaus am liebsten aber wäre ich ein Zauberer geworden. Dies war die tiefste, innigst gefühlte Richtung meiner Triebe, eine gewisse Unzufriedenheit mit dem was man die «Wirklichkeit» nannte und was mir zuzeiten lediglich wie eine alberne Vereinbarung der Erwachsenen erschien; eine gewisse bald ängstliche, bald spöttische Ablehnung dieser Wirklichkeit war mir früh geläufig, und der brennende Wunsch, sie zu verzaubern, zu verwandeln, zu steigern. In der Kindheit richtete sich dieser Zauberwunsch auf äußere, kindliche Ziele: ich hätte gern im Winter Äpfel wachsen und meine Börse sich durch Zauber mit Gold und Silber füllen lassen, ich träumte davon, meine Feinde durch magischen Bann zu lähmen, dann durch Großmut zu beschämen, und zum Sieger und König ausgerufen zu werden; ich wollte vergrabene Schätze heben, Tote auferwecken und mich unsichtbar machen können. Namentlich dies, das Unsichtbarwerden, war eine Kunst, von der ich sehr viel hielt und die ich aufs innigste begehrte. Auch nach ihr, wie nach all den Zaubermächten, begleitete der Wunsch mich durchs ganze Leben in vielen Wandlungen, welche ich selbst oft nicht gleich erkannte. So geschah es mir später, als ich längst erwachsen war und den Beruf eines Literaten ausübte, daß ich häufige Male den Versuch machte, hinter meinen Dichtungen zu verschwinden, mich umzutaufen und hinter bedeutungsreiche spielerische Namen zu verbergen – Versuche, welche mir seltsamerweise von meinen Berufsgenossen des öftern verübelt und mißdeutet wurden. Blicke ich zurück, so ist mein ganzes Leben unter dem Zeichen dieses Wunsches nach Zauberkraft gestanden; wie die Ziele der Zauberwünsche sich mit den Zeiten wandelten, wie ich sie allmählich der Außenwelt entzog und in mich selbst einsog, wie ich allmählich dahin strebte, nicht mehr die Dinge, sondern mich selbst zu verwandeln, wie ich danach trachten lernte, die plumpe Unsichtbarkeit unter der Tarnkappe zu ersetzen durch die Unsichtbarkeit des Wissenden, welcher erkennend stets unerkannt bleibt – dies wäre der eigentlichste Inhalt meiner Lebensgeschichte.

Ich war ein lebhafter und glücklicher Knabe, spielend mit der schönen farbigen Welt, überall zu Hause, nicht minder bei Tieren und Pflanzen wie im Urwald meiner eigenen Phantasie und Träume, meiner Kräfte und Fähigkeiten froh, von meinen glühenden Wünschen mehr beglückt als verzehrt. Manche Zauberkunst übte ich damals, ohne es zu wissen, viel vollkommener, als sie mir je in späteren Zeiten wieder gelang. Leicht erwarb ich Liebe, leicht gewann ich Einfluß auf andre, leicht fand ich mich in die Rolle des Anführers, oder des Umworbenen, oder des Geheimnisvollen. Jüngere Kameraden und Verwandte hielt ich jahrelang im ehrfürchtigen Glauben an meine tatsächliche Zaubermacht, an meine Herrschaft über Dämonen, an meinen Anspruch auf verborgene Schätze und Kronen. Lange habe ich im Paradies gelebt, obwohl meine Eltern mich frühzeitig mit der Schlange bekannt machten. Lange dauerte mein Kindheitstraum, die Welt gehörte mir, alles war Gegenwart, alles stand zum schönen Spiel um mich geordnet. Erhob sich je ein Ungenügen und eine Sehnsucht in mir, schien je einmal die freudige Welt mir beschattet und zweifelhaft, so fand ich meistens leicht den Weg in die andere, freiere, widerstandslose Welt der Phantasien und fand, aus ihr wiedergekehrt, die äußere Welt aufs neue hold und liebenswert. Lange lebte ich im Paradiese.

Es war ein Lattenverschlag in meines Vaters kleinem Garten, da hatte ich Kaninchen und einen gezähmten Raben leben. Dort hauste ich unendliche Stunden, lang wie Weltzeitalter, in Wärme und Besitzerwonne, nach Leben dufteten die Kaninchen, nach Gras und Milch, Blut und Zeugung; und der Rabe hatte im schwarzen harten Auge die Lampe des ewigen Lebens leuchten. Am selben Ort hauste ich andere, endlose Zeiten, abends, bei einem brennenden Kerzenrest, neben den warmen schläfrigen Tieren, allein oder mit einem Kameraden, und entwarf die Pläne zur Hebung ungeheurer Schätze, zur Gewinnung der Wurzel Alraun und zu siegreichen Ritterzügen durch die erlösungsbedürftige Welt, wo ich Räuber richtete, Unglückliche erlöste, Gefangene befreite, Raubburgen niederbrannte, Verräter ans Kreuz schlagen ließ, abtrünnigen Vasallen verzieh, Königstöchter gewann und die Sprache der Tiere verstand.

Es gab ein ungeheuer großes, schweres Buch im großen Büchersaal meines Großvaters, darin suchte und las ich oft. Es gab in diesem unausschöpflichen Buch alte wunderliche Bilder – oft fielen sie einem gleich beim ersten Aufschlagen und Blättern hell und einladend entgegen, oft auch suchte man sie lang und fand sie nicht, sie waren weg, verzaubert, wie nie gewesen. Es stand eine Geschichte in diesem Buch, unendlich schön und verständlich, die las ich oft. Auch sie war nicht immer zu finden, die Stunde mußte günstig sein, oft war sie ganz und gar verschwunden und hielt sich versteckt, oft schien sie Wohnort und Stelle gewechselt zu haben, manchmals war sie beim Lesen sonderbar freundlich und beinahe verständlich, ein andres Mal ganz dunkel und verschlossen wie die Tür im Dachboden, hinter welcher man in der Dämmerung manchmal die Geister hören konnte, wie sie kicherten oder stöhnten. Alles war voll Wirklichkeit, und alles war voll Zauber, beides gedieh vertraulich nebeneinander, beides gehörte mir.

Auch der tanzende Götze aus Indien, der in des Großvaters schätzereichem Glasschrank stand, war nicht immer derselbe Götze, hatte nicht immer dasselbe Gesicht, tanzte nicht zu allen Stunden denselben Tanz. Zuzeiten war er ein Götze, eine seltsame und etwas drollige Figur, wie sie in fremden, unbegreiflichen Ländern von anderen, fremden und unbegreiflichen Völkern gemacht und angebetet wurden. Zu anderen Zeiten war er ein Zauberwerk, bedeutungsvoll und namenlos unheimlich, nach Opfern gierig, bösartig, streng, unzuverlässig, spöttisch, er schien mich dazu zu reizen, daß ich etwa über ihn lache, um dann Rache an mir zu nehmen. Er konnte den Blick verändern, obwohl er aus gelbem Metall war; manchmal schielte er. Wieder in anderen Stunden war er ganz Sinnbild, war weder häßlich noch schön, war weder böse noch gut, weder lächerlich noch furchtbar, sondern einfach, alt und unausdenklich wie eine Rune, wie ein Moosfleck am Felsen, wie die Zeichnung auf einem Kiesel, und hinter seiner Form, hinter seinem Gesicht und Bild wohnte Gott, weste das Unendliche, das ich damals, als Knabe, ohne Namen nicht minder verehrte und kannte als später, da ich es Shiva, Vishnu, da ich es Gott, Leben, Brahman, Atman, Tao oder ewige Mutter nannte. Es war Vater, war Mutter, es war Weib und Mann, Sonne und Mond.

Und in der Nähe des Götzen im Glasschrank, und in anderen Schränken des Großvaters stand und hing und lag noch viel anderes Wesen und Geräte, Ketten aus Holzperlen wie Rosenkränze, palmblätterne Rollen mit eingeritzter alter indischer Schrift beschrieben, Schildkröten aus grünem Speckstein geschnitten, kleine Götterbilder aus Holz, aus Glas, aus Quarz, aus Ton, gestickte seidene und leinene Decken, messingene Becher und Schalen, und dies alles kam aus Indien und aus Ceylon, der Paradiesinsel mit den Farnbäumen und Palmenufern und den sanften, rehäugigen Singhalesen, aus Siam kam es und aus Birma, und alles roch nach Meer, Gewürz und Ferne, nach Zimmet und Sandelholz, alles war durch braune und gelbe Hände gegangen, befeuchtet von Tropenregen und Gangeswasser, gedörrt an Äquatorsonne, beschattet von Urwald. Und alle diese Dinge gehörten dem Großvater, und er, der Alte, Ehrwürdige, Gewaltige, im weißen breiten Bart, allwissend, mächtiger als Vater und Mutter, er war im Besitz noch ganz anderer Dinge und Mächte, sein war nicht nur das indische Götter- und Spielzeug, all das Geschnitzte, Gemalte, mit Zaubern Geweihte, Kokosnußbecher und Sandelholztruhe, Saal und Bibliothek, er war auch ein Magier, ein Wissender, ein Weiser. Er verstand alle Sprachen der Menschen, mehr als dreißig, vielleicht auch die der Götter, vielleicht auch der Sterne, er konnte Pali und Sanskrit schreiben und sprechen, er konnte kanaresische, bengalische, hindostanische, singhalesische Lieder singen, kannte die Gebetsübungen der Mohammedaner und der Buddhisten, obwohl er Christ war und an den dreieinigen Gott glaubte, er war viele Jahre und Jahrzehnte in östlichen, heißen, gefährlichen Ländern gewesen, war auf Booten und in Ochsenkarren gereist, auf Pferden und Mauleseln, niemand wußte so wie er Bescheid darum, daß unsre Stadt und unser Land nur ein sehr kleiner Teil der Erde war, daß tausend Millionen Menschen anderen Glaubens waren als wir, andere Sitten, Sprachen, Hautfarben, andre Götter, Tugenden und Laster hatten als wir. Ihn liebte, verehrte und fürchtete ich, von ihm erwartete ich alles, ihm traute ich alles zu, von ihm und seinem verkleideten Gotte Pan im Gewand des Götzen lernte ich unaufhörlich. Dieser Mann, der Vater meiner Mutter, stak in einem Wald von Geheimnissen, wie sein Gesicht in einem weißen Bartwalde stak, aus seinen Augen floß Welttrauer und floß heitere Weisheit, je nachdem, einsames Wissen und göttliche Schelmerei, Menschen aus vielen Ländern kannten, verehrten und besuchten ihn, sprachen mit ihm englisch, französisch, indisch, italienisch, malaiisch, und reisten nach langen Gesprächen wieder spurlos hinweg, vielleicht seine Freunde, vielleicht seine Gesandten, vielleicht seine Diener und Beauftragten. Von ihm, dem Unergründlichen, wußte ich auch das Geheimnis herstammen, das meine Mutter umgab, das Geheime, Uralte, und auch sie war lange in Indien gewesen, auch sie sprach und sang Malajalam und Kanaresisch, wechselte mit dem greisen Vater Worte und Sprüche in fremden, magischen Zungen. Und wie er, besaß auch sie zuzeiten das Lächeln der Fremde, das verschleierte Lächeln der Weisheit.

Anders war mein Vater. Er stand allein. Weder der Welt des Götzen und des Großvaters gehörte er an, noch dem Alltag der Stadt, abseits stand er, einsam, ein Leidender und Suchender, gelehrt und gütig, ohne Falsch und voll von Eifer im Dienst der Wahrheit, aber weit weg von jenem Lächeln, edel und zart, aber klar, ohne jenes Geheimnis. Nie verließ ihn die Güte, nie die Klugheit, aber niemals verschwand er in diese Zauberwolke des Großväterlichen, nie verlor sich sein Gesicht in diese Kindlichkeit und Göttlichkeit, dessen Spiel oft wie Trauer, oft wie feiner Spott, oft wie stumm in sich versunkene Göttermaske aussah. Mein Vater sprach mit der Mutter nicht in indischen Sprachen, sondern sprach englisch und ein reines, klares, schönes, leise baltisch gefärbtes Deutsch. Diese Sprache war es, mit der er mich anzog und gewann und unterrichtete, ihm strebte ich zuzeiten voll Bewunderung und Eifer nach, allzu eifrig, obwohl ich wußte, daß meine Wurzeln tiefer im Boden der Mutter wuchsen, im Dunkeläugigen und Geheimnisvollen. Meine Mutter war voll Musik, mein Vater nicht, er konnte nicht singen.

Neben mir wuchsen Schwestern auf und zwei ältere Brüder, große Brüder, beneidet und verehrt. Um uns her war die kleine Stadt, alt und bucklig, und um sie her die waldigen Berge, streng und etwas finster, und mitten durch floß ein schöner Fluß, gekrümmt und zögernd, und dies alles liebte ich und nannte es Heimat, und im Walde und Fluß kannte ich Gewächs und Boden, Gestein und Höhlen, Vogel, Eichhorn, Fuchs und Fisch genau. Dies alles gehörte mir, war mein, war Heimat – aber außerdem war der Glasschrank und die Bibliothek da, und der gütige Spott im allwissenden Gesicht des Großvaters, und der dunkelwarme Blick der Mutter, und die Schildkröten und Götzen, die indischen Lieder und Sprüche, und diese Dinge sprachen mir von einer weiteren Welt, einer größeren Heimat, einer älteren Herkunft, einem größeren Zusammenhang. Und oben auf seinem hohen, drahtenen Gehäuse saß unser grauroter Papagei, alt und klug, mit gelehrtem Gesicht und scharfem Schnabel, sang und sprach und kam, auch er, aus dem Fernen, Unbekannten her, flötete Dschungelsprachen und roch nach Äquator. Viele Welten, viele Teile der Erde streckten Arme und Strahlen aus und trafen und kreuzten sich in unserem Hause. Und das Haus war groß und alt, mit vielen, zum Teil leeren Räumen, mit Kellern und großen hallenden Korridoren, die nach Stein und Kühle dufteten, und unendlichen Dachböden voll Holz und Obst und Zugwind und dunkler Leere. Viele Welten kreuzten ihre Strahlen in diesem Hause. Hier wurde gebetet und in der Bibel gelesen, hier wurde studiert und indische Philologie getrieben, hier wurde viel gute Musik gemacht, hier wußte man von Buddha und Lao Tse, Gäste kamen aus vielen Ländern, den Hauch von Fremde und Ausland an den Kleidern, mit absonderlichen Koffern aus Leder und aus Bastgeflecht und dem Klang fremder Sprachen, Arme wurden hier gespeist und Feste gefeiert, Wissenschaft und Märchen wohnten nah beisammen. Es gab auch eine Großmutter, die wir etwas fürchteten und wenig kannten, weil sie kein Deutsch sprach und in einer französischen Bibel las. Vielfach und nicht überall verständlich war das Leben dieses Hauses, in vielen Farben spielte hier das Licht, reich und vielstimmig klang das Leben. Es war schön und gefiel mir, aber schöner noch war die Welt meiner Wunschgedanken, reicher noch spielten meine Wachträume. Wirklichkeit war niemals genug, Zauber tat not.

Magie war heimisch in unsrem Hause und in meinem Leben. Außer den Schränken des Großvaters gab es noch die meiner Mutter, voll asiatischer Gewebe, Kleider und Schleier, magisch war auch das Schielen des Götzen, voll Geheimnis der Geruch mancher alten Kammern und Treppenwinkel. Und in mir innen entsprach vieles diesem Außen. Es gab Dinge und Zusammenhänge, die nur in mir selber und für mich allein vorhanden waren. Nichts war so geheimnisvoll, so wenig mitteilbar, so außerhalb des alltäglich Tatsächlichen wie sie, und doch war nichts wirklicher. Schon das launische Auftauchen und wieder Sichverbergen der Bilder und Geschichten in jenem großen Buche war so, und die Wandlungen im Gesicht der Dinge, wie ich sie zu jeder Stunde sich vollziehen sah. Wie anders sahen Haustür, Gartenhaus und Straße an einem Sonntagabend aus als an einem Montagmorgen! Welch völlig anderes Gesicht zeigten Wanduhr und Christusbild im Wohnzimmer an einem Tage, wo Großvaters Geist dort regierte, als wenn es der Geist des Vaters war, und wie sehr verwandelte sich alles aufs neue in den Stunden, wo überhaupt kein fremder Geist den Dingen ihre Signatur gab, sondern mein eigener, wo meine Seele mit den Dingen spielte und ihnen neue Namen und Bedeutungen gab! Da konnte ein wohlbekannter Stuhl oder Schemel, ein Schatten beim Ofen, der gedruckte Kopf einer Zeitung schön oder häßlich und böse werden, bedeutungsvoll oder banal, sehnsuchtweckend oder einschüchternd, lächerlich oder traurig. Wie wenig Festes, Stabiles, Bleibendes gab es doch! Wie lebte alles, erlitt Veränderung, sehnte sich nach Wandlung, lag auf der Lauer nach Auflösung und Neugeburt!

Von allen magischen Erscheinungen aber die wichtigste und herrlichste war «der kleine Mann». Ich weiß nicht, wann ich ihn zum ersten Male sah, ich glaube, er war schon immer da, er kam mit mir zur Welt. Der kleine Mann war ein winziges, grau schattenhaftes Wesen, ein Männlein, Geist oder Kobold, Engel oder Dämon, der zuzeiten da war und vor mir herging, im Traum wie auch im Wachen, und dem ich folgen mußte, mehr als dem Vater, mehr als der Mutter, mehr als der Vernunft, ja oft mehr als der Furcht. Wenn der Kleine mir sichtbar wurde, gab es nur ihn, und wohin er ging oder was er tat, das mußte ich ihm nachtun: Bei Gefahren zeigte er sich. Wenn mich ein böser Hund, ein erzürnter größerer Kamerad verfolgte und meine Lage heikel wurde, dann, im schwierigsten Augenblick, war das kleine Männlein da, lief vor mir, zeigte mir den Weg, brachte Rettung. Er zeigte mir die lose Latte im Gartenzaun, durch die ich im letzten bangen Augenblick den Ausweg gewann, er machte mir vor, was gerade zu tun war: sich fallenlassen, umkehren, davonlaufen, schreien, schweigen. Er nahm mir etwas, was ich essen wollte, aus der Hand, er führte mich an den Ort, wo ich verlorengegangene Besitztümer wiederfand. Es gab Zeiten, da sah ich ihn jeden Tag. Es gab Zeiten, da blieb er aus. Diese Zeiten waren nicht gut, dann war alles lau und unklar, nichts geschah, nichts ging vorwärts.

Einmal, auf dem Marktplatz, lief der kleine Mann vor mir her und ich ihm nach, und er lief auf den riesigen Marktbrunnen zu, in dessen mehr als mannstiefes Steinbecken die vier Wasserstrahlen sprangen, turnte an der Steinwand empor bis zur Brüstung, und ich ihm nach, und als er von da mit einem hurtigen Schwung hinein ins tiefe Wasser sprang, sprang auch ich, es gab keine Wahl, und wäre ums Haar ertrunken. Ich ertrank aber nicht, sondern wurde herausgezogen, und zwar von einer jungen hübschen Nachbarsfrau, die ich bis dahin kaum gekannt hatte, und zu der ich nun in ein schönes Freundschafts- und Neckverhältnis kam, das mich lange Zeit beglückte.

Einmal hatte mein Vater mich für eine Missetat zur Rede zu stellen. Ich redete mich so halb und halb heraus, wieder einmal darunter leidend, daß es so schwer war, sich den Erwachsenen verständlich zu machen. Es gab einige Tränen und eine gelinde Strafe, und zum Schluß schenkte mir der Vater, damit ich die Stunde nicht vergesse, einen hübschen kleinen Taschenkalender. Etwas beschämt und von der Sache nicht befriedigt ging ich weg und ging über die Flußbrükke, plötzlich lief der kleine Mann vor mir, er sprang auf das Brückengeländer und befahl mir durch seine Gebärde, das Geschenk meines Vaters wegzuwerfen, in den Fluß. Ich tat es sofort, Zweifel und Zögern gab es nicht, wenn der Kleine da war, die gab es nur, wenn er fehlte, wenn er ausblieb und mich im Stich ließ. Ich erinnerte mich eines Tages, da ging ich mit meinen Eltern spazieren, und der kleine Mann erschien, er ging auf der linken Straßenseite, und ich ihm nach, und so oft mein Vater mich zu sich auf die andere Seite hinüber befahl, der Kleine kam nicht mit, beharrlich ging er links, und ich mußte jedesmal sofort wieder zu ihm hinüber. Mein Vater ward der Sache müde und ließ mich schließlich gehen, wo ich mochte, er war gekränkt, und erst später, zu Hause, fragte er mich, warum ich denn durchaus habe ungehorsam sein und auf der anderen Straßenseite gehen müssen. In solchen Fällen kam ich sehr in Verlegenheit, ja richtig in Not, denn nichts war unmöglicher, als irgendeinem Menschen ein Wort vom kleinen Mann zu sagen. Nichts wäre verbotener, schlechter, todsündiger gewesen, als den kleinen Mann zu verraten, ihn zu nennen, von ihm zu sprechen. Nicht einmal an ihn denken, nicht einmal ihn rufen oder herbeiwünschen konnte ich. War er da, so war es gut, und man folgte ihm. War er nicht da, so war es, als sei er nie gewesen. Der kleine Mann hatte keinen Namen. Das Unmöglichste auf der Welt aber wäre es gewesen, dem kleinen Mann, wenn er einmal da war, nicht zu folgen. Wohin er ging, dahin ging ich ihm nach, auch ins Wasser, auch ins Feuer. Es war nicht so, daß er mir dies oder jenes befahl oder riet. Nein, er tat einfach dies oder das, und ich tat es nach. Etwas, was er tat, nicht nachzutun, war ebenso unmöglich, wie es meinem Schlagschatten unmöglich wäre, meine Bewegungen nicht mitzumachen. Vielleicht war ich nur der Schatten oder Spiegel des Kleinen, oder er der meine; vielleicht tat ich, was ich ihm nachzutun meinte, vor ihm, oder zugleich mit ihm. Nur war er nicht immer da, leider, und wenn er fehlte, so fehlte auch meinem Tun die Selbstverständlichkeit und Notwendigkeit, dann konnte alles auch anders sein, dann gab es für jeden Schritt die Möglichkeit des Tuns oder Lassens, des Zögerns, der Überlegung. Die guten, frohen und glücklichen Schritte meines damaligen Lebens sind aber alle ohne Überlegung geschehen. Das Reich der Freiheit ist auch das Reich der Täuschungen, vielleicht.

Wie hübsch war meine Freundschaft mit der lustigen Nachbarsfrau, die mich damals aus dem Brunnen gezogen hatte! Sie war lebhaft, jung und hübsch und dumm, von einer liebenswerten, fast genialen Dummheit. Sie ließ sich von mir Räuber- und Zaubergeschichten erzählen, glaubte mir bald zuviel, bald zuwenig, und hielt mich mindestens für einen der Weisen aus dem Morgenlande, womit ich gerne einverstanden war. Sie bewunderte mich sehr. Wenn ich ihr etwas Lustiges erzählte, lachte sie laut und inbrünstig, noch lang, ehe sie den Witz begriffen hatte. Ich hielt ihr das vor, ich fragte sie: «Höre, Frau Anna, wie kannst du über einen Witz lachen, wenn du ihn noch gar nicht verstanden hast? Das ist sehr dumm, und es ist außerdem beleidigend für mich. Entweder verstehst du meine Witze und lachst, oder du kapierst sie nicht, dann brauchst du aber nicht zu lachen und zu tun, als hättest du verstanden.» Sie lachte weiter. «Nein», rief sie, «du bist schon der gescheiteste Junge, den ich je gesehen habe, großartig bist du. Du wirst ein Professor werden oder Minister oder ein Doktor. Das Lachen, weißt du, daran ist nichts übelzunehmen. Ich lache einfach, weil ich eine Freude an dir habe und weil du der spaßigste Mensch bist, den es gibt. Aber jetzt erkläre mir also deinen Witz!» Ich erklärte ihn umständlich, sie mußte noch dies und jenes fragen, schließlich begriff sie ihn wirklich, und wenn sie vorher herzlich und reichlich gelacht hatte, so lachte sie jetzt erst recht, lachte ganz toll und hinreißend, daß es auch mich ansteckte. Wie haben wir oft miteinander gelacht, wie hat sie mich verwöhnt und bewundert, wie war sie von mir entzückt! Es gab schwierige Sprechübungen, die ich ihr manchmal vorsagen mußte, ganz schnell dreimal nacheinander, zum Beispiel: «Wiener Wäscher waschen weiße Wäsche» oder die Geschichte vom Kottbuser Postkutschkasten. Auch sie mußte es probieren, ich bestand darauf, aber sie lachte schon vorher, keine drei Worte brachte sie heraus, wollte es auch gar nicht, und jeder begonnene Satz verlief in neues Gelächter. Frau Anna ist der vergnügteste Mensch gewesen, den ich gekannt habe. Ich hielt sie, in meiner Knabenklugheit, für namenlos dumm, und am Ende war sie es auch, aber sie ist ein glücklicher Mensch gewesen, und ich neige manchmal dazu, glückliche Menschen für heimliche Weise zu halten, auch wenn sie dumm scheinen. Was ist dümmer und macht unglücklicher als Gescheitheit!

Jahre vergingen, und mein Verkehr mit Frau Anna war schon eingeschlafen, ich war schon ein großer Schulknabe und unterlag schon den Versuchungen, Leiden und Gefahren der Gescheitheit, da brauchte ich sie eines Tages wieder. Und wieder war es der kleine Mann, der mich zu ihr führte. Ich war seit einiger Zeit verzweifelt mit der Frage nach dem Unterschied der Geschlechter und der Entstehung der Kinder beschäftigt, die Frage wurde immer brennender und quälender, und eines Tages schmerzte und brannte sie so sehr, daß ich lieber gar nicht mehr leben wollte, als dies bange Rätsel ungelöst lassen. Wild und verbissen ging ich, von der Schule heimkehrend, über den Marktplatz, den Blick am Boden, unglücklich und finster, da war plötzlich der kleine Mann da! Er war ein seltener Gast geworden, er war mir seit langem untreu, oder ich ihm – nun sah ich ihn plötzlich wieder, klein und flink lief er am Boden vor mir her, nur einen Augenblick sichtbar, und lief ins Haus der Frau Anna hinein. Er war verschwunden, aber schon war ich ihm in dies Haus gefolgt, und schon wußte ich warum, und Frau Anna schrie auf, als ich unerwartet ihr ins Zimmer gelaufen kam, denn sie war eben beim Umkleiden, aber sie ward mich nicht los, und bald wußte ich fast alles, was zu wissen mir damals so bitter notwendig war. Es wäre eine Liebschaft daraus geworden, wenn ich nicht noch allzu jung dafür gewesen wäre.

Diese lustige dumme Frau unterschied sich von den meisten andern Erwachsenen dadurch, daß sie zwar dumm, aber natürlich und selbstverständlich war, immer gegenwärtig, nie verlogen, nie verlegen. Die meisten Erwachsenen waren anders. Es gab Ausnahmen, es gab die Mutter, Inbegriff des Lebendigen, rätselhaft Wirksamen, und den Vater, Inbegriff der Gerechtigkeit und Klugheit, und den Großvater, der kaum mehr ein Mensch war, den Verborgenen, Allseitigen, Lächelnden, Unausschöpflichen. Die allermeisten Erwachsenen aber, obwohl man sie verehren und fürchten mußte, waren sehr tönerne Götter. Wie waren sie komisch mit ihrer ungeschickten Schauspielerei, wenn sie mit Kindern redeten! Wie falsch klang ihr Ton, wie falsch ihr Lächeln! Wie nahmen sie sich wichtig, sich und ihre Verrichtungen und Geschäfte, wie übertrieben ernst hielten sie, wenn man sie über die Gasse gehen sah, ihre Werkzeuge, ihre Mappen, ihre Bücher unter den Arm geklemmt, wie warteten sie darauf, erkannt, gegrüßt und verehrt zu werden! Manchmal kamen am Sonntag Leute zu meinen Eltern, um «Besuch zu machen», Männer mit Zylinderhüten in ungeschickten Händen, die in steifen Glacéhandschuhen staken, wichtige, würdevolle, vor lauter Würde verlegene Männer, Anwälte und Amtsrichter, Pfarrer und Lehrer, Direktoren und Inspektoren, mit ihren etwas ängstlichen, etwas unterdrückten Frauen. Sie saßen steif auf den Stühlen, zu allem mußte man sie nötigen, bei allem ihnen behilflich sein, beim Ablegen, beim Eintreten, beim Niedersitzen, beim Fragen und Antworten, beim Fortgehen. Diese kleinbürgerliche Welt so ernst zu nehmen, wie sie es verlangte, war mir leichtgemacht, da meine Eltern ihr nicht angehörten und sie selber komisch fanden. Aber auch wenn sie nicht Theater spielten, Handschuhe trugen und Visiten machten, waren die meisten Erwachsenen mir reichlich seltsam und lächerlich. Wie taten sie wichtig mit ihrer Arbeit, mit ihren Handwerken und Ämtern, wie groß und heilig kamen sie sich vor! Wenn ein Fuhrmann, Polizist oder Pflasterer die Straße versperrte, das war eine heilige Sache, da war es selbstverständlich, daß man auswich und Platz machte oder gar mithalf. Aber Kinder mit ihren Arbeiten und Spielen, die waren nicht wichtig, die wurden beiseitegeschoben und angebrüllt. Taten sie denn weniger Richtiges, weniger Gutes, weniger Wichtiges als die Großen? O nein, im Gegenteil, aber die Großen waren eben mächtig, sie befahlen, sie regierten. Dabei hatten sie, genau wie wir Kinder, ihre Spiele, sie spielten Feuerwehrübung, spielten Soldaten, sie gingen in Vereine und Wirtshäuser, aber alles mit jener Miene von Wichtigkeit und Gültigkeit, als müsse das alles so sein und gäbe es nichts Schöneres und Heiligeres.

Gescheite Leute waren unter ihnen, zugegeben, auch unter den Lehrern. Aber war nicht das eine schon merkwürdig und verdächtig, daß unter allen diesen «großen» Leuten, welche doch alle vor einiger Zeit selbst Kinder gewesen waren, so sehr wenige sich fanden, die es nicht vollkommen vergessen und verlernt hatten, was ein Kind ist, wie es lebt, arbeitet, spielt, denkt, was ihm lieb und leid ist? Wenige, sehr wenige, die das noch wußten! Es gab nicht nur Tyrannen und Grobiane, die gegen Kinder böse und häßlich waren, sie überall wegjagten, sie scheel und haßvoll ansahen, ja manchmal anscheinend etwas wie Furcht vor ihnen hatten. Nein, auch die andern, die es gut meinten, die gern zuweilen zu einem Gespräch mit Kindern sich herabließen, auch sie wußten meistens nicht mehr, worauf es ankam, auch sie mußten fast alle sich mühsam und verlegen zu Kindern herunterschrauben, wenn sie sich mit uns einlassen wollten, aber nicht zu richtigen Kindern, sondern zu erfundenen, dummen Karikaturkindern.

Alle diese Erwachsenen, fast alle, lebten in einer andern Welt, atmeten eine andere Art von Luft als wir Kinder. Sie waren häufig nicht klüger als wir, sehr oft hatten sie nichts vor uns voraus als jene geheimnisvolle Macht. Sie waren stärker, ja, sie konnten uns, wenn wir nicht freiwillig gehorchten, zwingen und prügeln. War das aber eine echte Überlegenheit? War nicht jeder Ochs und Elefant viel stärker als so ein Erwachsener? Aber sie hatten die Macht, sie befahlen, ihre Welt und Mode galt als die richtige. Dennoch, und das war mir ganz besonders merkwürdig und einige Male beinah grauenhaft – dennoch gab es viele Erwachsene, die uns Kinder zu beneiden schienen. Manchmal konnten sie es ganz naiv und offen aussprechen und etwa mit einem Seufzer sagen: «Ja, ihr Kinder habet es noch gut!» Wenn das nicht gelogen war – und es war nicht gelogen, das spürte ich zuweilen bei solchen Aussprüchen –, dann waren also die Erwachsenen, die Mächtigen, die Würdigen und Befehlenden gar nicht glücklicher als wir, die wir gehorchen und ihnen Hochachtung erweisen mußten. In einem Musikalbum, aus dem ich lernte, stand auch richtig ein Lied mit dem erstaunlichen Kehrreim: «O selig, o selig, ein Kind noch zu sein!» Dies war ein Geheimnis. Es gab etwas, was wir Kinder besaßen und was den Großen fehlte, sie waren nicht bloß größer und stärker, sie waren in irgendeinem Betracht auch ärmer als wir! Und sie, die wir oft um ihre lange Gestalt, ihre Würde, ihre anscheinende Freiheit und Selbstverständlichkeit, um ihre Bärte und langen Hosen beneideten, sie beneideten zuzeiten, sogar in Liedern, die sie sangen, uns Kleine!

Nun, einstweilen war ich trotz allem glücklich. Es gab vieles in der Welt, was ich gern anders gesehen hätte, und gar in der Schule; aber ich war dennoch glücklich. Es wurde mir zwar von vielen Seiten versichert und eingebläut, daß der Mensch nicht bloß zu seiner Lust auf Erden wandle und daß wahres Glück erst jenseits den Geprüften und Bewährten zuteil werde, es ging dies aus vielen Sprüchen und Versen hervor, die ich lernte und die mir oft sehr schön und rührend erschienen. Allein diese Dinge, welche auch meinem Vater viel zu schaffen machten, brannten mich nicht sehr, und wenn es mir einmal schlecht ging, wenn ich krank war oder unerfüllte Wünsche hatte, oder Streit und Trotz mit den Eltern, dann flüchtete ich selten zu Gott, sondern hatte andere Schleichwege, die mich wieder ins Helle führten. Wenn die gewöhnlichen Spiele versagten, wenn Eisenbahn, Kaufladen und Märchenbuch verbraucht und langweilig waren, dann fielen mir oft gerade die schönsten neuen Spiele ein. Und wenn es nichts anderes war, als daß ich abends im Bett die Augen schloß und mich in den märchenhaften Anblick der vor mir erscheinenden Farbenkreise verlor – wie zuckte da Beglükkung und Geheimnis aufs neue auf, wie ahnungsvoll und vielversprechend wurde die Welt!

Die ersten Schuljahre gingen hin, ohne mich sehr zu verändern. Ich machte die Erfahrung, daß Vertrauen und Aufrichtigkeit uns zu

Schaden bringen kann, ich lernte unter einigen gleichgültigen Lehrern das Notwendigste im Lügen und Sichverstellen; von da an kam ich durch. Langsam aber welkte auch mir die erste Blüte hin, langsam lernte auch ich, ohne es zu ahnen, jenes falsche Lied des Lebens, jenes Sichbeugen unter die «Wirklichkeit», unter die Gesetze der Erwachsenen, jene Anpassung an die Welt, «wie sie nun einmal ist». Ich weiß seit langem, warum in den Liederbüchern der Erwachsenen solche Verse stehen wie der: «O selig, ein Kind noch zu sein», und auch für mich gab es viele Stunden, in welchen ich die beneidete, die noch Kinder sind.

Als es sich, in meinem zwölften Jahre, darum handelte, ob ich Griechisch lernen solle, sagte ich ohne weiteres ja, denn mit der Zeit so gelehrt zu werden wie mein Vater, und womöglich wie mein Großvater, schien mir unerläßlich. Aber von diesem Tage an war ein Lebensplan für mich da; ich sollte studieren und entweder Pfarrer oder Philologe werden, denn dafür gab es Stipendien. Auch der Großvater war einst diesen Weg gegangen.

Scheinbar war dies ja nichts Schlimmes. Nur hatte ich jetzt auf einmal eine Zukunft, nur stand jetzt ein Wegweiser an meinem Wege, nur führte mich jetzt jeder Tag und jeder Monat dem angeschriebenen Ziele näher, alles wies dorthin, alles führte weg, weg von der Spielerei und Gegenwärtigkeit meiner bisherigen Tage, die nicht ohne Sinn, aber ohne Ziel, ohne Zukunft gewesen waren. Das Leben der Erwachsenen hatte mich eingefangen, an einer Haarlocke erst oder an einem Finger, aber bald würde es mich ganz gefangen haben und festhalten, das Leben nach Zielen, nach Zahlen, das Leben der Ordnung und der Ämter, des Berufs und der Prüfungen; bald würde auch mir die Stunde schlagen, bald würde auch ich Student, Kandidat, Geistlicher, Professor sein, würde Besuche mit einem Zylinderhut machen, lederne Handschuhe dazu tragen, die Kinder nicht mehr verstehen, sie vielleicht beneiden. Und ich wollte ja doch in meinem Herzen dies alles nicht, ich wollte nicht fort aus meiner Welt, wo es gut und köstlich war. Ein ganz heimliches Ziel allerdings gab es für mich, wenn ich an die Zukunft dachte. Eines wünschte ich mir sehnlich, nämlich ein Zauberer zu werden.

Der Wunsch und Traum blieb mir lange treu. Aber er begann an Allmacht zu verlieren, er hatte Feinde, es stand ihm anderes entgegen, Wirkliches, Ernsthaftes, nicht zu Leugnendes. Langsam, langsam welkte die Blüte hin, langsam kam mir aus dem Unbegrenzten etwas Begrenztes entgegen, die wirkliche Welt, die Welt der Erwachsenen. Langsam wurde mein Wunsch, ein Zauberer zu werden, obwohl ich ihn noch sehnlich weiterwünschte, vor mir selber wertloser, wurde vor mir selber zur Kinderei. Schon gab es etwas, worin ich nicht mehr Kind war. Schon war die unendliche, tausendfältige Welt des Möglichen mir begrenzt, in Felder geteilt, von Zäunen durchschnitten. Langsam verwandelte sich der Urwald meiner Tage, es erstarrte das Paradies um mich her. Ich blieb nicht, was ich war, Prinz und König im Land des Möglichen, ich wurde nicht Zauberer, ich lernte Griechisch, in zwei Jahren würde Hebräisch hinzukommen, in sechs Jahren würde ich Student sein.

Unmerklich vollzog sich die Einschnürung, unmerklich verrauschte ringsum die Magie. Die wunderbare Geschichte im Großvaterbuch war noch immer schön, aber sie stand auf einer Seite, deren Zahl ich wußte, und da stand sie heute und morgen und zu jeder Stunde, es gab keine Wunder mehr. Gleichmütig lächelte der tanzende Gott aus Indien, und war aus Bronze, selten sah ich ihn mehr an, nie mehr sah ich ihn schielen. Und – das Schlimmste – seltener und seltener sah ich den Grauen, den kleinen Mann. Überall war ich von Entzauberung umgeben, vieles wurde eng, was einst weit, vieles wurde ärmlich, was einst kostbar gewesen war.

Doch spürte ich das nur im verborgenen, unter der Haut, noch war ich fröhlich und herrschsüchtig, lernte schwimmen und Schlittschuh laufen, ich war der Erste im Griechischen, alles ging scheinbar vortrefflich. Nur hatte alles eine etwas blassere Farbe, einen etwas leereren Klang, nur war es mir langweilig geworden, zur Frau Anna zu gehen, nur ging ganz sachte aus allem, was ich lebte, etwas verloren, etwas nicht Bemerktes, nicht Vermißtes, das aber doch weg war und fehlte. Und wenn ich jetzt einmal wieder mich selber ganz und glühend fühlen wollte, dann bedurfte ich stärkerer Reize dazu, mußte mich rütteln und einen Anlauf nehmen. Ich gewann Geschmack an stark gewürzten Speisen, ich naschte häufig, ich stahl zuweilen Groschen, um mir irgendeine besondere Lust zu gönnen, weil es sonst nicht lebendig und schön genug war. Auch begannen die Mädchen mich anzuziehen; es war kurz nach der Zeit, da der kleine Mann noch einmal erschienen und mich noch einmal zu Frau Anna geführt hatte.

(1923)

Lektüre im Bett

Wenn man in einem Hotel länger als drei bis vier Wochen wohnt, muß man immer einmal mit irgend einer Störung rechnen. Entweder findet eine Hochzeit im Hause statt, welche mit Musik und Gesang den ganzen Tag und die ganze Nacht andauert, und am Morgen mit gerührten Gruppen Betrunkener in den Korridoren endet. Oder dein Zimmernachbar links macht einen Selbstmordversuch mit Gas, und die Dämpfe dringen zu dir herüber. Oder er erschießt sich, was an sich ja anständiger ist, aber er tut es zu einer Tageszeit, wo Hotelgäste von ihren Nachbarn stilles Betragen erwarten dürften. Manchmal platzt auch eine Wasserröhre, und du mußt dich durch Schwimmen retten, oder eines Morgens um sechs Uhr werden die Leitern vor deinem Fenster angelegt, und es steigt eine Schar von Männern herauf, welche Auftrag haben das Dach umzudecken.

Da ich nun schon drei Wochen unbehelligt in meinem alten Heiligenhof in Baden wohnte, konnte ich damit rechnen, daß bald eine Störung fällig sein werde. Es war diesmal eine der harmlosesten: etwas an der Heizung ging kaputt und wir mußten einen Tag lang frieren. Den Vormittag hielt ich heldenhaft aus, erst ging ich ein wenig spazieren, dann begann ich zu arbeiten, im warmen Schlafrock, und freute mich jedesmal, wenn in den kalten Eisenschlangen der Dampfheizung ein Gurgeln oder Pfeifen auf wiedererwachendes Leben zu deuten schien. Aber so rasch ging die Sache doch nicht, und im Lauf des Nachmittags, als mir Hände und Füße kalt geworden waren, gab ich nach und streckte die Waffen. Ich zog mich aus und legte mich ins Bett. Und da nun schon einmal die Ordnung der Dinge durchbrochen und eine Art von Exzeß begangen war, indem ich mich mitten am Tage in die Kissen legte, tat ich auch noch etwas anderes, was ich sonst nicht zu tun pflege.

Meine Bekannten und die Beurteiler meiner Schriften sind beinahe alle der Meinung, ich sei ein Mann ohne Grundsätze. Aus irgendwelchen Beobachtungen und aus irgendwelchen Stellen meiner Bücher schließen diese wenig scharfsinnigen Leute, ich führe ein unerlaubt freies, bequemes Leben ins Blau hinein. Weil ich morgens gern lang liegen bleibe, weil ich mir in der Not des Lebens hier und da eine Flasche Wein erlaube, weil ich keine Besuche empfange und mache, und aus ähnlichen Kleinigkeiten schließen diese schlechten Beobachter, ich sei ein weichlicher, bequemer, verlotterter Mensch, der sich überall nachgibt, sich zu nichts aufrafft und ein unmoralisches, haltloses Leben führt. Sie sagen dies aber nur, weil es sie ärgert und ihnen anmaßend scheint, daß ich mich zu meinen Gewohnheiten und Lastern bekenne, daß ich sie nicht verheimliche. Wollte ich (was ja leicht wäre) der Welt einen ordentlichen, bürgerlichen Lebenswandel vortäuschen, wollte ich auf die Weinflasche eine Kölnischwasser-Etikette kleben, wollte ich meinen Besuchen, statt ihnen zu sagen, sie seien mir lästig, vorlügen, ich sei nicht zu Hause, kurz, wollte ich schwindeln und lügen, so wäre mein Ruf der beste und der Ehrendoktor würde mir schon bald verliehen werden.

In Wirklichkeit nun ist es so, daß ich, je weniger ich mir die bürgerlichen Normen gefallen lasse, desto strenger meine eigenen Grundsätze halte. Es sind Grundsätze, die ich für vortrefflich halte und deren Befolgung keinem meiner Kritiker auch nur einen Monat lang möglich wäre. Einer von ihnen ist der Grundsatz, keine Zeitung zu lesen – nicht etwa aus Literatenhochmut oder aus dem irrtümlichen Glauben, die Tagesblätter seinen schlechtere Literatur als das, was der heutige Deutsche «Dichtung» nennt, sondern einfach, weil weder Politik, noch Sport, noch Finanzwesen mich interessieren, und weil es mir seit Jahren unerträglich wurde, Tag für Tag machtlos zuzusehen, wie die Welt neuen Kriegen entgegenläuft.

Wenn ich nun meine Gewohnheit, keine Zeitungen anzusehen, wenige Male im Jahr für eine halbe Stunde unterbreche, habe ich außerdem den Genuß einer Sensation, ebenso wie beim Kino, das ich auch nur, mit heimlichen Schaudern, etwa einmal im Jahr betrete. An diesem etwas trostlosen Tage nun, ins Bett geflüchtet und leider nicht mit anderer Lektüre versehen, las ich zwei Zeitungen. Die eine, eine Zürcher Zeitung, war noch ziemlich neu, erst vier oder fünf Tage alt, und ich besaß sie, weil ein Gedicht von mir in dieser Nummer abgedruckt stand. Die andere Zeitung war etwa eine Woche älter und hatte mich ebenfalls nichts gekostet, sie war in der Form von Einwickelpapier in meine Hände gelangt. In diesen beiden Zeitungen las ich nun mit Neugierde und Spannung, das heißt ich las natürlich nur jene Teile, deren Sprache mir verständlich ist. Jene Gebiete, zu deren Darstellung eine besondere Geheimsprache erforderlich ist, mußte ich mir entgehen lassen, also Sport, Politik und Börse. Es blieben also die kleinen Nachrichten und das Feuilleton übrig. Und wieder begriff ich mit allen Sinnen, warum die Menschen Zeitungen lesen. Ich begriff, bezaubert vom vielmaschigen Netz der Mitteilungen, den Zauber des verantwortungslosen Zuschauens und fühlte mich eine Stunde lang in der Seele eins mit jenen vielen alten Leuten, die jahrelang herumsitzen und nur deshalb nicht sterben können, weil sie Radio-Abonnenten sind und von Stunde zu Stunde Neues erwarten.

Dichter sind meistens ziemlich phantasiearme Menschen, und so war ich denn wieder berauscht und überrascht von allen diesen Nachrichten, von denen ich kaum eine selbst zu erfinden imstande gewesen wäre. Ich las höchst merkwürdige Dinge, über die ich Tage und Nächte lang werde nachzudenken haben. Nur wenige der hier mitgeteilten Nachrichten ließen mich kalt: daß man noch immer heftig und erfolglos gegen die Krebskrankheit kämpfe, setzte mich ebensowenig in Erstaunen wie die Meldung von einer neuen amerikanischen Stiftung zugunsten der Ausrottung des Darwinismus. Aber drei- oder viermal las ich aufmerksam eine Notiz aus einer Schweizer Stadt, wo ein junger Mensch wegen fahrlässiger Tötung seiner eigenen Mutter verurteilt wurde, und zwar zu einer Geldstrafe von hundert Franken. Diesem armen Menschen war das Unglück passiert, daß er, vor den Augen seiner Mutter, sich mit einer Schießwaffe beschäftigte, daß die Waffe losging und die Mutter tötete. Der Fall ist traurig, aber nicht unausdenklich, es stehen schlimmere und unheimlichere Nachrichten in jeder Zeitung. Aber wieviele Viertelstunden ich mit Nachberechnungen dieser Geldstrafe verschwendet habe, schäme ich mich einzugestehen. Ein Mensch erschießt seine Mutter. Tut er es absichtlich, so ist er ein Mörder, und wie die Welt nun einmal ist, wird er nicht einem weisen Sarastro übergeben, der ihn über die Dummheit seines Mordes aufklärt und ihn zum Menschen zu machen versucht, sondern man wird ihn für eine gute Weile einsperren, oder in Ländern, wo noch die guten alten Barbarenfürsten Geltung haben, wird man ihm, um Ordnung zu schaffen, seinen törichten Kopf abhacken. Nun ist ja dieser Mörder aber gar kein Mörder, er ist ein Pechvogel, dem etwas ungewöhnlich Trauriges passiert ist. Auf Grund welcher Tabellen nun, auf Grund welcher Taxierungen vom Wert eines Menschenlebens oder von der erzieherischen Kraft der Geldstrafe ist das Gericht dazu gekommen, dieses fahrlässig zerstörte Leben gerade mit dem Geldbetrag von hundert Franken einzuschätzen? Ich habe mir keinen Augenblick erlaubt, an der Redlichkeit und dem guten Willen des Richters zu zweifeln, ich bin überzeugt, daß er sich große Mühe gab, ein gerechtes Urteil zu finden, und daß er zwischen seinen vernünftigen Erwägungen und dem Wortlaut des Gesetzes in schwere Konflikte kam. Aber wo in der Welt ist ein Mensch, der die Nachrichten von diesem Urteil mit Verständnis oder gar mit Befriedigung lesen könnte?

Im Feuilleton fand ich eine andere Nachricht, sie bezog sich auf einen meiner berühmten Kollegen. Von «unterrichteter Seite» wurde uns da mitgeteilt, daß der große Unterhaltungsschriftsteller M. zur Zeit in S. weile, um Verträge über die Verfilmung seines letzten Romans abzuschließen, und daß ferner Herr M. geäußert habe, sein nächstes Werk werde ein nicht minder wichtiges und spannendes Problem behandeln, aber er werde kaum vor Ablauf von zwei Jahren imstande sein, diese große Arbeit fertigzustellen. Auch diese Nachricht beschäftigte mich lang. Wie treu, wie gut und sorgsam muß dieser Kollege täglich seine Arbeit leisten, damit er solche Voraussagungen machen kann! Aber warum macht er sie? Könnte nicht vielleicht während der Arbeit doch ein anderes, heftiger brennendes Problem ihn erfassen und zu anderer Arbeit zwingen? Könnte nicht seine Schreibmaschine eine Panne erleiden oder seine Sekretärin erkranken? Und wozu war dann die Vorausankündigung gut? Wie steht er dann da, wenn er nach zwei Jahren bekennen muß, daß er nicht fertig geworden sei? Oder wie, wenn die Verfilmung seines Romans ihm soviel Geld einbringt, daß er das Leben eines reichen Mannes zu führen beginnt? Dann wird weder sein nächster Roman, noch sonst jemals wieder ein Werk von ihm fertig werden, es sei denn, daß die Sekretärin die Firma weiter führe.

Aus einer anderen Zeitungsnotiz erfahre ich, daß ein Zeppelinluftschiff unter der Führung von Dr. Eckener im Begriff sei, von Amerika zurückzufliegen. Also muß es vorher auch hinübergeflogen sein. Eine schöne Leistung! Diese Nachricht erfreut mich. Und wieviele Jahre habe ich nicht mehr an den Dr. Eckener gedacht, unter dessen Führung ich einst vor 18 Jahren meinen ersten Zeppelin-Flug über dem Bodensee und dem Arlberg machte. Ich erinnere mich eines kräftigen, eher wortkargen Mannes mit einem festen, zuverlässigen Kapitänsgesicht, dessen Gesicht und Namen ich mir damals gemerkt habe, obwohl ich nur wenige Worte mit ihm wechselte. Und nun ist also, nach all diesen vielen Jahren und Schicksalen, dieser Mann noch immer an der Arbeit, er hat weiter gemacht und ist schließlich bis Amerika geflogen, und weder Krieg, noch Inflation, noch persönliche Schicksale haben ihn abhalten können, seinen Dienst zu tun und seinen festen Kopf durchzusetzen. Ich sehe ihn noch deutlich vor mir, wie er damals, im Jahre 1910, mir einige freundliche Worte sagte (er hielt micht vermutlich für einen Berichterstatter) und dann in seine Führergondel kletterte. Er ist im Krieg nicht General, er ist in der Inflation nicht Bankier geworden, er ist immer noch Schiffbauer und Kapitän, er ist seiner Sache treu geblieben. Inmitten so vieler verwirrender Neuigkeiten, die aus den beiden Zeitungen in mich eingeströmt sind, ist diese Nachricht beruhigend.

Aber nun ist es genug. Einen ganzen Nachmittag habe ich mit den zwei Zeitungsblättern verbracht. Die Heizung ist noch immer kalt, ich will also ein wenig zu schlafen versuchen.

(1929)

Aus einem Tagebuch vom Juli 1933

Ich glaube, seit jener Zeit vor 12 Jahren, wo die große Pause im «Siddhartha» zu überdauern war, habe ich kein Tagebuch mehr geführt, und wenn ich jetzt wieder das Bedürfnis zu ähnlichen Notizen habe, so kommt es wohl vor allem von der sehr ähnlichen Situation: einer großen Stockung in meiner Produktion. Im übrigen freilich ist die Lage von heute anders. Aber vielleicht redet man sich alle «sachlichen», allgemeinen und vernünftigen Gründe nur ein, und folgt in Wirklichkeit einzig den privaten, egoistischen Antrieben. Und wenn es mir heut so scheint, als sei das Nachdenken über die jetzigen Vorgänge in Deutschland für mich so sehr nötig, so verbirgt sich dahinter doch wohl das Unbehagen, ja die Qual des Zustandes, in dem ich seit zwei Jahren bin, und der Unfruchtbarkeit ist. Ich hatte mir die Geschichte Josef Knechts und des Glasperlenspieles ausgedacht, habe vor einem Jahr auch die einleitenden Seiten dazu aufgeschrieben (dreimal umgearbeitet), die Herkunft des Glasperlenspiels betreffend. Damals dachte ich mir die Entstehung des Ganzen schön und angenehm, mir schien: da ich den Inhalt in den Hauptsachen voraus erfunden und konstruiert hatte, müsse das Ausarbeiten, das Füllen der Schemata mit Blut, das Ausfüllen und Bemalen der Vorzeichnung eine freudige Arbeit sein. Statt dessen machte die Arbeit mir so wenig Spaß, daß er nicht einmal die Widerstände überwog, die mir von den Augenschmerzen etc her kommen, ich empfand diese Arbeit als lustlos und mich als unfruchtbar, und habe nur wenige Seiten schreiben können. Lange schob ich es auf das Schlechterbefinden der Augen, auch auf die Ungunst der Zeit, auf das feindliche Entgegenstehen des ganzen Zeitgeistes, und manchmal schien es mir, ich sei nun eben zu alt und es sei zu Ende mit meiner Produktion. Es ist nutzlos, darüber zu grübeln, statt dessen will ich es dahingestellt sein lassen, wo denn die wirklichen Gründe meines Tuns und Lassens liegen, und will versuchen, zur Übung der Finger und Gedanken je und je wenigstens etwas über meine jetzigen Erlebnisse und Gedanken aufzuschreiben.

Vorgestern bat ich, als Böhmer[1] da war, Ninon uns jene Einleitung zu Knecht vorzulesen, die Geschichte des Glasperlenspiels, ich hatte sie seit mehr als einem halben Jahr nicht mehr angesehen. Da erschrak ich nun zunächst über die paar Seiten des Vorworts, die von heute handeln, der geistige Zustand Deutschlands ist darin beinah haargenau vorausgeschildert, es liest sich wie eine soeben geschriebene Parodie auf heute. Das bedeutet nicht nur, daß mein dreimal umgearbeitetes Vorwort jetzt und vielleicht für sehr lange Zeit nicht gedruckt und in Deutschland nicht gelesen werden kann: es bedeutet auch, daß das Vorwort, das doch die Distanz der Knecht-Zeit zum Heute schaffen sollte, noch viel zu sehr zeitbestimmt und zeitbeeinflußt ist. Es muß neu gemacht werden.

Die Nachrichten aus Deutschland (zuletzt die neuen Gesetzentwürfe über Reichsangehörigkeit etc, die Ehrung der Mörder Rathenaus und andre ziemlich derbe Berserkereien) erschrecken einen manchmal, man hat sich aber schon daran gewöhnt, und es kommt ja auch auf ein wenig mehr oder weniger an Geschrei und Grausamkeit nicht mehr an. Was mich dauernd beunruhigt, ist nicht meine Kritik am deutschen Regime, die unterscheidet sich wohl wenig von dem der meisten Ausländer, sondern mich beunruhigt mein Mangel an Verständnis für das Positive, für das Lebendige was in den gutgesinnten Deutschen vorgeht, für ihr Eingehen auf die ihnen zunächst erschreckende «Revolution», kurz für die heutige Form der Vaterlandsliebe im Reich. Es interessiert und quält mich, zu wissen warum stille, ernste parteilose Männer (ich denke an H. und manche andre) diese Revolution jetzt bejahen, warum sie sie als Kriegs- und Ausnahmezustand anerkennen und sich, sei es als Mitarbeiter oder auch als Opfer, ihr zur Verfügung stellen. Wenn die «Revolution» nur Reaktion und weißer Terror ist, wenn sie wirklich, wie man aus vielen Zeichen schließen muß, nicht bloß von einer naiven, sondern von einer krankhaften verbohrten Blindheit und Scheu vor Kritik ist, also im Innern falsch, dem Organischen und Lebendigen feindlich, dann hat es keinen Sinn mehr zu sagen wie etwa H. mir schrieb: «wenn auch diese ungeheure Anstrengung und Zusammenraffung unsres Volkes erlahmt und scheitert, dann kracht alles zusammen, das darf nicht geschehen.» Nein, dann kracht ja nur etwas zusammen, worum es nicht schade ist, und wenn auch viel gutes Blut, viel redliche deutsche Liebe und Idealität die-

1 Gunter Böhmer, Maler und Graphiker, Freund Hermann Hesses

sen Schiffbruch mit erleidet und untergeht – es ist besser, sie gehen unter als sie stützen eine Organisation, die im Grunde bös und teuflisch ist. Und als bös und teuflisch erscheint mir, der ich gar kein Politiker bin, diese ganze Gesinnung des Dritten Reichs, wobei ich jedem Einzelnen das Recht der bona fides und des Verblendetseins zugestehe, auch den Führern. Es scheint mir sehr wichtig und kennzeichnend, daß die protestantische Kirche diese Bewegung sich sofort zu eigen gemacht hat und im Begriff scheint, sich als eine deutsche, germanische, nicht mehr römische, auch nicht mehr christliche Organisation bedingungslos den Männern mit den hohen Titeln und den schönen Uniformen zur Verfügung zu stellen. Alles Anrüchige des Protestantismus, vom Fürstendienertum Luthers, bis zur Vergötzung des rein Dynamischen in der jüngern Theologie, vereinigt sich hier und wird Ausdruck für eine bestimmte, eben für die deutsche und protestantische Form des blinden Nationalismus. Dazu paßt die Selbstanbetung des heutigen Deutschen, der tiefe Ehrfurcht vor seiner «tragischen» und «faustischen» Natur hat und darunter versteht, daß er, Auserwählter und zugleich Gezeichneter unter den Völkern, nun einmal dazu bestimmt sei, über die kleinlichen Schranken der bloßen Vernunft und bloßen Moral hinweg das Große und Ungeheure zu tun, nämlich seine Triebe auszuleben und seine Gelüste zu befriedigen. Die Theologie der protestantischen Reichspfarrer hat dafür dann eine Dogmatik des «Peccandum est» zur Verfügung, die eher noch geistvoller aussieht als die, mit der sie anno 14 den Krieg verherrlichte.

Also zweierlei beunruhigt mich: Warum auch die sauberen, zuverlässigen, anständigen und unbedingt nicht feigen Leute im Reich zu einem sehr großen Teil den Hurrah- und Kriegspatriotismus, dessen Schiffbruch sie kaum erst erlebt haben, in dieser neuen Form bejahen und mitmachen und zweitens: ob nicht vielleicht diese vernunftlose aber starke Art von organisiertem Triebleben, diese Methode des Schreiertums und Führertums, diese starke Dampfwalze der Uniformierung einer bedingungslos verpflichteten Untertanenschaft – ob nicht diese Maschinerie (einerlei ob in faschistischer oder sozialistischer oder andrer Form) eben die Methode ist, nach welcher im jetzigen Weltaugenblick die Völker regiert werden wollen und müssen. Denn so weit bin ich immerhin Denker und auch Christ, daß ich einsehe: es ist jede, ausnahmslos jede Form von Gewalt eine Angelegenheit der «Welt», das Streben nach ihr und ihre Ausübung vollzieht sich immer und unter allen denkbaren Formen im Diesseitigen, ist Sache der Triebe und nie des Geistes, auch wenn sie tausend «geistige» Argumente zu ihrer Rechtfertigung benutzt. Es werden stets und immer die Napoleone regieren und die Christusse umgebracht werden – aber wenn das «dritte» Reich auf tausendjährige europäische und christliche Gewohnheiten, Formen, Bändigungen verzichtet und unter dünner Ideologie nahezu hemmungslos der Macht huldigt, so hat das, ebenso wie das Regime bei den Sowjets, eben doch etwas Neues, etwas, was von unsrer Zeit ist, etwas, was mit brüchig gewordenen Begriffen gebrochen hat und darum stark ist. Das nun, womit Sowjet und Hitler gebrochen haben, ist vor allem die christliche Konvention, darin sind sie gleich. Nicht daß die Leiter des Dritten Reichs Antichristen wären, und Bismarck und Metternich wirklich Christen gewesen wären! Aber es wird heute gebrochen mit Konventionen der Menschlichkeit, des Rechts, der Völkermoral, welche zwar längst faul waren, die man aber bisher immer noch zu schonen suchte. Man könnte sich z. B. recht wohl denken: wenn die Deutschen anno 14, statt mit der alten brüchig gewordenen , mit dieser neuen, rohen aber starken, alle Christlichkeit etc als dumme Sentimentalität abwerfenden Ideologie in den Krieg gezogen wären, gegen Völker, in denen die alte Moral zwar auch faul war aber doch noch galt – dann hätten sie trotz aller Übermacht vielleicht die Welt besiegen können. Nun aber haben sie das nicht getan, sondern haben den Krieg verloren, und würden ihn sofort wieder verlieren, wenn er sich heut wiederholte. Es scheint also mit dem Wert der neuen Ideologie, auch rein biologisch betrachtet, flau zu stehen. Man hat ein Stück Geschichte, nämlich den Krieg und seine politische Vorgeschichte, durch primitive Magie im Gedächtnis des Volks ausgelöscht, und man hat vom Bolschewismus eine neue Methode der Macht und Massenlenkung gelernt, das ist beides nicht so originell wie es für viele aussieht. Als geistiges Gerüst für einen so großen Bau wird es nicht genügen, auch wenn man von einer Ideologie nicht zu viel erwartet. Schließlich hat weder die deutsche Geschichte damit begonnen, daß in dem schuldlosen Paradies Germaniens plötzlich der Versailler Vertrag als Teufel einbrach, noch kann, rein vernunftgemäß betrachtet, das Blut- und Rassengeschwärme sich mit dem Marxismus vergleichen. Ich liebe, weiß Gott, diesen Marxismus nicht und seine dünne Vernünftigkeit, aber um sich mit den Sowjets vergleichen zu können, mußte das Dritte Reich doch etwas mehr haben als Hakenkreuz und die blauen Augen.

Indessen: wenn diese Vernunftgründe mir genügen würden, so wäre die Sache ja abgetan. Weit hinter ihnen rieche ich aber im Hakenkreuz und der fanatischen Pogromstimmung des Reichs Mächte, die sich mit Vernunft nicht widerlegen lassen, und da ich sie wohl fühlen, nicht aber bejahen und annehmen kann, machen sie mir Qual.

Merkwürdig: unter den Dichtern, deren Namen durch das Dritte Reich plötzlich wieder berühmt geworden sind, sind bloß zwei wirkliche Dichter, [Paul] Ernst und [Emil] Strauß, und Ernst ist im Augenblick des kommenden Ruhms gestorben (was wunderbar zu ihm paßt), und Strauß scheint alt, verbraucht und erloschen. Wenigstens hat er seit mehr als 10 Jahren nichts publiziert, und das einzige von ihm, was ich über seinen politischen Glauben zu lesen bekam, war eine große Enttäuschung: im «Völkischen Beobachter» stand ein Aufsatz von ihm, darin will er erzählen, wie er zu seinem Glauben an Hitler kam, aber man erfährt nur, daß er seit dem Kriege viel zu traurig und verdrossen gewesen sei, um sich politisch zu betätigen, er habe sich darauf beschränkt, die Erde zu bestellen und Brot zu bauen. Gut, ich verstehe das, aber wie kam er auf diesem Weg zu Hitler? So: er fährt eines Tages in der Bahn, weil er Saatkorn einkaufen muß. In der Bahn sitzt ihm eine sympathisch aussehende Frau gegenüber, er kommt mit ihr ins Gespräch, sie entdecken, daß sie beide das Vaterland lieben und die jetzigen Zustände unerträglich finden, und nun erzählt ihm die Dame, sie komme von München, und da sei einer, der halte Versammlungen und bereite das neue Deutschland vor, er heiße Hitler. Und so also hat Strauß Hitler kennengelernt, man erfährt kein Wort weiter. Eine liebe, nette Dame hat ihm erzählt, in München halte einer Volksreden, und siehe, das wurde der große Moment in Straußens Leben. Es ist mir furchtbar gewesen, das zu lesen, das Ganze war ein mäßiges, flaues Feuilleton, müde, ohne Spannung, sprachlich beinahe reizlos, es war das schwache müde Lächeln eines verbitterten alten Mannes. Wie liebte ich diesen Strauß, und wie liebe ich ihn noch heut! Und ich werfe ihm nicht vor, daß er Patriot ist, daß auch für ihn die Weltgeschichte mit Versailles beginnt, daß er für Hitler schwärmt, auf den Umweg über eine angenehme Reisebekanntschaft – nein, was ich ihm trotz aller Liebe nicht verzeihe, was ich nicht begreife ist: dieser Strauß hat seit sehr vielen Jahren geschwiegen, er war bekannt und war vorbildlich durch seine Strenge gegen sich, er gab keine Feuilletons und schlecht formulierte Tagesbekenntnisse von sich, er lebte einsam, streng, asketisch, er wog jedes Wort das er schrieb, er hat in den vielen schweren Jahren seit dem Krieg z. B. darauf verzichtet, jemals sich auszusprechen, sein Volk anzurufen, seine politischen Gegner zu stellen, nein, er hat Brot gebaut und Not gelitten, sauber und anständig. Aber kaum wird er von Hitlers Zeitung aufgefordert, da schreibt der alte Mann fahrig und ungekonnt diesen mäßigen, diesen törichten Aufsatz! Aber ich glaube Strauß besser zu kennen als seine jetzigen Anpreiser ihn kennen: ich glaube und weiß, daß er an diesem heutigen Ruhm, daß er an diesem so laut und schreierisch gewordenen Land und Volk trotz allem keine Freude hat, daß er im Herzen leidet, daß er sich darauf freut bald zu sterben, denn die Erfüllung, das Dritte Reich sieht so sehr anders aus als was dieser treue Deutsche mag geträumt haben.

Anders und einfacher steht es mit Finckh. Der liebe Finckh steht natürlich bei Kaiser und Reich, wie immer, und meint es im Herzen so treu und gut wie möglich, aber es kommt bei ihm manches hinzu, sein altes, trotz allem noch herzliches Verhältnis zu mir, sein schweres Leben, der Niedergang seines einstigen Ruhms und Erfolgs, die ewige Sorge, das ewige Zusehenmüssen, wie andre gepriesen werden und Erfolg haben. Trotz alledem hat er gegen mich seine Liebe und Anerkennung bewahrt, er anerkannte nicht bloß, daß ich literarisch ihm vielleicht über sei, er anerkannte sogar die Ehrlichkeit meiner politischen und moralischen Gesinnungen, obwohl sie nicht seine waren. Jetzt, im Reich der Lautsprecher, hat er mich plötzlich verraten. Nicht schlimm, und für mich nicht schädigend, vielleicht sogar ganz ohne es zu wissen. Er erließ soeben einen Aufruf an die «Hitlerjugend» Badens, die deutschen Dichter betreffend, worin er ihr rät, sie möge bei der Wahl ihrer Dichter nur brav dem eigenen Gefühl und Herzensinstinkt folgen, ihr dann aber doch eine Liste von Böcken und Schafen vorlegt. Und (was bis vorgestern noch ganz unmöglich gewesen wäre), Finckh überblickt den Bestand der heutigen deutschen Dichtung, das Gute und das Schlechte, und den verehrten Hesse läßt er dabei weg. Wahrscheinlich kaum bewußt. Aber er witterte bei mir Gefahr, er müßte mich dem Gefühl und der Überzeugung nach zu den wirklichen deutschen Dichtern stellen, er hat mich, wenn von deutscher Dichtung je die Rede war, stets beinahe allzu laut unter den Vordersten genannt und muß mich doch, meines Schweizertums und meiner politischen Auffassungen wegen, heute für verdächtig halten, und Konflikte liebt er nicht, er

kann weder den Hesse zu den deutschen Dichtern stellen noch bringt er es über sich, ihn zum Geschmeiß, zu den Juden, Asphaltdichtern etc zu stellen, und so verschluckt er halt den Namen. Und dann empfiehlt er der Hitlerjugend eine Reihe von Dichtern, die keine sind und die er selber bisher gar nicht heftig geliebt und gelesen hat. Außer Strauß und Ernst enthält seine Liste keinen echten Dichter, den Carossa vergißt er oder kennt er nicht, den Billinger ebenso, obwohl beide seiner Absicht sehr gedient hätten. Er nennt gerade die paar Namen, die heute von der Hitlerpresse am lautesten propagiert werden, und meint damit der Jugend ein Beispiel für selbständige Wahl ihrer Dichter zu geben. Er schreibt ein klischiertes, unter Durchschnitt schlechtes Feuilleton, begeht nebenbei, halbwissentlich, den kleinen Verrat an mir und an der stärksten Freundschaft und dem stärksten geistigen Einfluß seines Lebens, und steht höchstwahrscheinlich vor dieser Jugend doch nur als ein uninteressanter älterer Herr da, auf den keiner hört. Für mich folgt persönlich daraus keine Änderung im Verhalten zu ihm, ich halte ihm die Treue und anerkenne seine Tugenden, ich bin ja nicht Partei. Aber er ist mir ein besonders klares Beispiel für die Verbiegung, welche Denken, Geschmack, Herzenstakt durch die Massenpsychose erleiden, er zeigt mir besonders deutlich diese Deformierungen, diese gut gemeinten, nicht ins Bewußtsein der Erkrankten kommenden Verrohungen und Verzerrungen.

Und nun ist das Fatale und wieder Beunruhigende auch hier nicht leicht aufzudecken. Was ich da Logisches über Finckh und Strauß sage, über ihre Entgleisungen, über meine trotzdem fortbestehende Liebe zu ihnen, das trifft mein Problem noch gar nicht. Es quält mich nicht, daß geliebte und geachtete Männer Dummheiten machen, und daß ich dabei einige Spritzer wegkriege. Es quält mich etwas ganz andres. Ich sehe nämlich das, was ich bei Leuten wie Strauß und Finckh etc als «Tugenden» bezeichne (es sind wertvolle Eigenschaften, die ich an ihnen deshalb besonders achte, weil ich selber sie nicht oder nur viel schwächer besitze) – ich sehe diese «Tugenden» aufs Unlöslichste vermischt und verwachsen gerade mit dem für mich Unbegreiflichen und Abstoßenden und vermutlich ginge es ihnen, wenn sie in gleicher Art über mich nachdächten, ganz gleich. Ich sehe vor allem in der Art, wie sie «ihr» Volk und Vaterland lieben können, in der starken, blinden, bluthaften, unausrottbaren Art ihrer Liebe, die durch kein Leid, keine Macht, auch keine Vernunft zu beeinträchtigen ist, eine große Stärke und Tugend, obwohl sie zu sehr üblen Folgen führen kann. Ich neige dazu, jede starke Liebesfähigkeit zu bewundern, beinah zu beneiden, so wie ich auch bei den Frauen, die mich geliebt haben, immer der mit fast schlechtem Gewissen Bewundernde war, denn immer schien mir ihre Fähigkeit zur Hingabe an einen einzigen etwas unsäglich Starkes und auch Schönes, was mir aber fehlt, was ich bewundern, aber nicht nachahmen kann. Ich habe diese Gewalt der Hingabe an ein geliebtes Objekt nicht, vielmehr für mich ist dies Objekt nie ein materielles gewesen, nie eine Person oder ein Volk, sondern immer etwas ganz Überpersönliches, Gott, oder das All, oder die Menschheit, oder der Geist, oder die Tugend, oder der Begriff «Vollkommenheit». Ich weiß, daß auch mein Vater, und vielleicht auch Großvater Grundert etwas davon in sich hatte. Wenn nun ein Finckh oder sonstwer sich ganz nur als einen Teil seines Volks empfindet, wenn er auf Gedeih und Verderb an diesem Volk hängt, lieber mit ihm Elend leidet und verdirbt, als es losläßt, dann sehe ich darin dieselbe gewaltige, blinde, tödliche Kraft, mit der z. B. Finckh auch an seinen Kindern hängt. Auch der verstorbne Vater Wenger[1] z. B., ein urkräftiger und nicht ungefährlicher Mann, hatte das: für die Rettung seiner Familie hätte er sich Stück um Stück zerhacken lassen. Diese Liebe ist natürlich nicht in einem allgemeinen Sinne «Tugend», sie verträgt sich mit tausend Sünden, sie kann zu jedem Fanatismus und jeder Art von Töterei führen. Aber sie macht die Liebenden stark, blind und zu Heldentaten fähig, sie springt in Wasser und Feuer, sie löscht das Ich aus und gibt ihm zugleich Riesenkraft. Und zu dieser Art von Liebe fühle ich mich wenig begabt, es fehlt mir da, schon vom Körperlichen her, eine gewisse Ungebrochenheit und Saftigkeit des Wesens, ich bin dafür allzu schwach und zart, allzu «geistig», alles ohne Ironie gemeint. Auch ich, glaube ich, kann mich im äußersten Fall opfern, kann den Tod erleiden um nicht meinen Idealen untreu zu werden. Aber so für ein sichtbares Objekt zu jeder Stunde Egoismus und Bequemlichkeit, Ruhe und Arbeit, Kritik und Besinnung zu opfern, jederzeit zum Töten und Sterben bereit sein wie eine Tiermutter in der Wüste, dazu fühle ich nicht die Fähigkeit in mir, und will gar nicht versuchen, diesen Mangel als Tugend erscheinen zu lassen. So wie ich im täglichen Leben zur Absonderung, zum vielen Alleinsein, zur Meditation etc neige, so neige ich dem Volk gegenüber (das ich etwa im Sinn Dostojewskis, sehr

1 Theo Wenger, Vater von Hesses zweiter Frau, Ruth Wenger.

liebe) auch zur Absonderung etc. Das ist nichts Politisches, läßt sich also nicht daraus herleiten, daß ich eine eigentliche politische Zugehörigkeit nie erlebt habe. Sondern, wenn man mich nicht von außen nötigt, gleite ich immer ganz von selber abseits und in ein stilles Leben der Versunkenheit. Ich habe z. B. unser Dorf und die Bauern durchaus gern, ich übe viel weniger Kritik daran als etwa Ninon[1], aber ich komme doch nie mit ihm in Berührung. Kurz, ich bin theoretisch ein Heiliger, der alle Menschen liebt, und praktisch ein Egoist, der nie gestört sein mag. Ich ziehe mich von Volk und Mensch zurück, und glaube so halb und halb daran, daß das ein wenig gerechtfertigt wird durch meine Arbeit, die in der Einsamkeit und Stille geschieht und doch am Ende allen gehört. Aber vielleicht sind die Leser meiner Bücher, die mir Briefe schreiben, auch nur solche Abgesonderte wie ich, und finden bei mir nur eine Bestätigung ihres Wesens, eine Entschuldigung mehr für ihren Mangel an Liebesdynamik, an Hingabe, an Besessensein. Ich diene mit meinem Leben und meiner Arbeit einer kleinen Minorität von Sonderlingen und die Patrioten mögen recht haben, wenn sie finden, daß ich ein liebloser Verstandesmensch und Egoist sei. Jedenfalls aber scheint es so zu stehen, daß die Patrioten und Besessenen ein besseres Gewissen haben als ich, wenigstens glaube ich nicht, daß auch sie des öfteren so dasitzen und sich mit solchen Skrupeln abplagen wie ich.

Wenn nun also den über- und unterrationalen Vorgängen im Volk gegenüber meine Natur sich wieder ähnlich beengt und auch unsicher fühlt wie im Jahr 1914, so bin ich dennoch diesmal der «großen Zeit» weniger preisgegeben und habe sehr viel mehr Distanz als damals. Das damals Vollzogene an Kritik meiner selbst sowie an Kritik meines Volkes ist nicht vergessen, in allem Rationalen ist mein Wissen und mein Gewissen sicher und seiner selbst gewiß. Eben darum habe ich diesmal gar kein Bedürfnis, mitzureden, öffentlich mitzutun, Kritik zu üben oder Opposition zu machen. Ich habe mir zwar vorzuwerfen, daß meine Natur die Seelenregung meines Volkes nicht mitmacht, aber darüber, ob diese Regungen gute oder böse seien, bin ich ohne Zweifel. Darum kann ich den Wunsch von vielen Wohlmeinenden auch nicht teilen, Deutschland möchte in seiner jetzigen Bewegung von einem Bankrott bewahrt bleiben, ich halte einen frühen Bankrott für viel besser als einen späten. Sowohl die Verlogenheit der Geschichte gegenüber, die diese Führer auszeich-

1 Ninon Dolbin geb. Ausländer, Hesses dritte Frau.

net, wie auch ihre wilden Methoden im Ausradieren, verbieten und Unterdrücken alles dessen, vor dem sie Angst haben, vor allem jeder Wahrheit und Selbstkritik, verurteilt das Ganze ja ohne Weiteres – aber eben nur für den, der sie «von außen» und «objektiv» betrachtet. Für den, der sie rein biologisch als einen Anlauf und Rausch miterlebt, ist es anders. Viele der Briefe, die ich von dort bekomme, sind wie im höchsten Fieber geschrieben, ganz wie Briefe aus dem August 1914, brennend, berauscht, besoffen, Haßlieder, Amoklieder. Die andern Stimmen sind seltener, weil niemand aus dem Reich offen zu schreiben wagt, alles zittert ja vor Spionage, Geheimpolizei, Denunziantentum. Aber wenn je und je doch ein Brief offener redet, oder einer der Nichtberauschten in die Schweiz zu uns kommt, dann hört man Töne des Leidens, der Entrüstung oder der Resignation, auf die mein ganzes Wesen sofort ohne jede Hemmung reagiert. Auch jetzt wieder stehe ich mit dem Herzen dort, wo die Unterdrückten und Gemaßregelten stehn: die Mißhandelten, Gefangenen, die Juden, die Vertriebenen. Nur heißt das nicht, daß ich so unbedingt mit der Emigranten-Mentalität einig wäre! Ich kann dieser Partei so wenig beitreten wie einer andern. Übrigens hat das dritte Reich mich bis jetzt ganz und gar in Ruhe gelassen, keins meiner Bücher ist angeprangert, keine Zeitung hat sich verschlossen, ich bekomme bisher auch meine Einkünfte weiter, die freilich sehr klein geworden sind, da fast niemand mehr ein Buch kauft.

Aus dem Rigi-Tagebuch

Die Post bringt jetzt zuweilen seltene Überraschungen, auch gestern gab es eine: Briefe aus Deutschland! Irgend jemand war aus Stuttgart in die Schweiz gelangt und hatte Briefe für mich von ein paar schwäbischen Freunden mitgebracht, die sandte er mir und bot mir auch an, meine Antworten weiterzuleiten. Es waren nicht zufällige Briefe von Unbekannten, sondern erwartete von Freunden, und wenn ich auch über die größten meiner deutschen Sorgen nichts Neues erfuhr, so bekam ich doch zum erstenmal von einigen deutschen Intellektuellen, die weit über dem Durchschnitt stehen, direkte Mitteilungen über ihre Erlebnisse und Gedanken seit dem Zusammenbruch. Es sind unter diesen meinen Freunden natürlich keine Gläubigen des Dritten Reiches oder gar Nutznießer der Hitlerherrschaft; sie alle sind vom ersten Tage an wache und tief beunruhigte Zeugen seines Großwerdens und seiner Herrschaft gewesen, viele von ihnen haben sich in Leiden und Opfern treu bewährt, haben Amt und Brot verloren, sind in Gefängnissen gesessen, haben jahrelang wissend und ohnmächtig dem anwachsenden Unheil und der immer greller aufschießenden Teufelei zusehen müssen, haben seit dem Beginn des Krieges mit blutendem Herzen ihrem eigenen Volk die Niederlage und sich selber oftmals den Tod gewünscht. Die Geschichte dieser Schicht des deutschen Volkes ist noch nicht geschrieben, ihre Existenz im Auslande noch kaum erkannt. Ein Teil dieser Leute war früher liberal und süddeutsch-demokratisch gesinnt, ein Teil katholisch, ein großer Teil sozialistisch.

Diese Menschen nun, von denen ich glaube, daß sie zur Zeit die leidgeprüftesten, reifsten und weisesten in Europa sind, haben teils bewußt und willentlich, teils unbewußt und instinktiv versucht, sich völlig von allem Nationalismus zu befreien. Der kämpfende Franzose, Italiener, der hungernde und leidende Holländer oder Grieche, der schwergeprüfte Pole, ja selbst der verfolgte, zu Herden in Folter und Tod getriebene Jude – sie hatten alle in ihrem für uns unausdenklichen Leide noch das eine: Gemeinsamkeit, Schicksalsgenossen, Kameraden, ein Volk, eine Zugehörigkeit. Das hatten die Hitlergegner und Hitleropfer innerhalb Deutschlands nicht, oder nur soweit sie nicht schon umgebracht waren, verschwanden fast alle in die Höllen der Gefängnisse und Straflager. Übrig blieben die nicht organisierten Gutgesinnten und Vernünftigen, und sie fanden sich von Spionage, Spitzeltum, Denunziation immer mehr ins Enge getrieben, lebten in einer zuletzt kaum mehr atembaren Atmosphäre von Gift und Lüge, sahen die Mehrheit ihres Volkes von einem scheußlichen, ihnen unverständlichen und bösartigen Rausch ergriffen. Ich glaube, daß die Mehrzahl derer, welche diesen zwölf Jahre dauernden Angsttraum überlebt haben, gebrochen und zur aktiven Teilnahme an einem Wiederaufbau nicht mehr fähig ist. Wohl aber können sie unendlich viel beitragen zur geistigen und moralischen Erweckung ihres Volkes, das vorläufig noch gar nicht begonnen hat, das Geschehene und von ihm zu Verantwortende ins Bewußtsein einzulassen. Der müden Stumpfheit des Volkes steht bei jedem Wachgebliebenen eine ungeheuer empfindliche Bereitschaft für die Bewältigung der Schuldfrage, ein höchst zart und wund gewordenes Gewissen gegenüber.

Eines nun ist allen Äußerungen dieser wahrhaft guten Deutschen gemeinsam: die höchste Sensibilität für den Ton jener Aufklärungs- und Strafpredigten, welche jetzt, etwas spät, von den demokratischen Völkern an das deutsche gerichtet werden. Zum Teil werden diese Aufsätze und Broschüren, wirkungsvoll gekürzt, von den Besetzungsmächten propagiert. Das geschah auch mit dem Essay von C. G. Jung über Deutschlands «Kollektivschuld», und die einzige Schicht des deutschen Volkes, die zur Zeit überhaupt ein Ohr für diese Äußerungen hat und bereit wäre, zu lernen, reagiert auf sie mit einer Empfindlichkeit, über die man erschrickt. Kein Zweifel: die Predigten haben in sehr vielem vollkommen recht: nur erreichen sie das deutsche Volk nicht, sondern statt seiner gerade die wertvollste und edelste Schicht, wo das Gewissen längst überwach ist.

Ich kann jene Aufsätze, die ich Predigten nenne, meinen schwäbischen Freunden gegenüber nicht in Schutz nehmen, ich gebe sie preis. Ich habe diesen Freunden überhaupt nichts zu sagen. Wie sollte ein Mensch, der in einem unzerstörten Hause sitzt und täglich zu essen hat, der in den letzten Jahren zwar Ärger und Sorgen, aber keine unmittelbare Bedrohung oder gar Vergewaltigung erfahren hat, diesen in jedem Leid Geprüften etwas zu sagen haben! Aber wenigstens in einem Punkt kann ich den Freunden drüben einen Rat und Zuspruch geben. Mögen sie mir in allem andern weit überlegen sein, in einem Punkt habe ich ältere Erfahrungen als sie, nämlich in der Loslösung vom Nationalismus. Die habe ich nicht unter Hitler oder unter den alliierten Bomben, sondern in den Jahren 1914 bis 1918 vollzogen, und sie wieder und wieder revidiert. Und so kann ich meinen Freunden in Schwaben schreiben: «Das einzige in euren Briefen, was ich nicht ganz verstehe, ist eure Empörung über gewisse Artikel, die euer Volk über seine Schuld aufklären wollen. Ich möchte euch recht laut zurufen: versäumet nicht wieder das wenige Gute, was der Zusammenbruch euch anbietet! Damals, im Jahre 1918, konntet ihr eine Republik statt einer Monarchie mit schlechter Verfassung haben. Und jetzt könntet ihr, mitten im Elend, wieder etwas haben und erleben, ein neues Stück Entfaltung und Menschwerdung, das ihr vor den Siegern und den Neutralen voraus habt: ihr könnt den Wahn jedes Nationalismus, den ihr ja im Grunde längst schon haßt, durchschauen und euch von ihm befreien. Ihr habt das schon weitgehend getan, aber doch noch nicht weitgehend, nicht gründlich genug. Denn wenn ihr diese Entwicklung in euch vollends vollzogen habt, dann werdet ihr über das deutsche Volk und die Kollektivschuld noch ganz andere Worte, dann werdet ihr jede Beleidigung oder Provokation ganzer Völker lesen oder anhören können, ohne euch im mindesten mitbetroffen zu fühlen. Tut diesen Schritt vollends zu Ende, und ihr werdet, ihr wenigen, eurem eigenen und jedem andern Volk an Menschenwert überlegen und einen Schritt näher bei Tao sein.»

(1945)

Worte zum Bankett anläßlich der Nobel-Feier

Indem ich Sie bei Ihrem festlichen Zusammensein herzlich und ehrerbietig begrüße, gebe ich vor allem meinem Bedauern darüber Ausdruck, daß ich nicht selbst Ihr Gast sein, Sie begrüßen und Ihnen danken kann. Ich bin stets von sehr zarter Gesundheit gewesen, und die Strapazen der Jahre seit 1933, die mein gesamtes Lebenswerk in Deutschland vernichtet und mich immer und immer wieder mit schweren Pflichten beladen haben, haben mich vollends dauernd invalide gemacht. Doch bin ich geistig ungebrochen und fühle mich mit Ihnen allen vor allem durch den Gedanken verbunden, welcher der Stiftung Nobels zugrunde liegt, den Gedanken von der Über-Nationalität und Internationalität des Geistes und seiner Verpflichtung, nicht dem Kriege und der Zerstörung, sondern dem Frieden und der Versöhnung zu dienen. Darin, daß der mir verliehene Preis zugleich eine Anerkennung der deutschen Sprache und des deutschen Beitrags an die Kultur bedeutet, sehe ich eine Gebärde der Versöhnlichkeit und des guten Willens, die geistige Zusammenarbeit aller Völker wieder anzubahnen.

Doch ist mein Ideal keineswegs eine Verwischung der nationalen Charaktere zugunsten einer geistig uniformierten Gesamtmenschheit. O nein, es lebe die Mannigfaltigkeit, die Differenzierung und Stufung auf unserer lieben Erde! Herrlich ist es, daß es viele Rassen und Völker gibt, viele Sprachen, viele Spielarten der Mentalität und Weltanschauungen. Wenn ich ein Hasser und unversöhnlicher Gegner der Kriege, der Eroberungen und Annexionen bin, so bin ich es unter andrem auch aus dem Grunde, weil diesen finstern Mächten so viel an geschichtlich Gewordenem, hoch Individualisiertem, reich Differenziertem an menschlicher Kultur zum Opfer fällt. Ich bin ein Feind der «grands simplificateurs» und ein Liebhaber der Qualität, des Durchgeformten, Unnachahmlichen. Und so begrüße ich, als Ihr dankbarer Gast und Kollege, Ihr Land Schweden, seine Sprache und Kultur, seine reiche und stolze Geschichte, seine Widerstandskraft im Erhalten und Ausbilden seiner natürlichen Eigenart.

Ich bin nie in Schweden gewesen, aber es ist aus Ihrem Lande schon seit Jahrzehnten manches Gute und Freundliche mir zugekommen seit jenem ersten Geschenk, das ich aus Schweden erhielt: es war wohl vor vierzig Jahren, und war ein schwedisches Buch, die Erstausgabe der «Christuslegenden», mit einer Widmung von der Hand von Selma Lagerlöf. Im Lauf der Jahre habe ich mit ihrem Lande manchen wertvollen Austausch gehabt bis zu dem letzten großen Geschenk, mit dem es mich soeben überrascht hat. Ich spreche ihm meinen tiefempfundenen Dank aus.

(1946)

Über das Alter

Das Greisenalter ist eine Stufe unsres Lebens und hat wie alle andern Lebensstufen ein eigenes Gesicht, eine eigene Atmosphäre und Temperatur, eigene Freuden und Nöte. Wir Alten mit den weißen Haaren haben gleich allen unsern jüngern Menschenbrüdern unsre Aufgabe, die unsrem Dasein den Sinn gibt, und auch ein Todkranker und Sterbender, den in seinem Bett kaum noch ein Anruf aus dieser diesseitigen Welt zu erreichen vermag, hat seine Aufgabe, hat Wichtiges und Notwendiges zu erfüllen. Altsein ist eine ebenso schöne und heilige Aufgabe wie Jungsein, Sterbenlernen und Sterben ist eine ebenso wertvolle Funktion wie jede andre – vorausgesetzt, daß sie mit Ehrfurcht vor dem Sinn und der Heiligkeit alles Lebens vollzogen wird. Ein Alter, der das Altsein, die weißen Haare und die Todesnähe nur haßt und fürchtet, ist kein würdiger Vertreter seiner Lebensstufe, so wenig wie ein junger und kräftiger Mensch, der seinen Beruf und seine tägliche Arbeit haßt und sich ihnen zu entziehen sucht.

Kurz gesagt: um als Alter seinen Sinn zu erfüllen und seiner Aufgabe gerecht zu werden, muß man mit dem Alter und allem, was es mit sich bringt, einverstanden sein, man muß ja dazu sagen. Ohne dieses ja, ohne die Hingabe an das, was die Natur von uns fordert, geht uns der Wert und Sinn unsrer Tage – wir mögen alt oder jung sein – verloren, und wir betrügen das Leben.

Jeder weiß, daß das Greisenalter Beschwerden bringt und daß an seinem Ende der Tod steht. Man muß Jahr um Jahr Opfer bringen und Verzichte leisten. Man muß seinen Sinnen und Kräften mißtrauen lernen. Der Weg, der vor kurzem noch ein kleines Spaziergängchen war, wird lang und mühsam, und eines Tages können wir ihn nicht mehr gehen. Auf die Speise, die wir zeitlebens so gern gegessen haben, müssen wir verzichten. Die körperlichen Freuden und Genüsse werden seltener und müssen immer teurer bezahlt werden. Und dann alle die Gebrechen und Krankheiten, das Schwachwerden der Sinne, das Erlahmen der Organe, die vielen Schmerzen, zumal in den oft so langen und bangen Nächten – all das ist nicht wegzuleugnen, es ist bittere Wirklichkeit. Aber ärmlich und traurig wäre es, sich einzig diesem Prozeß des Verfalls hinzugeben und nicht zu sehen, daß auch das Greisenalter sein Gutes, seine Vorzüge, seine Trostquellen und Freuden hat. Wenn zwei alte Leute einander treffen, sollten sie nicht bloß von der verfluchten Gicht, von den steifen Gliedern und der Atemnot beim Treppensteigen sprechen, sie sollten nicht bloß ihre Leiden und Ärgernisse austauschen, sondern auch ihre heiteren und tröstlichen Erlebnisse und Erfahrungen. Und deren gibt es viele.

Wenn ich an diese positive und schöne Seite im Leben der Alten erinnere und daran, daß wir Weißhaarigen auch Quellen der Kraft, der Geduld, der Freude kennen, die im Leben der Jungen keine Rolle spielen, dann steht es mir nicht zu, von den Tröstungen der Religion und Kirche zu sprechen. Dies ist Sache des Priesters. Wohl aber kann ich einige von den Gaben, die das Alter uns schenkt, dankbar mit Namen nennen. Die mir teuerste dieser Gaben ist der Schatz an Bildern, die man nach einem langen Leben im Gedächtnis trägt und denen man sich mit dem Schwinden der Aktivität mit ganz anderer Teilnahme zuwendet als jemals zuvor. Menschengestalten und Menschengesichter, die seit sechzig und siebzig Jahren nicht mehr auf der Erde sind, leben in uns weiter, gehören uns, leisten uns Gesellschaft, blicken uns aus lebenden Augen an. Häuser, Gärten, Städte, die inzwischen verschwunden oder völlig verändert sind, sehen wir unversehrt wie einst, und ferne Gebirge und Meeresküsten, die wir vor Jahrzehnten auf Reisen gesehen, finden wir frisch und farbig in unsrem Bilderbuche wieder. Das Schauen, das Betrachten, die Kontemplation wird immer mehr zu einer Gewohnheit und Übung, und unmerklich durchdringt die Stimmung und Haltung des Betrachtenden unser ganzes Verhalten. Von Wünschen, Träumen, Begierden, Leidenschaften gejagt sind wir, wie die Mehrzahl der Menschen, durch die Jahre und Jahrzehnte unsres Lebens gestürmt, ungeduldig, gespannt, erwartungsvoll, von Erfüllungen oder Enttäuschungen heftig erregt – und heute, im großen Bilderbuch unsres eigenen Lebens behutsam blätternd, wundern wir uns darüber, wie schön und gut es sein kann, jener Jagd und Hetze entronnen und in die vita contemplativa gelangt zu sein. Hier, in diesem Garten der Greise, blühen manche Blumen, an deren Pflege wir früher kaum gedacht haben. Da blüht die Blume der Geduld, ein edles Kraut, wir werden gelassener, nachsichtiger, und je geringer unser Verlangen nach Eingriff und Tat wird, desto größer wird unsre Fähigkeit, dem Leben der Natur und dem Leben der

Mitmenschen zuzuschauen und zuzuhören, es ohne Kritik und mit immer neuem Erstaunen über seine Mannigfaltigkeit an uns vorüberziehen zu lassen, manchmal mit Teilnahme und stillem Bedauern, manchmal mit Lachen, mit heller Freude, mit Humor.

Neulich stand ich in meinem Garten, hatte ein Feuer brennen und speiste es mit Laub und dürren Zweigen. Da kam eine alte Frau, wohl gegen achtzig Jahre alt, an der Weißdornhecke vorbei, blieb stehen und sah mir zu. Ich grüßte, da lachte sie und sagte: «Sie haben ganz recht mit Ihrem Feuerchen. Man muß sich in unsrem Alter so allmählich mit der Hölle anfreunden.» Damit war die Tonart eines Gesprächs angeschlagen, in dem wir einander allerlei Leiden und Entbehrungen klagten, aber immer im Ton des Spaßes. Und am Ende unsrer Unterhaltung gestanden wir uns ein, daß wir trotz alledem ja eigentlich noch gar nicht so furchtbar alt seien und kaum als richtige Greise gelten könnten, solang in unsrem Dorf noch unsre Älteste, die Hundertjährige, lebe.

Wenn die ganz jungen Leute mit der Überlegenheit ihrer Kraft und ihrer Ahnungslosigkeit hinter uns her lachen und unsern beschwerlichen Gang, unsre paar weißen Haare und unsre sehnigen Hälse komisch finden, dann erinnern wir uns daran, wie wir einst, im Besitz der gleichen Kraft und Ahnungslosigkeit, ebenfalls gelächelt haben, und kommen uns nicht unterlegen und besiegt vor, sondern freuen uns darüber, daß wir dieser Lebensstufe entwachsen und ein klein wenig klüger und duldsamer geworden sind.

(1952)

Engadiner Erlebnisse

Liebe Freunde

... Zu den mir bestimmten, mir gemäßen und wichtigen Erlebnissen gehören nächst den menschlichen und geistigen auch die der Landschaft. Außer den Landschaften, die mir Heimat waren und zu den formenden Elementen meines Lebens gehören: Schwarzwald, Basel, Bodensee, Bern, Tessin habe ich einige, nicht sehr viele, charakteristische Landschaften mir durch Reise, Wanderung, Malversuche und andre Studien angeeignet und sie als für mich wesentlich und wegweisend erlebt, so Oberitalien und namentlich die Toskana, das Mittelländische Meer, Teile von Deutschland und andre. Gesehen habe ich viele Landschaften und gefallen haben mir beinahe alle, aber zu schicksalhaft mir zugedachten, mich tief und nachhaltig ansprechenden, allmählich zu kleinen zweiten Heimatländern aufblühenden würden mir nur ganz wenige, und wohl die schönste, am stärksten auf mich wirkende von diesen Landschaften ist das obere Engadin.

Ich bin in diesem Hochtal wohl etwa zehnmal gewesen, einigemale nur für Tage, des öftern aber für Wochen. Ich sah es zum erstenmal vor beinah fünfzig Jahren, da brachte ich als junger Mann eine Ferienzeit in Preda über Bergün zu, zusammen mit meiner Frau und meinem Jugendfreund Finckh, und als es Zeit wurde, heimzukehren, entschlossen wir uns, noch eine tüchtige Wanderung zu machen. In Bergün unten schlug mir ein Schuster neue Nägel in die Sohlen, und zu dreien wanderten wir mit Rucksäcken über die Albula die lange schöne Bergstraße und dann die noch sehr viel längere Talstraße von Ponte nach St. Moritz, auf einer Landstraße ohne Automobile, aber mit unendlich vielen kleinen ein- und zweispännigen Wägelchen, in einem nicht aufhörenden Staubgewölk. In St. Moritz dann verabschiedete sich meine Frau und reiste mit der Bahn nach Hause. Während nun mein Kamerad, der die Höhe schlecht ertrug und nachts nicht schlief, immer stiller und mißlauniger wurde, kam mir trotz Staub und Hitze das oberste Inntal wie ein vorgeträumtes Paradies entgegen. Ich spürte, daß diese Berge und Seen, diese Baum- und Blumenwelt mir mehr zu sagen habe, als bei diesem ersten Anblick voll aufzunehmen und mir anzueignen möglich sei, daß es mich irgend einmal hierher zurückziehen würde, daß dieses so strenge wie formenreiche, so ernste wie harmonische Hochtal mich angehe, mir etwas Wertvolles zu geben oder etwas von mir zu fordern habe. Nach einem Übernachten in Sils Maria (wo ich heute wieder bin und diese Notizen schreibe) standen wir am letzten der Engadiner Seen, ich forderte meinen reisemüden Freund vergeblich auf, er möge doch die Augen auftun, über den See weg nach Maloja und gegen das Bergell blicken und sehen, wie unerhört edel und schön dies Bild sei, es war vergeblich, und gereizt sagte er, mit ausgestrecktem Arm in die gewaltige Raumtiefe weisend: «Ach was, das ist eine ganz gewöhnliche Kulissenwirkung.» Worauf ich ihm vorschlug, er möge die Landstraße nach Maloja gehen, während ich auf der andern Seeseite den Fußweg nahm. Am Abend saß auf der Terrasse der Osteria Vecchia jeder von uns beiden, weit vom andern, allein an einem Tischchen und aß seinen Imbiß, erst am nächsten Morgen versöhnten wir uns und sprangen vergnügt die Abkürzungen der Bergellstraße hinab.

Das zweitemal war ich wenige Jahre später in Sils zu einer Zusammenkunft mit meinem Berliner Verleger S. Fischer, nur für zwei oder drei Tage, und wohnte als sein Gast im selben Hotel, das ich in den letzten Jahren jeden Sommer wieder aufsuche. Dieser zweite Aufenthalt hinterließ nur wenige Eindrücke, doch erinnere ich mich eines schönen Abends mit Arthur Holitscher und seiner Frau, wir hatten einander damals viel zu sagen.

Und dann war noch ein andres Erlebnis da, ein Anblick, der mir seither bei jedem Wiedersehen wieder teuer und wichtig wurde und das Herz bewegte: Das dicht an den Felshang gedrückte etwas düstere Haus, in dem Nietzsche seine Engadiner Wohnung hatte. Inmitten der lauten bunten Sport- und Touristenwelt und der großen Hotels steht es heute trotzig und blickt etwas verdrossen, wie angewidert, Ehrfurcht und Mitleid weckend und dringlich mahnend an das hohe Menschenbild, das der Eremit auch noch in seinen Irrlehren aufgerichtet hat.

Darauf vergingen Jahre, ohne daß ich das Engadin wiedergesehen hätte. Es waren meine Berner Jahre, es waren die traurigen Kriegsjahre. Da, als ich zu Anfang des Jahres 1917 vom Arzt dringend wegkommandiert wurde, krank von meiner Kriegsarbeit und noch mehr vom Kriegselend überhaupt, war ein schwäbischer Freund von mir in einem Kurhaus über St. Moritz und lud mich dorthin ein.

Es war mitten im Winter, dem bitteren dritten Kriegswinter, und ich lernte das Tal, seine Schönheiten, seine Schroffheiten und seine Heil- und Trostkräfte von einer neuen Seite kennen, lernte wieder schlafen, wieder mit Appetit essen, brachte die Tage auf Skiern oder Schlittschuhen zu, konnte nach einer kleinen Weile wieder Gespräch und Musik ertragen, sogar ein wenig arbeiten, stieg zuweilen allein auf Skiern zur Corvigliahütte hinauf, zu der noch keine Seilbahn führte, und war meistens der einzige Mensch oben. Und dort erlebte ich, im Februar 1917, auch einen unvergessenen Morgen in St. Moritz. Ich hatte dort etwas zu besorgen, und als ich den Platz vor der Post betrat, kam aus dem Postgebäude, vor dem auffallend viele Menschen sich gesammelt hatten, ein Mann mit Pelzmütze heraus und begann laut aus einem soeben eingetroffenen Extrablatt vorzulesen. Die Leute umdrängten ihn, auch ich lief zu ihm hinüber, und der erste Satz, den ich verstehen konnte, lautete: «Le czar démissiona». Es war die Nachricht von der russischen Februarrevolution. Ich bin seither hundertmal durch St. Moritz gefahren oder gegangen, aber selten ohne an jener Stelle des Februarmorgens von 1917 zu gedenken, und meiner damaligen Freunde und Wirte, von denen längst keiner mehr lebt, und jenes Rucks und Schocks in der Seele, den ich empfand, als nach einem kurzen Patienten- und Rekonvaleszentendasein im Frieden der Chantarella die Stimme jenes Vorlesers mich drohend und mahnend in die Gegenwart und Weltgeschichte zurückrief...

(1953)

Notizblätter um Ostern

Es gehört zu der Stimmung und eigentümlich lockeren Konsistenz der späten Lebenstage, daß das Leben sehr an Wirklichkeit, oder Wirklichkeitsnähe, verliert, daß die Wirklichkeit, an sich schon eine etwas unsichere Dimension des Lebens, dünner und durchsichtiger wird, daß sie ihren Anspruch an uns nicht mehr mit der früheren Gewalt und Rücksichtslosigkeit geltend macht, daß sie mit sich reden, mit sich spielen, mit sich handeln läßt. Die Wirklichkeit für uns Alte ist nicht mehr das Leben, sondern der Tod, und den erwarten wir nicht mehr von außen, sondern wissen ihn in uns wohnen; wir wehren uns zwar gegen die Beschwerden und Schmerzen, die seine Nähe uns bringt, nicht aber gegen ihn selbst, wir haben ihn angenommen, und wenn wir uns etwas mehr als früher hüten und pflegen, so hüten und pflegen wir ihn mit, er ist bei uns und in uns, er ist unsre Luft, unsre Aufgabe, unsre Wirklichkeit.

Darüber verliert nun die Umwelt und Wirklichkeit, die uns einst umgab, sehr viel an Realität, ja sogar an Wahrscheinlichkeit, sie ist nicht mehr selbstverständlich und unbestritten gültig, wir können sie bald annehmen, bald ablehnen, wir haben eine gewisse Macht über sie. Das tägliche Leben gewinnt dadurch eine Art von spielerischer Surrealität, die alten, festen Systeme gelten nicht mehr so recht, die Aspekte und Akzente haben sich verschoben, die Vergangenheit stieg im Verhältnis zur Gegenwart hoch im Wert, und die Zukunft interessiert uns überhaupt nicht mehr ernstlich. Damit bekommt unser Verhalten im Alltag, vor der Vernunft und von den alten Regeln aus betrachtet, etwas Verantwortungsloses, Unernstes, Spielerisches, es ist jenes Verhalten, das der Volksmund «Kindischwerden» nennt. Es ist viel Richtiges daran, und ich zweifle nicht, daß ich ahnungslos und zwangsläufig eine Menge von kindischen Reaktionen auf die Umwelt hervorbringe. Doch geschehen sie, wie die Beobachtung mich lehrt, durchaus nicht immer ahnungslos und unkontrolliert. Es kann von alten Leuten Kindisches, Unpraktisches, Unrentables und Spielerisches auch bei vollem (oder halbem?) Bewußtsein und mit einer ähnlichen Art von Spielgenuß getan werden, wie ihn das Kind empfindet, wenn es mit der Puppe spricht oder lediglich durch seine eigene Stimmung und Gesinnung den kleinen Küchengarten der Mutter in einen von Tigern, Schlangen und feindlichen Indianerstämmen belebten Urwald umzaubert.

Ein Beispiel: Dieser Tage ging ich des Vormittags nach gelesener Post in den Garten. Ich sage «Garten», doch ist es in Wirklichkeit ein ziemlich steiler und sehr im Verwildern begriffener Grashang mit einigen Rebenterrassen, wo die Rebstöcke zwar von unsrem alten Taglöhner gut gehalten werden, alles andre aber die heftige Tendenz zeigt, sich in Wald zurückzuverwandeln. Wo vor zwei Jahren noch Wiese war, da ist das Gras jetzt dünn und kahl, statt seiner gedeihen Anemonen, Salomonssiegel, Einbeere, Heidelbeere, da und dort auch schon Brombeere und Heidekraut, dazwischen überall wolliges Moos. Dies Moos samt seinen Nachbarpflanzen müßte von Schafen abgeweidet und der Boden von ihren Hufen festgetreten werden, um die Wiese zu retten, aber wir haben keine Schafe und hätten für die gerettete Wiese auch keinen Dung, und so kriecht das zähe Wurzelgeflecht der Heidelbeere und ihrer Kameraden von Jahr zu Jahr tiefer ins Grasland hinein, dessen Erde damit wieder zu Waldboden wird.

Je nach Laune sehe ich dieser Rückverwandlung mit Unmut oder mit Vergnügen zu. Manchmal mache ich mich über ein Stückchen der sterbenden Wiese her, gehe dem wuchernden Wildwuchs mit Rechen und Fingern zu Leibe, kämme ohne Erbarmen die Moospolster zwischen den bedrängten Grasbüscheln heraus, reiße ein Körbchen voll Heidelbeerkraut mit den Wurzeln aus, ohne doch an einen Nutzen dieses Tuns zu glauben, wie denn meine Gärtnerei im Lauf der Jahre ganz zu einem Einsiedlerspiel ohne praktischen Sinn geworden ist, das heißt einen solchen Sinn hat es nur für mich allein, als persönliche Hygiene und Ökonomie. Ich brauche, wenn die Schmerzen in Augen und Kopf zu lästig werden, einen Wechsel der mechanischen Tätigkeit, eine physische Umstellung. Die in langen Jahren von mir zu diesem Zweck erfundene gärtnerische und köhlerische Scheinarbeit hat nicht nur dieser körperlichen Umstellung und Entspannung zu dienen, sondern auch der Meditation, dem Fortspinnen von Phantasiefäden und der Konzentration von Seelenstimmungen. – Zuweilen also suche ich meiner Wiese das Waldwerden etwas zu erschweren. Ein andermal bleibe ich vor jenem Erdwall stehen, den wir vor mehr als zwanzig Jahren am Südrand des Grundstücks aufgeworfen haben, er besteht aus der Erde und den zahllosen Steinen, die beim Ziehen eines Schutzgrabens, zur

Abhaltung des benachbarten Waldes, ausgehoben wurden, und war einst mit Himbeeren bepflanzt. Jetzt ist dieser Wall mit Moos, Waldgräsern, Farnen, Heidelbeeren überzogen, und einige schon ganz stattliche Bäume, namentlich eine schattige Linde, stehen dort als Vorposten des langsam wieder andrängenden Waldes. Ich hatte, an diesem besonderen Vormittag, nichts gegen Moos und Gestrüpp, gegen Verwilderung und Wald, sondern sah dem Gedeihen der wilden Pflanzenwelt mit Bewunderung und Vergnügen zu. Und in der Wiese standen überall die jungen Narzissen, mit fleischigem Blattwerk, noch nicht ganz erblüht, mit noch geschlossenen, noch nicht weißen, sondern sanftgelben Kelchen von der Farbe der Freesien.

Ich ging also langsam durch den Garten, sah mir das junge, rotbraune und von der Morgensonne durchschienene Rosenlaub und die kahlen Strünke der eben wieder ausgepflanzten Dahlien an, zwischen denen mit unbändiger Lebenskraft die feisten Schäfte der Türkenbundlilien emporstrebten, hörte weiter unten im Gelände den treuen Weinbergmann Lorenzo mit Gießkannen klappern und beschloß, ihn anzusprechen und allerlei Gartenpolitik mit ihm zu beraten. Langsam stieg ich von Terrasse zu Terrasse den Hang hinab, mit einigem Werkzeug bewaffnet, freute mich an den Traubenhyazinthen im Grase, die ich vor vielen Jahren einst zu Hunderten über den Hang verteilt habe, überlegte mir, welches Beet dies Jahr für die Zinnien in Betracht komme, sah mit Freude den schönen Goldlack blühen und sah mit Unbehagen die Lücken und brüchigen Stellen in der aus Zweigen geflochtenen Umzäunung des oberen Komposthaufens, der ganz mit dem schönen Rot der gefallenen Kamelienblüten bedeckt war. Ich stieg vollends hinab bis zum ebenen Gemüsegarten, begrüßte Lorenzo und brachte das geplante Gespräch in Gang durch die Frage nach seinem und seiner Frau Befinden und einen Meinungsaustausch über das Wetter. Gut, daß offenbar etwas Regen kommen würde, meinte ich. Lorenzo aber, der beinah gleich alt ist wie ich, stützte sich auf seinen Spaten, warf einen kurzen schrägen Blick auf das treibende Gewölk und schüttelte den grauen Kopf. Es werde heut kein Regen kommen. Man könne ja nie wissen, es gebe auch Überraschungen, obgleich ..., und nochmals schielte er listig himmelwärts, schüttelte den Kopf energischer und schloß das Regengespräch: «No, Signore.»

Wir sprachen nun von den Gemüsen, den frisch gesteckten Zwiebeln, ich lobte alles sehr und lenkte zu meinen eigentlichen Anliegen hinüber. Die Umzäunung droben beim Komposthaufen könnte wohl nicht lang mehr halten, ich würde zu ihrer Erneuerung raten, natürlich nicht gerade jetzt, wo es alle Hände voll und mehr noch zu tun gäbe, aber so gegen den Herbst oder Winter hin vielleicht einmal? Er war einverstanden, und wir fanden, wenn er dann an diese Arbeit gehe, wäre es richtig, nicht bloß das Geflecht aus grünen Kastanienästen zu erneuern, sondern auch gleich die Pfähle. Sie würden zwar schon noch ein Jährchen standhalten, aber es wäre doch besser ... Ja, sagte ich, und da wir schon vom Komposthaufen sprächen, wäre es mir auch lieb, wenn er im Herbst nicht wieder die ganze gute Erde den oberen Beeten geben, sondern mir etwas für die Blumenterrasse beiseite tun würde, wenigstens ein paar Schubkarren voll. Gut, und dann dürften wir auch nicht vergessen, dies Jahr die Erdbeeren zu vermehren und das unterste Erdbeerenbeet, das bei der Hecke, das schon manche Jahre stehe, abzuräumen. Und so fiel bald mir, bald ihm noch dies und jenes Gute und Nützliche ein, für den Sommer, für den September, für den Herbst. Und nachdem wir das alles schön durchgesprochen hatten, ging ich weiter, und Lorenzo machte sich wieder an die Arbeit, und wir waren beide mit den Ergebnissen unserer Beratung zufrieden.

Keinem von uns war es eingefallen, etwa plump an einen uns beiden wohlbekannten Sachverhalt zu erinnern, was unser Gespräch gestört und illusorisch gemacht hätte. Wir hatten schlicht und gutgläubig, oder doch nahezu gutgläubig, miteinander verhandelt. Und doch wußte Lorenzo ebenso gut wie ich, daß dies Gespräch mit seinen guten Vorsätzen und Planungen weder in seinem noch in meinem Gedächtnis haften würde, daß wir beide es in längstens vierzehn Tagen ganz und gar würden vergessen haben, Monate vor den Terminen für das Instandsetzen des Komposthaufens und für das Vermehren der Erdbeerpflanzen. Unser Morgengespräch unter dem nicht zum Regnen geneigten Himmel war einzig um seiner selbst willen geführt worden, ein Spiel, ein Divertimento, eine rein ästhetische Unternehmung ohne Folgen. Mir war es ein Vergnügen gewesen, eine Weile in Lorenzos gutes altes Gesicht zu blicken und Objekt seiner Diplomatie zu sein, die dem Partner, ohne ihn ernst zu nehmen, eine Schutzwand hübschester Höflichkeit entgegenstellt. Auch haben wir als Altersgenossen ein Gefühl von Brüderlichkeit füreinander, und wenn einer von uns einmal besonders stark hinkt oder besondere Schwierigkeiten mit den geschwollenen Fingern hat, wird darüber zwar nicht geredet, aber der andere lächelt verstehend und leicht überlegen und hat für diesmal das Gefühl einer gewissen Genugtuung, auf der Basis einer Zusammengehörigkeit und Sympathie, wobei jeder nicht ungern sich als den augenblicklich Rüstigeren empfindet, doch aber auch mit einem vorwegnehmenden Bedauern des Tages denkt, an dem der andre nicht mehr neben ihm stehen wird.

Und jedesmal, wenn ich mit Lorenzo rede, muß ich an Natalina denken, die nun schon mehr als zehn Jahre begraben liegt und nach deren Tod ich einst zum erstenmal in meinem Garten und bei meinem Spiel mit gärtnerischer Arbeit jenes etwas bittre Gefühl von Leere und Nutzlosigkeit spürte, das mir mit der Zeit so vertraut geworden ist. Übrigens waren, was den Garten betrifft, Natalina und Lorenzo keineswegs einig und Freunde, sondern betrachteten einander mit dem wachen, mißtrauisch-spöttischen Blick kritischer Konkurrenten. Er, der Bauer, war Schwerarbeiter, seine Sache war Graben, Wasser oder Steine schleppen, Pfähle spitzen und eintreiben, Bäume fällen. Sie aber, die kleine zierliche, geschickte, überaus redegewandte Natalina war im Umgang mit Pflanzen ebenso begabt und erfolgreich wie am Kochherd, ihr gedieh unter zart sorgenden Händen noch der verlorenste Ableger und Wurzelstrunk, heut noch steht da und dort ein Denkmal ihrer feinfühligen Gartenkunst, eine altmodische Zentifolien-Rose, eine riesige Hortensie, ein paar Christrosen, die schöne weiße Lilie. Man kann sie nicht vergessen, sie half unsre besten Jahre behüten und verschönern, sie war mein Hausgeist während meiner Eremitenjahre und unsere treue Dienerin und Kameradin nach der Heirat und dem Hausbau. Ach und wie sie sich auszudrücken verstand! Ihre treffenden Vokabeln, ihre schön und straff gebauten Sätze hätten weder Manzoni noch Fogazzaro Schande gemacht, und einige ihrer klassischen Formulierungen werden bei uns noch heute zuweilen zitiert. So etwa der von dem großen rotblonden Kater, den sie nach vollendetem Hausbau leihweise für einige Tage zu uns bringen wollte, um etwa vorhandene Mäuse zu verjagen, der aber gleich wieder davonlief, nach Natalinas Deutung entsetzt über die Pracht unserer neu eingerichteten Stuben. «Ma lui, spaventato di tanto lusso, scappava.» Zu deutsch: Er aber, erschreckt durch so viel Luxus, ergriff die Flucht.

An Ostern hörte ich am Radio auch dies Jahr wieder die Matthäus-Passion. Diese sakrale Feier erlebe ich jedesmal etwas anders, denn bis in meine Knabenjahre zurück, wo ich das von der Mutter mitgegebene Stückchen Schokolade längst vor dem Ende des ersten Teiles schon aufgegessen hatte und die vielen Wiederholungen in den Arien und Chören, zumal im Schlußchor, nur mit Ungeduld ertrug, da ich so langem passiven Stillsitzen noch nicht gewachsen war, hat dies Erlebnis so viele Vorgänger, daß die Erinnerungen in ganzen Schwärmen kommen und einander überschneiden. Doch sind die frühen unter ihnen stets die stärksten: jene technisch unvollkommenen, von Ausführenden und Hörern aber tief erlebten Passionen in der Calwer Kirche unter der Leitung meines Onkels Friedrich, der die schönen dunklen Augen meiner Mutter hatte und in dessen Kirchenchor meine Schwestern und Basen mitsangen. Am genauesten hat mein Musikgedächtnis eine Aufführung bewahrt, bei der meine beiden älteren Stiefbrüder die Rollen des Evangelisten und des Christus sangen und bei der ich schon die Beklommenheit und Kinderungeduld jener frühesten Aufführung überwunden hatte. Es mochte bei den ungezählten späteren Passionen, die ich hörte, den Christus und den Evangelisten wer immer singen, gewisse Stellen hörte ich doch jedesmal mit den Stimmen und dem Ausdruck meiner Brüder wieder. Auch einige Aufführungen unter Freund Volkmar Andreae sind mit manchen Einzelheiten haften geblieben: die Erstaufführung der Matthäus-Passion in Italien, in Mailand, wo meine Bekanntschaft und langjährige Freundschaft mit Ilona Durigo ihren Anfang nahm; dann viel später jene andre, die Andreae tapfer durchführte, während seine auch uns Freunden teure Mutter auf dem Totenbett lag, und jene, bei der ich zum letztenmal die Stimme Ilonas hörte, nicht lang vor ihrem Tode.

Von allen christlichen Festen ist seit Jahrzehnten Ostern das einzige, das ich noch mit Gefühlen der Frömmigkeit und Ehrfurcht erlebe, es gehört zu diesem Fest die zage Süßigkeit des Frühlingsanfangs ebenso wie die Erinnerung an die Eltern und an das Eiersuchen unter den Fliederbüschen im Gärtchen, die Musik Bachs nicht minder als die Stimmung um die Zeit meiner Konfirmation, den Streit zwischen der Ehrfurcht vor der Frömmigkeit meiner Eltern und ersten Mißgefühlen und Einwänden gegen den formulierten und kirchlich gebundenen Glauben. Dieses Hin und Wider zwischen Ehrfurcht und Revolte klingt, über so viele Jahrzehnte hinweg, auch bei jedem Wiederhören der Bachschen Passionen leise wieder in mir an, bald wehmütig, bald ironisch betont. Meine Ehrfurcht ist dann beim Leiden Jesu, bei seinem Ringen im Gethsemane, und meine Kritik wendet sich gegen einige Stellen des Textes und namentlich gegen die Jünger. Nicht nur, daß sie schliefen, während ihr Meister einsam den letzten Kampf kämpfte! Das Schlafen war am Ende verständlich, es war verzeihlich, es kam nicht nur aus Trägheit und aus Furcht vor dem schwer Ertragbaren, es hatte auch etwas Kindliches und Naturhaftes. Aber daß der eine Jünger seinen Meister verriet, der andere, der «Fels», ihn verleugnete, und daß aus ihrem Kreise jene überhitzte, Zerwürfnis und Rangstreit nicht ausschließende Stimmung von Wundersucht, Legendenbildung und Kirchengründertum entstand, das hat mich zu gewissen Zeiten meines Lebens sehr gegen die Jünger eingenommen, und einige Male, es ist lange her, hat diese kritische Einstellung mir sogar die Feierstimmung beim Hören der Passion etwas beeinträchtigt. Als wären die Jünger in Bachs Passionen oder in den Kreuzigungsgruppen der Maler und Bildschnitzer wirklich die selben wie die der protestantischen Dogmengeschichte und Bibelkritik! Als hätte ich nicht beim Hören des Berichtes über Petri Verleugnung dessen Angst, Verwirrung und seine furchtbare Scham und Reue noch weit besser nach- und mitempfinden können als das Leiden Jesu! Doch war jene Beeinträchtigung meiner Andacht durch das Mitwirken kritischer Antriebe ja nichts anderes als das Zucken in einer Narbe, die einst eine Wunde gewesen war.

(1954)

Dankadresse anläßlich der Verleihung des Friedenspreises des deutschen Buchhandels

In wie weit ich des mir zugesprochenen Preises würdig, mögen andre beurteilen. Es gibt Erfolgreiche, denen weit über Verdienst die Ehrungen zufallen und denen gelegentlich angesichts solcher Verwöhnung recht wohl bange werden kann, im Gedanken an jenen Polykrates und seinen Ring – und es gibt umgekehrt Hochverdiente, Männer edelster Art und Schöpfer unvergänglicher Werke, denen ihre Zeit und Mitwelt nicht gerecht zu werden vermag und bei deren Namen die Nachwelt mit einem Schaudern sich erinnert, daß sie unerkannt und ungeehrt gelebt haben und gestorben sind. Wieweit also die Erfolgreichen ihrer Erfolge würdig seien, möge die Nachwelt entscheiden. Wenn ich den Mut aufbrachte, den mir heute zuteil gewordenen Preis anzunehmen, so geschah es vor allem seines Namens wegen.

«Friedenspreis des Deutschen Buchhandels» – das ist ein Name, zu dem ich nahe und lebhafte Beziehungen habe und der mir innigste Erinnerungen erweckt.

Da ist, um mit dem Spender des Preises zu beginnen, der deutsche Buchhandel! Ein Autor, der mehr als ein halbes Jahrhundert deutsche Verleger gehabt und vom deutschen Buchhandel getragen und gefördert wurde, der überdies dem Buche und dem Buchwesen manche literarische Arbeit gewidmet hat, für den ist der deutsche Buchhandel ein ehrwürdiges und unentbehrliches Institut, ein bewährtes Werkzeug des deutschen Geistes, ein Kulturträger von beinahe gleicher Wichtigkeit wie Schule und Hochschule. Und wer sein Leben lang mit Büchern zu tun gehabt hat, der hat oft genug dankbar feststellen können, daß die Organisation des deutschen Buchhandels in der Welt unübertroffen, ja unerreicht dasteht.

Aber meine Beziehungen zu dieser edlen Zunft sind noch viel persönlichere und intimere als die des Autors und des Bücherliebhabers. Mein Vater und vor ihm mein Großvater waren literarische Leiter eines Verlages, der hundert Jahre lang erbauliche, theologische und populärwissenschaftliche Bücher erzeugt und vertrieben hat, und schon in den Knabenjahren war mir der Geruch von frischer Fahnenkorrektur, von Leinwand, Karton und Kleister, waren mir die Namen vieler Verlage vertraut. Und als ich nach stürmischen Entwicklungsjahren mich zu einem Beruf entschließen mußte, war es der Buchhandel, den ich wählte, vermutlich schon in der Hoffnung, er werde mir als Sprungbrett zum Beruf des Schriftstellers dienen. Ich habe den Sortiments- und Antiquariatshandel in Tübingen und in Basel gründlich gelernt und einige Jahre lang ausgeübt, ich habe Bücher verkauft, Zeitschriften ausgeliefert, Leipziger Ballen geöffnet, Ostermeß-Abrechnungen mitgemacht, das Börsenblatt gelesen und die schweren Bände des Hinrichsschen Fünfjahrskatalogs befragt und als Gehilfe im Antiquariat viele Katalogzettel verfaßt und zahllose Suchzettel ausgefüllt.

So alt also und so intim sind meine Beziehungen zum Buchhandel, sie reichen bis in die Kindheit zurück.

Nicht ganz so alt, doch immerhin auch schon über vier Jahrzehnte sich erstreckend, ist mein Verhältnis zum Frieden und mein Versuch, mich in seinen Dienst zu stellen. Der Krieg von 1914 war noch keine zwei Monate alt, als ich im Hause meines Freundes Conrad Haussmann in Stuttgart das Gedicht vom Frieden schrieb:

Jeder hat's gehabt,
Keiner hat's geschätzt,
Jeden hat der süßen Quell gelabt –
O wie klingt der Name Friede jetzt!

Klingt so fern und zag,
Klingt so tränenschwer,
Keiner weiß und kennt den Tag,
Jeder sehnt ihn voll Verlangen her.

Sei willkommen einst,
Erste Friedensnacht,
Milder Stern, wenn endlich du erscheinst
Überm Feuerdampf der letzten Schlacht.

Dir entgegen blickt
Jede Nacht mein Traum,
Ungeduldig rege Hoffnung pflückt
Ahnend schon die goldne Frucht vom Baum.

Sei willkommen einst,
Wenn aus Blut und Not
Du am Erdenhimmel uns erscheinst,
Einer andern Zukunft Morgenrot!

Und um dieselbe Zeit – es war die Zeit der deutschen Anfangssiege von 1914 – standen in einem meiner Zürcher Aufsätze[1] die Worte: «Krieg war immer, seit wir von Menschengeschicken wissen, und es waren keine Gründe für den Glauben da, er sei nun abgeschafft. Es war lediglich die Gewohnheit langen Friedens, die uns das vortäuschte. Krieg wird so lange sein, als die Mehrzahl der Menschen noch nicht in jenem Goetheschen Reich des Geistes mitleben kann. Krieg wird noch lange sein, er wird vielleicht immer sein. Dennoch ist die Überwindung des Krieges nach wie vor unser edelstes Ziel und die letzte Konsequenz abendländisch-christlicher Gesittung. Der Forscher, der das Mittel gegen eine Seuche sucht, wird seine Arbeit nicht wegwerfen, wenn eine neue Epidemie ihn überrascht. Noch viel weniger wird ‹Friede auf Erden› und Freundschaft unter den Menschen jemals aufhören unser höchstes Ideal zu sein. Menschliche Kultur entsteht durch Veredlung tierischer Triebe in geistigere, durch Scham, durch Phantasie, durch Erkenntnis. Daß das Leben wert sei, gelebt zu werden, ist der letzte Inhalt und Trost jeder Kunst, obgleich alle Lobpreiser des Lebens noch haben sterben müssen. Daß Liebe höher sei als Haß, Verständnis höher als Zorn, Friede edler als Krieg, das muß ja eben dieser unselige Weltkrieg uns tiefer einbrennen, als wir es je gefühlt haben.»
Dieser Klang geht durch meine späteren Schriften weiter bis ins «Glasperlenspiel» und darüber hinaus. Und es ist nicht nur der Völkerkrieg mit den Waffen, dessen Grauen und dessen Unsinn mir klar geworden war. Es ist jeglicher Krieg, es ist jegliche Art von Gewalt und streitbarem Eigennutz, es ist jede Art von Geringschätzung des Lebens und von Mißbrauch des Mitmenschen, was mir Sorge macht. Ich verstehe unter Friede nicht nur das Militärische und Politische, sondern ich meine den Frieden jedes Menschen mit sich selbst und mit dem Nachbarn, die Harmonie eines sinnvollen und liebevollen Lebens. Es bleibt mir zwar nicht verborgen, daß im rücksichtslos harten Arbeits- und Erwerbsleben des heutigen All-

1 In den Jahren 1914 - 1918 publizierte Hesse in der Neuen Zürcher Zeitung eine Reihe von Aufsätzen, die sich gegen Krieg und Chauvinismus wandten.

tags dies Ideal eines edleren und würdigeren Lebens den meisten verstiegen und wirklichkeitsfern erscheinen muß. Aber Sache des Dichters ist es ja nicht, sich irgendeiner aktuellen Wirklichkeit anzupassen und sie zu verherrlichen, sondern über sie hinweg die Möglichkeit des Schönen, der Liebe und des Friedens zu zeigen. Sie können niemals voll verwirklicht werden, diese Ideale, so wie ein Schiff auf stürmischer See nie den idealen Kurs einhalten kann. Es muß aber dennoch seinen Kurs nach den Sternen richten. Und wir müssen dennoch und trotz allem den Frieden wünschen und dem Frieden dienen, jeder auf seinem Wege und in seiner Umwelt. Ich darf mich nicht fromm nennen im Sinne meiner Vorfahren, aber unter den Bibelworten, die ich gläubig verehre, steht obenan jenes Wort vom Frieden Gottes, der höher ist denn alle Vernunft.

(1955)

Anhang

Brief von Ninon Hesse an Siegfried Unseld

Montagnola, im Oktober 1962

Lieber Herr Dr. Unseld,

so vielen Freunden und treuen Lesern habe ich von dem letzten Lebenstag Hermann Hesses berichtet; ich fand, sie hätten ein Recht darauf, zu erfahren, wie seine letzten Stunden verlaufen sind. Und nun bitten Sie mich, Ihnen und Ihren Mitarbeitern im Verlag einen solchen Bericht zu schreiben.

Inzwischen ist es Oktober geworden und ich habe etwas Distanz zu dem Geschehenen gewonnen – ich übersehe den Ablauf der letzten Monate besser als unmittelbar nach dem Tode meines Mannes. Und hole deshalb etwas weiter aus. Er war schwerkrank, aber er wußte es zum Glück nicht. Er wurde immer müder und schwächer, aber häufige Bluttransfusionen stärkten ihn immer wieder, und er hielt Schwäche und Müdigkeit für die Folge seines hohen Alter.

Sein wunderbarer Arzt, der ihn wie einen Vater und wie einen Sohn liebte, der ihn seit elf Jahren betreute und der um ihn bangte, weil er seit langem wußte, daß die Krankheit unheilbar war, flößte ihm immer wieder Zuversicht ein – nicht durch Worte, sondern durch seine immer wache Aufmerksamkeit und sein Eingreifen, durch seine Person, durch die heitere Gelassenheit, mit der er den Patienten behandelte. In den Händen dieses Arztes, den er bewunderte und liebte, fühlte Hermann Hesse sich geborgen und war es auch bis zuletzt.

Die Krankheit – Leukämie – hatte vor Jahren begonnen, aber sie machte keine Fortschritte oder ließ sich eindämmen. Und erst seit Dezember 1961 wurde sie virulent. H. H. erkrankte am 14. Dezember an einer «Grippe» – nach acht Tagen ging es ihm «besser», wenn auch noch nicht gut. Ich freute mich über sein allmähliches Genesen und erschrak, als er mir am Weihnachtstag das Gedicht schenkte, das er später «Einst vor tausend Jahren» nannte. Es war, wie er sagte, das erste Blatt, das er auf der neuen Reiseschreibmaschine schrieb, die er zur Weihnacht von mir bekommen hatte. Es trug damals die Überschrift «Geschrieben in der Christnacht bei etwas Fieber» und fing an:

«Hör ich seine Weise flüstern
Meinen Bambus in der Nacht.»

Das Gedicht bezauberte mich, aber ich erschrak, weil es ein Todesgedicht war – weil Todessehnsucht aus ihm sprach, Sehnsucht nach der Kinderheimat, «wo im Beet des Vogelgrabes/Aus dem Schnee die Krokus starrten» – Sehnsucht nach Erlösung von allem Irdischen, das «umgrenzt».

An die Zeilen «Vogelschwingen möcht ich breiten» denke ich, wenn ich an seinen Geburtstag am 2. Juli denke. Er hat viele Geschenke bekommen; eins davon erfreute ihn besonders – eine farbige Lithographie eines großen Vogels, vielleicht einer Wildgans, mit ausgebreiteten Schwingen, von einem Künstler, dessen Namen wir bis dahin nicht gekannt hatten: Yargo de Lucca. Es lag etwas Hinreißendes in dem Flug dieses Vogels, in seinem ausdrucksvollen kleinen scharfgeschnittenen Kopf – mich erinnerte er an den Vogel, den die Aphrodite reitet, auf einer weißgrundigen Schale von Kamiros im Britischen Museum, den man früher «Schwan» genannt hat.

Die Geburtstagsfeiern – es waren drei an aufeinanderfolgenden Tagen – verliefen schön, die Gemeinde Montagnola hatte ihn, der Berner Bürger war, am Sonntag zu ihrem Ehrenbürger gemacht, die «Filarmonia liberale» hatte ihm am Sonnabend ein Ständchen gebracht – er hatte bei beiden Anlässen mit kurzen italienischen Ansprachen gedankt, und den Geburtstag selbst feierte er mit der engsten Familie und einigen Freunden in Faido am Gotthard, Max Wassmer, der Schloßherr von Bremgarten, war unser Gastgeber. Abends waren wir wieder in Montagnola und hörten die Radiosendung von Beromünster, ihm zur Feier, die ihn sehr freute.

Am nächsten Tag machten wir uns an die Geburtstagspost, er fing an für die vielen Geschenke, Briefe, Blumen und Telegramme zu danken. Es waren über neunhundert. In anderen Jahren bemühten wir uns, bis zum 20. Juli mit der Verdankung fertig zu werden, denn um diese Zeit gingen wir immer nach Sils Maria in die Ferien. Aber heuer hatte Dr. Molo empfohlen, lieber im Tessin und in seiner Nähe zu bleiben. Ich hatte gefürchtet, daß H. darüber unglücklich sein werde, er liebte das Engadin sehr; aber er blieb heiter und geduldig.

Mir schien, als wäre er dem Leben nie zuvor so zugetan gewesen wie in diesen Wochen. Einmal besuchte uns sein ältester Sohn Bruno – das war am 13. Juli – und fuhr uns auf des Vaters Wunsch nach Lanzo d'Intelvi – einem etwa 900 Meter hoch gelegenen Ort im nahen Italien – und von da fuhren wir in großen Kehren zum Monte Sighignola in 1300 Meter Höhe, von dem aus man eine zauberhafte Aussicht auf Seen und Berge hatte. Es war wie immer schön mitzuerleben, wie intensiv H. alles sah – er war wie ein Falke, aufmerksam und gespannt schaute er, ergriff er das Geschehene. Oben auf dem Sighignola geriet er ganz außer sich vor Entzücken. Ich dachte, wie wunderbar es sei, daß er sich so freuen konnte, und nahm mir vor, ihn bald wieder dorthin zu fahren. Aber es kam nicht mehr dazu.

Gehen machte ihn jetzt sehr schnell müde. So machten wir nur noch kleine Spaziergänge im Garten. Am Spätnachmittag und am frühen Abend lag er gern auf der Terrasse, ich las ihm vor, der Kater Porphy legte sich zu ihm, der anhänglichste aller Kater, die wir je gehabt hatten. Wir plauderten dazwischen und schauten in die Landschaft. Er sah mit einer Intensität und Genauigkeit, die ich bewunderte – das Spiel des Windes in den Birkenzweigen, die Abendwolken, die Veränderungen an den Hortensien – er pries den Oleander, die Zypressen, begrüßte den aufgehenden Mond, den Abendstern – und wieder dachte ich, wie sehr er doch dem Leben zugewandt wäre, mehr als in früheren Jahren. Aber jetzt glaube ich, daß es so war, weil er Abschied nahm und weil er im Grunde doch wußte, wie es um ihn stand.

Ein paar Tage vor seinem Tode hatte er einen Bericht über den Tod eines Freundes und Altersgenossen erhalten, der, ohne krank gewesen zu sein, im Schlaf gestorben war. «Wie schön!» hatte H. da ganz aufgeregt gerufen – «denke nur, wie schön!» – und ich fühlte, wie sehr er sich das Gleiche wünschte.

Am 8. August gingen wir am Morgen in den Wald, der an unser Grundstück grenzt. Er sammelte beim Spazierengehn gerne Holz für seine Gartenfeuer. So blieb er auch an diesem Morgen stehn und riß an dem morschen Ast einer Robinie, an dem er schon oft gerissen hatte, wenn wir vorbeigegangen waren. «Der hält noch», murmelte er.

Am Nachmittag hatten wir einen Besuch zum Tee, die französische Übersetzerin von «Gertrud», mit der er sich lebhaft über moderne französische Literatur unterhielt, Sartre, Camus, Beckett und ältere Autoren. Am Abend fand ich das Gedicht vom Ast in meinem Zimmer. «Zu langen Lebens, / Zu langen Sterbens müd» las ich und «Noch einen Sommer, noch einen Winter lang» – nicht länger also gedachte er zu leben –? Aber er *wollte* doch noch leben – es war nicht wie jenes hinreißende Aufbruch-Gedicht in der Weihnachtsnacht.

Ich stürzte hinunter, fragte: «Hast du das heute geschrieben?» «Nein», sagte er, «ich habe es am 1. August geschrieben. Aber heute ist es fertig geworden.» Ich sagte – oder stammelte: «Das ist eins deiner schönsten Gedichte!» – er lächelte und sagte: «Dann ist's ja gut!»

Ich las ihm noch vor, wie jeden Abend; später hörte er eine Mozart-Klaviersonate im Radio (No 7 in C-Dur, K. V. 309). Am Morgen starb er an einer Hirnblutung, im Schlaf.

Der Ast im Wald hält noch.

Zeittafel

1877 geboren am 2. Juli in Calw/Württemberg
1892 Flucht aus dem evgl.-theol. Seminar in Maulbronn
1899 «Romantische Lieder», «Hermann Lauscher»
1904 «Peter Camenzind», Ehe mit Maria Bernoulli
1906 «Unterm Rad», Mitherausgeber der antiwilhelminischen Zeitschrift «März» (München)
1907 «Diesseits», Erzählungen
1908 «Nachbarn», Erzählungen
1910 «Gertrud»
1911 Indienreise
1912 «Umwege», Erzählungen, Hesse verläßt Deutschland und übersiedelt nach Bern
1913 «Aus Indien», Aufzeichnungen von einer indischen Reise
1914 «Roßhalde», bis 1919 im Dienst der «Deutschen Kriegsgefangenenfürsorge, Bern»
Herausgeber der «Deutschen Interniertenzeitung», der «Bücher für deutsche Kriegsgefangene» und des «Sonntagsboten für deutsche Kriegsgefangene»
1915 «Knulp»
1919 «Demian», «Märchen», «Zarathustras Wiederkehr»
Gründung und Herausgabe der Zeitschrift «Vivos voco», ‹Für neues Deutschtum›. (Leipzig, Bern)
1920 «Klingsors letzter Sommer», «Wanderung»
1922 «Siddhartha»
1924 Hesse wird Schweizer Staatsbürger
1924 Ehe mit Ruth Wenger
1925 «Kurgast»
1926 «Bilderbuch»
1927 «Die Nürnberger Reise», «Der Steppenwolf»
1928 «Betrachtungen»
1929 «Eine Bibliothek der Weltliteratur»
1930 «Narziß und Goldmund»
Austritt aus der «Preußischen Akademie der Künste», Sektion Sprache und Dichtung

1931 Ehe mit Ninon Dolbin geb. Ausländer
1932 «Die Morgenlandfahrt»
1937 «Gedenkblätter»
1942 «Die Gedichte»
1943 «Das Glasperlenspiel»
1945 «Traumfährte», Erzählungen und Märchen
1946 Nobelpreis
1951 «Späte Prosa», «Briefe»
1952 «Gesammelte Dichtungen», 6 Bde.
1957 «Gesammelte Schriften», 7 Bde.
1962 9. August: Tod Hermann Hesses in Montagnola

Bibliographische Nachweise

Vier Lebensläufe. Die Lebensläufe aus den Jahren 1903, 1907 und 1923 (aus Briefen an den Lexikographen Karl Brümmer und an Hermann Missenharter, im Nachlaß Hermann Hesses) werden hier erstmals veröffentlicht.

Kurzgefaßter Lebenslauf. Erstdruck 1925, Neue Rundschau 36. Enthalten in WA[1] 6, S. 391 ff.

Briefe aus Maulbronn an die Eltern. Aus ‹Kindheit und Jugend vor Neunzehnhundert. Hermann Hesse in Briefen und Lebenszeugnissen 1877-1895›. Herausgegeben von Ninon Hesse, 1966 Suhrkamp Verlag, Frankfurt am Main.

Briefe aus Stetten an die Eltern. Aus: ‹Kindheit und Jugend vor Neunzehnhundert. Hermann Hesse in Briefen und Lebenszeugnissen 1877-1895.› Herausgegeben von Ninon Hesse, 1966, Suhrkamp Verlag, Frankfurt am Main.

Aus dem ‹Tagebuch 1900›. Aus ‹Hermann Lauscher› 1901, bei R. Reich (Basel). Enthalten in WAI, S. 316ff.

Erinnerung an Asien: Erstdruck in der Zeitschrift ‹März›, (München) 8, 1914, III. Hier erstmals in Buchform.

Erinnerung an den Vater. Aus ‹Zum Gedächtnis›. Erstdruck in der Zeitschrift ‹Schweiz›, 20. 1916. Enthalten in WA 10, S. 121 ff.

Gruß aus Bern. Für unsere gefangenen Brüder. Erstdruck in der ‹Frankfurter Zeitung› vom 2. 8. 1917. Hier erstmals in Buchform.

Aus Martins Tagebuch. Ein Fragment aus dem Jahre 1918. Aus ‹Sinclairs Notizbuch›, Rascher Verlag, Zürich 1923. Hier erster Nachdruck.

Eigensinn. Aus ‹Sinclairs Notizbuch›, Rascher Verlag, Zürich 1923. Erstdruck 1918 in der Zeitschrift ‹Schweiz› 22. Enthalten in WA 10, S. 454ff.

Alemannisches Bekenntnis. Erstdruck in ‹Alemannenbuch›, Seldwyla Verlag, Bern 1919. Hier erster vollständiger Nachdruck.

1 WA:Hermann Hesse – Werkausgabe, edition suhrkamp, Suhrkamp Verlag Frankfurt am Main, 1970

Zu ‹Zarathustras Wiederkehr›. Erstdruck in der Zeitschrift ‹Vivos voco› (Leipzig, Bern) I, 1919/20. Hier erstmals in Buchform.

Tagebuch 1920/21. Aus dem Nachlaß Hermann Hesses. Hier erstmals vollständig gedruckt. Ein Teildruck dieses Tagebuchs erschien in der Zeitschrift ‹Corona› Heft 2, 1932/33, der 1960 unter dem Titel ‹Aus einem Tagebuch des Jahres 1920› innerhalb der Reihe ‹Die kleinen Bücher der Arche› nachgedruckt wurde.

Haßbriefe. Erstdruck in der Zeitschrift ‹Vivos voco› (Leipzig, Bern) 2, 1921/22. Hier und in den «Materialien zu Hermann Hesses ‹Der Steppenwolf›» erstmals in Buchform.

Kindheit des Zauberers. Erstdruck in der Zeitschrift ‹Corona› 7, 1937. Enthalten in WA 6, S. 371 ff.

Lektüre im Bett. Geschrieben 1929. Erstdruck in der National-Zeitung Basel vom 1. 4. 1947. Hier erstmals in Buchform.

Aus einem Tagebuch vom Juli 1933. Teildruck in ‹Politische Betrachtungen› 1970. Suhrkamp Verlag Frankfurt am Main. Hier erster, erweiterter Abdruck.

Aus dem Rigi-Tagebuch. Erstdruck in der Zeitschrift ‹Neue Schweizer Rundschau› (Zürich) 13, 1945/46. Enthalten in WA 8, S. 407 ff.

Worte zum Bankett anläßlich der Nobel-Feier. Erstdruck in der ‹Neuen Zürcher Zeitung› vom 10. 12. 1946. Enthalten in WA 10, S. 102 ff.

Über das Alter. Erstdruck in der National-Zeitung Basel vom 7. 8. 1955. Enthalten in WA 10, S. 354 ff.

Engadiner Erlebnisse. Erstdruck in der Zeitschrift ‹Neue Schweizer Rundschau› (Zürich) 21, 1953/54. Enthalten in WA 10, S. 324 ff. Hier Teildruck.

Notizblätter um Ostern. Erstdruck in der ‹Neuen Zürcher Zeitung› vom 16. 5. 1954. Enthalten in WA 10, S. 375 ff. Hier Teildruck.

Dankadresse anläßlich der Verleihung des Friedenspreises des deutschen Buchhandels. Erstdruck in der ‹Neuen Zürcher Zeitung› vom 10. 10. 1955. Hier erstmals in Buchform.

Brief von Ninon Hesse an Siegfried Unseld. Aus ‹Hermann Hesse zum Gedächtnis›, Privatdruck 1962, Herausgegeben von Siegfried Unseld, Suhrkamp Verlag Frankfurt am Main.

Nachwort

Zur Auswahl

Den beiden Sammlungen «Politische Schriften» und «Mein Glaube» in der Bibliothek Suhrkamp folgt nun ein Band mit autobiographischen Schriften. Diese drei Bücher wollen Hesses politische Anschauung, seinen Glauben und sein äußeres Dasein, wollen sein Denken, sein Handeln und sein Leben belegen.

Die Auswahl der ersten beiden Bände hatte eine klare, enge Basis von Texten, die relativ leicht dem Thema zuzuordnen waren. Bei den autobiographischen Schriften war dies schwieriger. Der Autor, der von sich bekannte, daß er nichts geschrieben habe, als das, was aus ihm «herauswollte», schrieb ein Werk, das im gesamten als Konfession, als Darstellung seines Denkens und Lebens anzusehen ist, «Beschönigung nicht, Bekenntnis nur». Mit Recht konnte er seine Arbeiten als «Seelenbiographien» bezeichnen, «in allen handelt es sich nicht um Geschichten, Verwicklungen und Spannungen, sondern sie sind im Grunde Monologe, in denen eine einzige Person in ihren Beziehungen zur Welt und zum eigenen Ich betrachtet wird.» In diesem Sinne war Hesses Werk von Anfang an «Spiel und Versuch», die eigenen Erfahrungen und die eigene Erlebniswelt zu bewältigen und zu ordnen. Eine neue Arbeit begann für Hesse immer in dem Augenblick zu entstehen, da ihm eine Figur sichtbar wurde, welche für eine Zeitlang Symbol und Träger seines Erlebens, seiner Gedanken, seiner Probleme werden konnte. Insofern sind alle Hauptfiguren Entwürfe seines Ichs, von Hermann Lauscher über Hermann Heilner, über Harry Haller bis zu Josef Knecht, der in besonderer Weise als Dienender, Gehorchender und Aufbegehrender zur mythischen Figur des Hesse-Ichs geworden ist. – Die Auswahl dieses Bandes sieht von solchen Bezügen ab und zielt auf die im engeren Sinn autobiographischen Texte. Sie verzichtet auf die Einbeziehung größerer, in sich abgeschlossener, direkt autobiographischer Werke, wie «Aus Indien», «Kurgast», «Nürnberger Reise» und auf die so eminent autobiographische Idylle «Stunden im Garten». Die Auswahl verzichtet auch auf Auszüge aus Werken, also auf die autobiographischen Passagen in «Peter Camenzind», «Klein und Wagner», «Klingsor», «Siddhartha», auf die Baseler Passagen des «Steppenwolf», auf die Berner Passagen der «Morgenlandfahrt», auf die verschiedenen biographisch-politisch gehaltenen Fassungen der Einleitung zum «Glasperlenspiel», auf die Bezüge zu Josef Knecht und vor allem auf die vier Lebensläufe des «Glasperlenspiels», die exakte poetische Biographien ihres Autors sind, Konjekturalbiographien im Sinne Jean Pauls.

Unsere Auswahl beginnt mit vier Lebensläufen; drei davon, die aus den Jahren 1903, 1907 und 1923, fanden sich im Nachlaß und werden hier zum erstenmal veröffentlicht. Die Lebensläufe sind mit der «Kindheit des Zauberers» die unmittelbar autobiographischen Schriften. Den Lebensläufen folgen, chronologisch geordnet, die Briefe Hesses an die Eltern aus Maulbronn von 1891/92 und die aus Stetten aus dem Jahre 1892; diese beiden Briefkomplexe beleuchten ganz neu die Konflikte der Kindheit. Ein Teil der Auszüge aus den Tagebüchern konnte hier ebenfalls zum erstenmal veröffentlicht werden. In den anderen Texten berichtet Hesse über sich selbst; Notizen von Reisen, Erinnerungen an Personen, Beschreibungen seines Alltags, Betrachtungen über das Alter, Rundbriefe an die Freunde und Bekenntnisse. Diese Aufzeichnungen geben Einblick in ein Leben, das äußerlich ruhig verlief, aber doch auch von Problemen, Zweifeln, Verzweiflungen und Zerstörungen heimgesucht war.

Alemannisches Bekenntnis

Hesse hat – die Lebensläufe belegen es – auf die gemischte Nationalität seiner Abstammung großen Wert gelegt. Die Eltern seines Vaters waren Balten, russische Ostseeprovinzialen aus Estland. Der Vater kam in Reval zur Welt, wurde später Missionar in Indien und dann Redakteur einer Missionszeitschrift in Calw. Vom Vater, schrieb Hesse, «habe ich einen Teil meines Temperamentes geerbt, von ihm das Verlangen nach Unbedingtheit, zugleich die Anlage zu Skepsis, Kritik und Selbstkritik». Die Eltern der Mutter hatten zweifache Nationalität. Der Vater war Schwabe, die Mutter stammte aus Neuchâtel in der französischen Schweiz. Von der Mutter, meinte Hesse, habe er die «Leidenschaftlichkeit des Temperaments» geerbt, «die heftige Phantasie, außerdem die musikalische Begabung». Es ist nie geklärt worden, welche Staatsangehörigkeit Hesse bei seiner Geburt besaß. Er selber wußte es nicht, er vermutete, russischer Staatsbürger gewesen zu sein, denn sein Vater war russischer Untertan und hatte einen russischen Paß. Hesse erhielt jedenfalls in der sechsjährigen Baseler Zeit (1880-1886) die Schweizer Staatsangehörigkeit. Weil er für seine Ausbildung in Maulbronn die württembergische Staatsangehörigkeit benötigte, erwarb er diese; er hat mit dieser unfreiwilligen Staatszugehörigkeit immer wieder gehadert, weil er sich durch sie, während des ersten Weltkriegs zu mehreren Jahren Ersatzdienst verpflichtet fühlte. Erst 1924 wurde Hesse Schweizer Bürger. Von wenigen Reisen abgesehen (die zwei großen führten ihn nach Oberitalien und nach Indien), bleiben die Stationen seines Lebens konstant. Calw, Basel, Calw, Maulbronn, Stetten, Cannstatt, wieder Calw, dann Tübingen (1895), Basel (1899), Gaienhofen (1904) und Bern (1912). Hesse wußte sich diesem Lebens- und Kulturkreis, der von Bern bis zum Schwarzwald, von Zürich und dem Bodensee bis an die Vogesen reicht, zugehörig. Er fühlte sich als Alemanne und er versäumte nicht, im Jahre 1919 sein «Alemannisches Bekenntnis» abzulegen: «Dies südwestdeutsch-schweizerische Gebiet ist mir Heimat», und Heimat blieb ihm dieser Bereich. Heimisch gefühlt hat sich Hesse weder auf Reisen noch in deutschen Städten, «sondern immer nur da, wo Luft und Land, Sprache und Menschenart alemannisch waren». Ihm entsprach es, daß dieses «Alemannien» kein politisch abgegrenzter Staat mit Grenzen, Verträgen und Verpflichtungen war. Dieses Land, so schrieb er, hat vielerlei Fehler, Ecken und Winkel, «aber jedes alemannische Tal, auch das engste, hat seine Öffnung nach der Welt».

Etwas zu einer Person

«Eigensinn» ist einer der Beiträge aus dem Jahre 1919 überschrieben. Er ist sicher der an Aufschlüssen reichste Text. «Eine Tugend gibt es, die liebe ich sehr, eine einzige. Sie heißt Eigensinn.» Die Tugenden, die von Menschen erfunden sind, haben als Ziel den Gehorsam. Auch der Eigensinn fordert Gehorsam. Während jedoch die Tugenden die Menschen den Bedingungen der Umwelt anpassen und «Geld und Macht, die Erfindung des Mißtrauens» als erstrebenswert ansehen, ist Eigensinn Gehorsam gegen sich selbst und «Ungehorsam gegen Menschensatzung». «Der menschliche Herdensinn», schrieb Hesse, «fordert von jedermann vor allem Anpassung und Unterordnung». Dagegen hat sich Hesse ein Leben lang gewehrt und alle seine Schriften sind Gegengifte gegen diese Forderungen. Aus dieser Haltung resultiert der im gesamten Werk Hesses durchgängige Protest, ja, jene Revolte gegen das Bestehende, gegen überholte, leere Autorität, gegen das Normierte und gegen Mittelmäßigkeit, gegen Konsum, Eigennutz und Profit, gegen Staat und Bürgerlichkeit, gegen Kirche und Schule und immer wieder die Revolte des Sohnes gegen den Vater und dessen Erziehungsmethoden, die Revolte der jüngeren Generation gegen die ältere. Man braucht nicht mehr zu fragen, worin die Aktualität Hesses in unserer Gegenwart besteht und warum heute junge Menschen in aller Welt Hermann Hesse lesen.

Hesse hat seinen Eigen-Sinn ernst genommen und danach gelebt. Als private Person wie als Autor. In seinem privaten Dasein gab es nichts Aufdringliches, nichts Auffallendes, das Schlagzeilen warf. Sein Familienleben, seine drei Ehen, seine drei Kinder, die Beziehung zu Verwandten und Freunden, spielten sich im privaten Bereich ab, nahezu ohne Einwirkung auf seine literarische Arbeit.

Als Autor war und blieb Hesse bewußt Einzelgänger, dessen Eigen-Sinn Kollektivierungen ausschloß. Er gehörte nie einer literarischen Bewegung an, keiner Gruppe, keiner Clique, keinem Verband. Der Berliner Akademie trat er nach anfänglichem Widerstreben am 9. 11. 1926 auf Drängen seines Lektors Oskar Loerke bei, verließ sie jedoch bereits im November 1930 und auch die Bitte Thomas Manns konnte ihn nicht bewegen, diesen Schritt rückgängig zu machen. Hesse gab keine Interviews, ihm lag nichts an Publizität, es war ihm gleich, ob er im Kulturbetrieb ‹in› oder ‹out› war. Rundfunk und Fernsehen ließ er nicht in sein Haus. Es gab selten öffentliche Auftritte, keine Signierstunden und nur wenige Vorträge. Die «Nürnberger Reise» und die Aufzeichnung «Autorenabend» berichten, warum diese öffentlichen Auftritte Ausnahmen blieben. Die großen Preise der späten Jahre, den Goethepreis, den Nobelpreis, den Friedenspreis, nahm er an, aber er fügte sich nicht dem Zeremoniell und fuhr zur Entgegennahme weder nach Frankfurt noch nach Stockholm.

Hesse war – neben Samuel Beckett – der bescheidenste Autor, dem ich begegnet bin. «Geld und Macht», Vermögen und Einfluß galten ihm nichts; er hatte materiell in allen Jahren sein Auskommen, mehr oder weniger ausreichend. Als sich in den späteren Jahren, von 1950-1957, größere Honorare ergaben, stellte er sie seinem Freund und Verleger Peter Suhrkamp für den Wiederaufbau des Verlages zur Verfügung. Das große Honorar der späteren sechziger und siebziger Jahre erreichte ihn nicht mehr; es hätte ihn eher verwundert. Als er starb, war er ohne großes Vermögen und ohne jeden Grundbesitz; das Haus, in dem er seit 1931 wohnte, war ein Lehen der Familie Bodmer auf Lebenszeit, es fiel nach dem Tode seiner Frau wieder an die Besitzer zurück; sein einziger Grundbesitz war sein Grab in San Abbondio.

Hesses Bescheidenheit war Würde, nicht Resignation oder Gleichgültigkeit, Lauheit oder Schwäche. Er wußte zu unterscheiden und er konnte sehr entschieden sein, etwa wenn er forderte und erreichte, daß Friedrich Sieburg wegen seiner Nazi-Vergangenheit aus der Jury des Hesse-Preises austreten mußte, obschon Peter Suhrkamp ihn dazu vorgeschlagen hatte. Wenn es ihm um die Prinzipien seines Eigensinns ging, konnte er heftig werden und Ratschläge seiner Freunde ignorieren. Sehr dezidiert war er in der Sache seines Werkes. Auch hier betrafen ihn die sekundären Dinge der Präsentation oder der Gängigkeit nicht. Wichtig waren ihm die Sicherheit der Textüberlieferung und die Einhaltung der Komposition seines Werkes. Dabei überschätzte er den Wert seiner Arbeiten nie. «Was wird dauern?» sagte er einmal zu mir. «Vielleicht das eine oder andere Buch. Ich liebe sie alle gleich und für mich sind sie alle gleich vergänglich.» Die «Gesammelten Dichtungen» von 1952 mußten ihm von Suhrkamp abgerungen werden, irgendwelche Auswahlausgaben schätzte er nicht. Die Niederschriften seiner Arbeiten entstanden aus eigenem Impuls und deshalb reagierte er allergisch auf «Anregungen», auf Ideen und Vorschläge, was er schreiben könnte. Als Peter Suhrkamp ihn 1933 in seiner Eigenschaft als Redakteur der «Neuen Rundschau» um einen Beitrag bat, reagierte Hesse empfindlich; die erste persönliche Begegnung zwischen Hesse und Peter Suhrkamp in Bad Eilsen (1936) stand unter dem Eindruck dieser Reaktion.

Hesse, dessen Genie Fleiß, Intensität des Lesens und Schreibens war, der – wie wir jetzt übersehen können – jeden äußeren und vor allem inneren Schritt seines Lebens in seinen Werken und in anderen Aufzeichnungen, vor allem in seinen Briefen dokumentierte, Hesse, der Literat durch und durch, hatte nichts Literatenhaftes, Intellektuelles an sich. Wer ihm in den letzten Jahren begegnete, in seinem Haus oder Garten, im Arbeitszimmer oder in seiner Bibliothek, wo er gewöhnlich Besuche empfing, der konnte noch eine Ahnung von seiner früheren Existenz als vagabundierender Knulp, als leinengekleideter Köhler und Gärtner gewinnen; Hesse hatte immer mehr etwas von einem Naturwissenschaftler, einem Botaniker oder Zoologen als von einem Literaten. Vordringlich war freilich stets der Eindruck der Freundlichkeit, der Güte und Würde. Hesse hörte in der Unterhaltung gerne zu und erzählte dann und wann eine Erinnerung, aber nie kamen große Worte oder affirmative Botschaften über seine Lippen, eher Fragen und Gegenfragen, in denen er die Sicherheit seines Gesprächspartners erkunden oder ihn auch an seinen eigenen Aussagen zweifeln machen wollte. Hierin ähnelte Hesse mehr und mehr den Gestalten der alten Meister, die in seinen letzten Gedichten und Schriften gelegentlich auftauchen, so wenn er im Jahre 1960, also kurz vor seinem Tod, die Geschichte des Urpatriarchen Bodhidharma erzählte; auf die Frage nach dem höchsten Sinn der heiligen Wahrheit antwortete der Patriarch: «Offene Weite – nichts von heilig». Im Gedicht «Der erhobene Finger» von 1961 sprach er von Meister Djü-dschi: «Meister Djü-dschi war, wie man uns berichtet, / Von stiller sanfter Art und so bescheiden, / Daß er auf Wort und Lehre ganz verzichtet, ... / Wo manche Schüler ... mit Geistesblitzen / Gern sich ergingen, hielt er schweigend Wacht, / Vor jedem Überschwange auf der Hut.»

Als letztes Selbstporträt darf die Zeichnung des «Älteren Bruders» im «Glasperlenspiel» gelten. Knecht hatte chinesische Sprache und Literatur studiert und da er bei seinen Lehrern mit diesem Studium auf Unverständnis stieß, erkundigte er sich nach dem «Älteren Bruder» und erfuhr, «daß dieser Eremit zwar eine gewisse Achtung, ja einen Ruhm genoß, jedoch mehr den eines kauzigen Outsiders als den eines Gelehrten.» Knecht besuchte ihn: «Ein schmächtiger Mann, in graugelbes Leinen gekleidet, mit einer Brille über blauen, abwartenden Augen, erhob sich von einem Blumenbeet, über dem er kauernd verweilt hatte, kam langsam auf den Besucher zu, nicht unfreundlich, aber mit jener etwas linkischen Scheu, wie Zurückgezogene und Alleinlebende sie manchmal an sich haben». Knecht blieb eine Weile bei dem älteren Bruder und ließ sich in die Schriften einweisen. Knecht hat später diese Lehrzeit als «Beginn seines Erwachens» bezeichnet, und Erwachen war für ihn «eine jeweilige Erkenntnis seiner selbst und des Ortes, an dem er innerhalb der menschlichen Ordnung stand»; als wichtigste Erfahrung notierte Knecht, er habe erkannt, «daß Glaube und Zweifel zusammengehören, daß sie einander bedingen, wie Ein- und Ausatmen».

Zur Lebensgeschichte

In der 1932 in der «Neuen Rundschau» veröffentlichten Abhandlung «Ein Stückchen Theologie» (in «Mein Glaube») spricht Hesse von den «drei Stufen der Menschwerdung». Dieser Weg beginne mit der Unschuld (Paradies, Kindheit) und führe von da in die Schuld, in das Wissen von Gut und Böse, in die Verzweiflung, und aus der Verzweiflung entweder zum Untergang oder zu einer Art Erlösung. Man könnte diese Stufen auch in der Lebensgeschichte Hesses sehen. Die erste Stufe würde mit der Zeit des Ersten Weltkriegs enden, geographisch gekennzeichnet mit dem Auszug aus dem alemannischen Raum. Hesse bezeichnete die Jahre bis 1919 als die «bürgerliche Epoche» seines Lebens. Freilich war diese Zeit nicht problemlos. Wir wissen (und die Texte dieses Bandes belegen es), daß zwei große Konflikte in ihm stattfanden: der die Kindheit bestimmende Konflikt seiner Berufswahl; Hesse war es von seinem dreizehnten Lebensjahr an klar, daß er «entweder ein Dichter oder gar nichts werden wollte» und leidvoll wurde ihm deutlich, daß man zwar ein Schriftsteller sein, daß jedoch die Umwelt und das ganze Erziehungsbild ein nahezu unüberwindbares Hindernis aufstellten, Schriftsteller zu werden. Der andere Konflikt brach etwa 1914 auf. Das Scheitern seiner ersten Ehe, eine «ergebnislos» verlaufene Indienreise, seine und seiner Frau Krankheiten fielen zeitlich zusammen mit dem von ihm als unerträglich empfundenen Chauvinismus und dem politischen Chaos des Ersten Weltkriegs; er glaubte jedoch, auch unter dem Einfluß der Psychoanalyse, zu entdecken, daß die Schuld an seinem Leiden «nicht außer mir, sondern in mir zu suchen» sei. Damit begann eine zweite Stufe in der Lebensgeschichte Hesses, die Zeit der «täglichen Abschiede» von den gewohnten Vorstellungen; die Wandlung vom «bürgerlich-idyllischen Literaten» zum «Problematiker und Outsider». Auch hier gibt es eine geographische Entsprechung: Hesse siedelte sich im Tessin an und zog im Mai 1919 in die Casa Camuzzi, die im Winter nicht warm wurde, dafür im Sommer heiß. Es begann die Zeit des Leidens, der Verzweiflung, die Jahre der «Krise des Mannes um Fünfzig», die

Zeit, die im «Demian», «Klein und Wagner», in den «Märchen», im «Kurgast», im «Steppenwolf» und in der «Krisis» reichlich belegt ist. Eine dritte Stufe sei nur vermutet. Zeitlich und lokal begönne sie mit dem Einzug in das Bodmer-Haus 1931 oder fiele in die zwölfjährige Entstehungszeit des «Glasperlenspiels» von 1931–1942. Wenn die Briefe, Dokumente und Zeugnisse zur Entstehungsgeschichte des «Glasperlenspiels» vorliegen werden, wird der Prozeß sichtbar, dem Hesse, gerade auch unter dem Eindruck der Nazi–Jahre, unterworfen war. Hatte er früher vor, «eine Art ‹Oper› zu schreiben, worin das menschliche Leben in seiner sogenannten Wirklichkeit wenig ernst genommen, sogar verhöhnt wird», so entstand in der definitiven Fassung des »Glasperlenspiels» doch der Entwurf zu einer ernst zu nehmenden Utopie. Es gehört zur Wirkungsgeschichte dieses Werkes, dessen Aktualität (im Gegensatz zu manchen anderen Büchern Hesses) im Zeitpunkt seines Erscheinens – 1943 in der Schweiz und 1946 in Deutschland – und lange Zeit danach latent war und in gewisser Weise noch ist. Vielleicht hat unsere oder eine nachfolgende Zeit mehr Verständnis für das Werk und seinen Protagonisten Josef Knecht, der den elitären, sublimen Kult verließ, um der Gesellschaft als Lehrer zu dienen, als Erzieher, der beim Einzelnen Änderungen bewirken möchte.

Hesses Stellung zum Nationalsozialismus war von Anfang an dezidiert. Die Information, die er erhielt, bestärkten ihn, die Meldungen von der Ermordung der Angehörigen seiner Frau in deutschen Konzentrationslagern und die Nachrichten, die ihm die deutschen Emigranten, Thomas Mann, Bertolt Brecht und viele andere aus erster Hand nach Montagnola brachten. Ebenso klar war für ihn, daß sich diese Zustände durch die Feder eines Einzelnen und durch Unterschriften unter Aufrufe nicht ändern ließen. Hesse sah die Aufgabe des «Geistigen» nicht im «Aktivismus», sondern in der Vorbildlichkeit seiner Lebensführung, die dem Schriftsteller gemäß ist und länger und intensiver wirkt als Tagesparolen. Er hätte sich auf Trotzki beziehen können, dessen Schriften er in dieser Zeit las und seinen Söhnen zur Lektüre empfahl: «Wenn die erleuchteten Pazifisten den Versuch unternehmen, den Krieg mittels rationalistischer Argumente abzuschaffen, wirken sie einfach lächerlich. Wenn aber die bewaffneten Massen beginnen, Argumente der Vernunft gegen den Krieg anzuführen, dann bedeutete das das Ende des Krieges.» Hesse hat den nächsten Krieg vorausgesagt und vor diesem Krieg gewarnt, im «Steppenwolf», im «Glasperlenspiel», und unentwegt in seinen Briefen. In der Idylle «Stunden im Garten» stehen merkwürdige Zeilen: «Aber auch jene Leidenschaft, jene heftige Lust muß man zähmen,/Welche die andern verbessern, die Welt erziehen, Geschichte/Aus Ideen gestalten will, denn es ist leider die Welt nun/So beschaffen, daß dieser Trieb edlerer Geister, wie alle/Andern Triebe am Ende zu Blut und Gewalttat und Krieg führt/».

Hesse schrieb dies 1935. Kurz vorher, 1932, kritisierte Walter Benjamin im Literaturblatt der «Frankfurter Zeitung» den «Irrtum des Aktivismus»: «Kurz, mit Lichtenberg mag man annehmen, daß die Hunde, die Wespen und die Hornissen, wenn sie mit menschlicher Vernunft begabt wären, vielleicht sich der Welt bemächtigen könnten; die Geistigen, obwohl sie mit solcher Vernunft begabt sind, können es nicht. Sie können nur dahin arbeiten, daß die Macht in die Hände derer gelangt, die diese Sonderspezies Mensch so schnell wie möglich zum Verschwinden bringen.» Um die Erhaltung jeder Spezies Mensch aber ging es Hesse. Wenn er ein Ziel hatte, so dieses: in seinen Werken und mit seinen Figuren neue Möglichkeiten des Menschseins zu entwerfen. Und wenn er eine Botschaft hatte, dann diese: Hab Mut zu deinem Eigensinn, sei so gebunden und so frei wie Peter Camenzind und Josef Knecht. Hesse war es. Sein Denken, sein Handeln und sein Leben waren identisch.

Juli 1972 *Siegfried Unseld*